# Warrnambool ou Rien

**Camille Roulière**

# Warrnambool ou Rien

LES ÉDITIONS DU NET
126, rue du Landy 93400 St Ouen

ISBN : 978-2-312-04503-0

*À mes parents.*

# Prologue

> Quand je serai grand, moi, je serai maître du monde. Les gens m'écouteront. Ils m'écouteront avec respect. Et ils s'inclineront devant mon savoir. Je serai le plus fort. Ils oublieront son nom pour n'avoir plus que le mien aux lèvres. Quand je serai maître du monde.

Comme d'habitude, il n'y en a que pour elle. Depuis qu'il est né. Depuis qu'elle est née. Une Barbie par-ci, un chaton par-là. Et puis un jour, elle a disparu. Mais c'était déjà trop tard. Les notions avaient germé. Solidement, fermement, avec de belles et profondes racines. Elles le tenaient.

On n'a pas idée de ce qui se passe dans la tête d'un enfant. Derrière les boucles angéliques et les mirettes innocentes. Précieusement caché sous un faux air de fragilité. Les adultes, ils l'ont depuis longtemps oublié, ce que c'est que d'avoir une vision du monde pas plus haute que trois pommes. *They don't have a clue*. Mais moi, je peux vous le dire. C'est un cerveau en ébullition constante qui se cache derrière tout ça. Une authentique machine de guerre stratégique en miniature. Un petit miracle de condensation bien huilée. Un vrai défi à la science.

Tout s'est précipité le jour de sa naissance. Deux joues rebondies et bien roses, des mains potelées et des pieds à croquer. C'est là, précisément à cet instant, que le calvaire a commencé. Nuit et jour. Jour et nuit. Vingt-quatre heures sur vingt-quatre, sept jours sur sept.

Vous voyez le tableau. Constamment dans l'ombre de cette ridicule chose de moins de trois kilogrammes. Un poids écrasant. Il n'a pas tenu bien longtemps, à ce rythme-là. Qui aurait pu ?

> Quand je serai maître du monde, moi, je me ferai construire un manoir extravagant au bord de l'eau, un château, un palais. Les gens me serviront des cocktails dans des noix de coco. Ils m'éventeront avec de grandes feuilles de palmier. Ils viendront de partout pour me rendre hommage et saluer la grandeur de mon empire. Le monde, il sera à moi. Dans le creux de ma main. Aussi fragile qu'une aile de papillon sous la coupe d'une goutte de pluie. Quand je siègerai dans mon palais.

C'est comme un match de boxe géant dans sa tête. Il lui faut les projecteurs, il lui faut les clameurs. Il lui faut surtout un adversaire. Une fois qu'il l'a trouvé, il ne le lâche plus. Une sangsue, comme une obsession. Il ne le lâche plus jusqu'à ce qu'il soit à terre. Vaincu. Soumis. Ecrasé, piétiné. Jusqu'à ce que son cerveau domine de nouveau. Et se remette en quête d'un autre prétendant au titre. Un postulant pour se faire casser la figure grandeur plus que nature et version non-censurée. Derrière les yeux innocents et les bouclettes enfantines, il y a des étincelles de joie lorsque le gong final retentit. Comme un liquide chaud et réconfortant qui se répand sur les plaies et calme la douleur. Clame la victoire et la défaite. Depuis qu'elle est née, les combats sont devenus son pain quotidien.

Les enfants, la seule chose à laquelle ils ne pensent pas, c'est comment était le monde avant qu'ils n'y arrivent. S'il y avait plus d'harmonie, plus de discordes. Moins de bruit, plus de brouhaha. C'est assez égoïste au fond, de ne pas concevoir que l'univers existe en dehors de sa personne. Il tournait avant et il n'arrêtera sûrement pas sa rotation majestueuse pour quelques bambins de-ci de-là. Ça tourne pareil dans l'ensemble. Mais c'est le détail qui tue. Dans le détail, rien ne va plus. Dans le détail, l'univers est totalement différent. Le sien en tout cas l'est. Il ne pourrait pas l'être, plus différent. Même ses longues conversations avec Ivy, sa seule amie, n'arrive plus à le distraire. Le monde qu'il s'était créé, celui qu'il lui avait créé, il s'écroule tout autour d'eux. Il tombe en poussière et il n'arrive plus à en recoller les morceaux, lui qui le voyait pourtant si clairement. Autrefois. Avant que sa vie ne change, qu'elle ne devienne un combat à mort, un combat jusqu'à sa mort à lui, pour peu qu'il arrête de se défendre, pour peu qu'il les écoute le trucider gaiement à coups de mots. Ces mots qui blessent, qui lui font si mal lorsqu'ils s'enfoncent lentement dans son âme. Un coup à droite, une esquive à gauche, un K.-O. qui se pointe dans la seconde qui suit. Tout est à l'envers, ça tourne de plus en plus vite, dans le mauvais sens.

> Quand je siègerai dans mon palais, moi, je dicterai de nouvelles lois tous les jours. À quoi cela servirait-il de gouverner si ce n'est pas pour s'amuser. Aux dépends d'autrui. Je jouerai avec des mots, avec des concepts, avec des têtes. Celles qui ne suivent pas mes concepts au mot et à la lettre. Je m'en frotte déjà les mains. Je peux les voir sur des plateaux d'argent. Et les femmes danseront. Quand je serai loi absolue.

Depuis qu'elle a disparu, elle est encore là. En fait, c'est même pire. Elle est là subconsciemment. Partout, tout le temps. Elle prend racine, elle envahit, elle conquiert tout sur son passage. Ses souvenirs les plus précieux, ses mémoires les plus chères. Tout y passe. Elle n'a pas de pitié, elle ne fait pas le tri. Tout est bon pour elle dans son absence. Elle surcompense le manque de présence tangible et physique. Et, oh oui, elle est douée pour ça. Elle est même là dans ses rêves. Et où qu'il aille, il se retrouve nez à nez avec sa photo, placardée partout. Son nom est un murmure qui passe d'une bouche à l'autre. Ils se taisent quand il approche mais il les entend bien de loin, avec leur air désolé et leur bouche en cul-de-poule. Il les sent qui le montrent du doigt, qui pensent le faire discrètement, mais il le sait, il le voit. Tous, ils le jugent dans ce silence trop dense dont ils l'entourent. Ils le jugent et leurs regards le condamnent. Ils font peser la culpabilité du monde et de sa disparition sur ses frêles épaules d'enfant. Et son odeur flotte encore dans sa chambre. Elle empeste la maison, elle pollue son environnement. Sans bien même être là. Constamment. Jamais elle ne s'arrête, jamais elle ne dort. Jamais elle n'a la clémence d'au moins somnoler pour un instant. Comment peut-il lutter contre la force d'une absente ? C'est une bactérie, un virus, un cancer qui se répand de plus en plus vite. Il n'y a pas d'antidote. Il va en mourir. En crever de rage et de jalousie. L'ultime injustice.

Les bébés bavent. Sur leur bouille d'ange, ça fait tout de même tache cette trainée de bave qui bulle aux coins de leurs lèvres et descend sur leurs habits. Il n'aime pas ça. Rien ne l'énerve plus qu'une coulée de salive sur des joues d'un nouveau-né. C'est un truc de mourant, la bave. Comment est-ce qu'elle peut atterrir sur un visage enfantin ? Il ne comprend pas. Il n'aime pas ça. Rien ne l'énerve plus que de ne pas comprendre un phénomène. Surtout quand tout le monde en sourit et semble trouver cela charmant et mignon. Les gens sont-ils bien bêtes. C'est tout simplement dégueulasse, voilà ce que c'est. Dégoutant, pas ragoûtant et plein de microbes qui ne demandent qu'à proliférer en pullulant dans des bulles. Les enfants, ce n'est pas mieux en fait. Moins de bave, certes, mais plus de mobilité. Un enfant ne se contrôle pas aussi bien qu'un bébé. Un bébé, *piouf*, dans son parc et voici un instant de tranquillité qui se profile à l'horizon. Un gosse, ce n'est pas vraiment une petite barrière de rien du tout qui va l'empêcher d'envahir l'espace. Donc en fait, plus elle grandit, pire devient sa situation.

Il n'en peut plus, de cette invasion. Son armée de fourmis est impuissante, cloîtrée dans son bocal en verre. C'est sans doute ce qui lui déplaît le plus. Il est pieds et poings liés. Rien à faire. Un jeu du destin qui se moque de lui. C'est pour ça qu'il boxe, qu'il rêve, qu'il fantasme d'une pyramide dont il serait le sommet. Parce que du sommet, tout le reste ne serait qu'insignifiant. De la vermine de poussière tout juste bonne pour lui obéir. Dans son monde, elle n'existerait pas. Elle n'aurait jamais existé. Point final. Fin de l'histoire.

> Quand je serai loi absolue, moi, je rendrai le virtuel réel. Tout ce que mon esprit peut concevoir prendra forme devant moi. Tout ce que l'on peut trouver en pixel entrera dans le monde du 3D. Je n'aurai qu'à dire pour faire, comme Dieu et la lumière. Je serai tout exactement comme Dieu. Je serai Dieu. Mais en vivant. Je serai Dieu en chair et en os.

Et qu'ils osent me traiter d'asocial, qu'ils osent m'appeler un ermite.

Je n'en ai rien à faire.

J'ai ce qu'aucun d'entre eux ne possède.

J'ai une vision, une autre vision du monde, un monde proche, si proche, qu'il n'y a qu'à ouvrir les yeux, ouvrir les doigts, pour le saisir à pleines mains.

Et dans ce monde, mon monde, je régnerai enfin.

Alors ils se tairont.

Ils n'oseront même plus lever les yeux sur moi.

Ils ne le pourront plus.

J'éblouirai trop fort.

Je serai étoile.

Et peut-être, peut-être que j'accepterai de les guider.

# Première Partie

## *Yeva*

*Lui et moi, on divague en duo dissonant. On se dit que l'on va construire un monde meilleur, un monde plein de rêves, comme il savait les créer quand il était enfant en regardant son aquarium rempli de fourmis. Un monde où tout est possible, et surtout l'impossible.*

Yeva, à propos de son frère, Vassili

Quel chantier je vous jure. Tout ce bordel pour rien. Pour pas grand-chose. Un immense amas de tôles clinquantes et rutilantes. Tonitruantes. Purée de petits pois cassés. Vu d'ici, c'est tout de même bien ridicule de faire autant de vacarme pour des clopinettes. À en réveiller les morts. Ils ne seraient pas contents d'être tirés de leur retraite pour si peu. Ça leur rappellerait de mauvais souvenirs. Ils n'aiment pas se remémorer la fin de leur vie.

Moi, je vois encore mon petit corps flottant au large, tout seul et si paniqué et si loin du rivage. Je n'arrive pas à m'en débarrasser. Cette image me hante. Moi à la dérive et le reste du monde encore indifférent à tout. À la vie, à la mort, à la fin de ma vie. Si seulement ils savaient. Si seulement ils avaient su. Mais il est bien trop tard maintenant. Les dés ont été jetés et ils n'étaient pas en ma faveur. Alors je suis devenue une bouée larguée sans amarre, un flotteur boursouflé, de la nourriture à poisson. Si loin de la terre ferme et de mon lit douillet. Puis j'ai entamé la descente, tout doucement vers le fond, planant avec élégance dans le faible courant comme une majestueuse feuille d'automne gentiment bercée par la brise. Puis j'ai touché le fond. J'y ai creusé ma tombe et je l'ai couverte de fleurs de planctons. J'y ai construit un mausolée pour les raies danseuses. Et là, je me suis enfin laissée aller. Je suis partie, abandonnant cette dépouille charnelle derrière moi pour aller sillonner un monde inconnu. Ma grande conquête de l'Ouest à huit ans. J'avais toujours été une petite fille précoce.

Mais c'était sans compter sur la pugnacité de certains humains. Voilà qu'à peine cinq ans après mon enterrement, on profane mon sanctuaire et m'extirpe de ma tombe sans aucun cérémonial. Voilà que l'on coupe mes bandelettes d'algues, que l'on piétine mes fleurs et saccage mon tombeau. Ils m'ont remontée à la surface. Ils ont lavé mes os. Ils les ont passés au laser, ils les ont coupés pour les analyser au microscope, ils les ont tous bien alignés sur une table métallique glacée. Et ils ont commencé à dresser leurs hypothèses et à tirer leurs conclusions. À parler de fusion du bassin et de marqueurs de race.

Quelle bande d'idiots affairés inutile. Ils ne voient pas plus loin que le bout de leur nez.

Et ils finissent par un coup d'éclat. Ils triturent mon passé et se mettent à crier nom mon sur les toits, puis dans l'oreille de mes parents, qui s'attendaient bien à me voir resurgir un jour, qui en mon absence ne faisaient que passer le temps perdu sur le dos de mon frère, évidemment responsable de tous les maux de la terre et surtout des leurs. Sauf qu'ils me voulaient vivante. Ils ne pouvaient même pas concevoir que je puisse réapparaitre en squelette. Pas moi. Pas leur petite fille adorée. Pas la prunelle de leurs yeux larmoyants. Pourtant, c'est ce qui arrive. Et c'est à ce moment-là qu'ils plongent mon frère dans un cauchemar encore pire que celui qu'il vit depuis sa naissance, depuis ma naissance, depuis ma disparition. Ma mort, ils s'en servent pour l'éliminer de la surface de leur vie. Complètement. Ils s'en servent pour l'enfouir plus loin qu'ils ne le maintenaient depuis toujours, encore plus profondément hors de leur cœur qu'il ne l'est déjà. Ils s'affairent autour des tabloïds de bas étage et font resurgir l'histoire. Celle qu'ils m'ont inventée. Et si je n'avais jamais été vraiment sûre d'avoir reçu le coup fatal de cet objet contondant à l'époque, c'est maintenant que je me le prends bien consciemment en pleine face. *Bam*. J'en reste sonnée. Complètement retournée, tourneboulée, chamboulée.

La vérité, c'est que grâce à mon frère et la distraction causée par l'une des plus grandioses de ses nombreuses crises de jalousie existentielle, j'ai réussi à voler un instant de liberté à mes parents normalement trop attentifs. Ce n'est pas de sa faute à lui. Ce n'est pas qu'il voulait m'aider non plus. C'est qu'il n'avait pas encore appris à se taire, à se contrôler. Pas totalement. À se satisfaire de n'être pas plus qu'une mouche puante, ennuyeuse et indésirable bourdonnant avec insistance autour de leurs oreilles, celle qu'ils repoussent avec dégoût d'un petit geste de la main, sans bien même la regarder tellement elle n'a aucune sorte d'importance, tellement elle ne vaut pas la peine de se donner l'effort de l'écraser pour abréger les souffrances que lui procurent cette tonne d'indifférence concentrée. Et cet instant volé, j'ai simplement voulu le savourer au grand large, seule. J'ai voulu aller plus loin que la bouée à l'horizon. Ils m'avaient fait croire que le monde entier était sous mon commandement, et j'ai voulu dompter les vagues. J'ai voulu les voir me lécher les pieds, comme les autres éléments le faisaient. Mais quand j'y suis arrivée, à cette bouée, un courant m'a projetée dessus et je me suis assommée. Toute seule, comme une grande. Pas besoin d'aller s'imaginer des complots à la Raspoutine dessinés par un adolescent instable, entouré de battes de baseball et de maillets. C'est juste l'océan qui m'a tuée. Rien de plus.

L'océan et peut-être un peu de l'incommensurable esprit de suffisance qu'ils m'avaient insufflée dès ma première respiration.

Seulement, il est trop tard maintenant, le mal est fait. Mes parents cherchent un coupable qui n'existe pas, ils l'ont déjà cherché pendant cinq ans, et ils finissent par épingler définitivement la faute sur un être de chair et de sang complètement innocent qui tombe des nues. Et de très haut. Mon frère. Le pauvre.

Déjà que je lui pourrissais la vie de mon vivant, puis de mon absence, voilà que je fais encore pire dans ma mort confirmée. Et ce n'est même plus volontaire. Non que ça ne l'ait vraiment été. J'étais née ainsi. Adorable et adorée. Et je lui avais pardonné, moi, de me détester amèrement. Depuis le temps. La mort rend magnanime. Pas besoin de se compter les poux après que le glas ait sonné.

Mon frère qui ne tourne déjà pas très rond dans le cocon familial, voilà qu'ils le poussent à mal tourner tout court. Parce que voilà l'histoire qu'ils servent toute chaude aux journalistes affamés. Si je suis morte, c'est de sa faute. Ils le renient parce qu'ils voient dans l'instant, le court instant où ils se sont enfin tournés vers lui pour la première fois, la raison de ma disparition. Ces cinq minutes où ils m'ont perdue des yeux, moi, leur précieuse fille, leur unique enfant, ces cinq minutes qui pèsent si lourd dans la balance du jugement dernier qu'ils offrent à mon frère, cet être insignifiant qu'il est, qu'il a toujours été. Ils veulent se venger, ils le harcèlent. Ils lui mettent en plus sur le dos la nouvelle et imbattable raison pour laquelle il n'est plus leur fils, la raison pour laquelle il ne l'a jamais vraiment été.

Mes parents, ils voulaient une fille. Pas des jumeaux. Sûrement pas un garçon. Surtout pas d'un garçon aux cheveux et aux yeux si noirs qu'il fait fuir les corbeaux. Non. Ils ne voulaient qu'une fille, une petite princesse blonde aux grands yeux émerveillés. Et s'ils ne peuvent pas l'avoir, s'ils l'ont perdue à jamais, alors ils ne veulent rien d'autre. Rien ne pourra la remplacer. Jamais. Et sûrement pas son jumeau aussi sombre qu'elle était lumière, le jumeau à cause duquel elle est partie bien trop tôt. Alors que ça aurait dû être lui, le mort. Pour qu'ils puissent enfin vivre en paix avec elle, leur ange, pleinement. Alors mon frère à qui ils font déjà porter le monde, ils rajoutent sur ses épaules la culpabilité de la destruction de la seule famille qu'il n'a jamais eue, qu'il n'aura jamais, même s'il n'en faisait pas vraiment partie.

Parce que mes parents, ils n'ont eu qu'un enfant, une fille, et cet enfant, c'était moi. Alors quand j'ai disparu et qu'ils se sont retrouvés face au pâle substitut qu'il leur restait, ils l'ont haï. Ils l'ont haï, encore plus qu'il ne me haïssait lui, pour lui avoir volé nos parents, pour lui avoir pris sa vie et l'avoir transformée en un enfer de solitude sans fin. Mon frère, ils le rayent de leur passeport. Puis ils changent de nom et partent refaire leur vie minable ailleurs. Sans enfant. Mon frère, il n'existe pas. Ils n'ont jamais eu de fils. Mon frère, il est né orphelin.

Il se met à évacuer son abandon sur le monde entier, il grave ses initiales dans la chair de la terre, pour qu'au moins quelqu'un, quelque chose, même si ce n'est qu'un bloc de pierre, le voit enfin, lui et ses grands yeux vides, lui et son cœur qui n'a plus aucune raison de battre mais qui refuse de s'éteindre d'un point de vue médical, alors qu'il serait si bien enterré, entouré des familles de cloportes et de vers auxquelles il appartient. Il grave ses initiales partout, pour que le monde accepte de se rappeler au moins un peu de lui, de son nom.

Comme je m'y attendais, il finit par tourner vraiment mal. C'était écrit dans les étoiles depuis le jour de ma naissance et de la sienne, gravé au fer rouge dans les placentas qui nous entouraient. Après une liste de petits délits longue comme mon bras, plus pathétique que méchante, il passe aux choses sérieuses aussitôt que les roues de l'avion emportant mes parents décollent du sol gelé. Il se met au crime, avec un grand C. À l'âge de quatorze ans, le voilà qui parcourt les rues de la cité en caïd. Ils finissent par l'arrêter pour coups et blessures aggravés. Une discussion animée dans un bar qui a tourné en rixe. Son adversaire lui devait trop d'argent. Il aime voir la couleur de ses billets rapidement. Il a besoin de les compter, de les toucher, de leur parler. Ils se comprennent, entre fraudes.

En moins de temps qu'il n'en faut pour dire *ouf*, ils l'expédient dans un procès à huis-clos où les gens le regardent de travers, plaignent ses pauvres parents qui brillent par leur absence et chuchotent bruyamment pour s'indigner de son manque évident de repères et de morale. Sans surprise, il se voit condamné. Le sort fait tout de même preuve d'un peu de clémence, ils décident qu'il n'y a pas eu préméditation. En fait, ils s'accordent pour dire que c'est simplement le malheureux résultat d'un geste impulsif chez un adolescent déséquilibré, colérique, qui entend des voix, et sans doute traumatisé d'avoir détruit sa famille en précipitant la mort de sa sœur, bien qu'involontairement, six ans auparavant.

S'ils savaient… Qu'en fait, de famille, il n'en a jamais eu. Et que c'est cela qui explique ses colères, son repli, ses voix dans sa tête sans qui il n'aurait jamais eu personne à qui parler. Qu'en fait, c'est la faute de mes parents, ces parents qui ont refusé d'être les siens, s'il se retrouve devant leurs yeux désapprobateurs et leur moue de dégoût aujourd'hui. Mais ils ne savent pas… Personne ne le sait. Sauf moi.

Il n'écope que de cinq ans et est relaxé au bout de quatre pour bonne conduite. Et puis aussi parce qu'il faudrait qu'ils remplissent de la paperasse pour effectuer un transfert du centre d'incarcération pour délinquants juvéniles où il moisit en silence vers une prison pour adultes. C'est plus simple de le réintégrer dans la société. Il faut penser à tous les arbres sauvagement abattus pour produire les feuillets de papier pénitentiaire. Sous couvert de ces grandes considérations écologiques, à dix-huit ans et trois jours, il redevient donc un homme libre. Avec un casier judiciaire sous scellé et sans personne pour l'accueillir à la sortie.

Tout seul, il part. Il émigre. Le grand salut de l'époque, la nouvelle idée du siècle. Ou son nouveau mal. C'est selon. Il n'est qu'un naufragé insignifiant parmi des milliers, un petit pion de plus affamé de capitalisme. L'anonymat lui donne des ailes. Tant pis pour la réintégration en douceur et les rendez-vous hebdomadaires au poste de police. Il se fait de nouveaux amis. Ils sont forts, ils plient la réalité et volent au-dessus des lois, à très haute altitude. Il dit adieu au petit Vassili tremblotant qu'il était, au petit Vassili sans importance qui a marqué toute son enfance. Il devient Alexandre Lourceff, comme il est écrit sur son nouveau passeport. Il endosse son nouveau nom, s'y complaît, se reluque avec narcissisme dans la rétine des douaniers et des forces de l'ordre. Oui, il le sait, l'anonymat et l'imposture lui vont si bien. Puis il en change à nouveau, comme d'autres changent de chemises. Il enfile les noms et les adresses à un rythme effréné, les uns après les autres, tout naturellement. Il ne recycle rien, il peut se le permettre. Et si la terre s'arrête de tourner, ma foi, il se dit que l'enfer ne peut pas être bien pire.

Il jongle avec les fraudes, ramasse le pécule et disparaît. Il se fait mécène, il se fait fantôme. Il renaît en un riche agent immobilier et meurt dans un accident de voiture qui le précipite du sommet d'une falaise. Il convertit les masses à son nouveau culte et se volatilise avec la cagnotte un beau matin pour la ramener à Dieu. Il s'amuse. Avec des noms, avec des nombres, il est véreux jusqu'à la moelle de son cœur. Il s'envenime avec la réussite qui s'entasse sous son matelas et rend ses nuits si douillettes. L'argent lui donne un pouvoir qui le grise. Enfin, il existe. Et il a bien l'intention d'en profiter. Il le peut, maintenant qu'il est juché sur cette importance financière si fraîchement acquise et ne demandant qu'à croître, cette nouvelle venue qu'il a si longtemps attendue, et qui est si impatiente de s'affirmer, de faire ses preuves. Alors il vise plus haut, toujours plus haut. Il me vise, moi. Il cherche à m'atteindre. À me rattraper et à me faire payer la tournure qu'a prise sa vie. Je lui dois dix-huit ans. Plus dommages et intérêts pour les préjudices portés. Et ils sont nombreux. Il en tient la liste dans un petit calepin. Elle commence avec ma naissance qui l'a privée de l'amour de nos parents et s'allonge chaque jour. Il repose chacune de ses fautes sur mon dos.

Et il est très doué. Je commence à avoir la conscience lourde. Tout ce gaspillage éhonté en mon nom, toute cette destruction qu'il engendre dans son sillage en digne héritier de la lignée familiale. Mes amis se retournent contre moi, ils complotent dans mon dos, je le sais bien. Je les entends murmurer leurs reproches. Ils se demandent comment je peux faire ça, comment j'ai pu perdre mon humanité à ce point-là. Et ma conscience, ma compassion, mon empathie. Ils se demandent comment je peux regarder les autres hurler de souffrance et continuer. Toujours, toujours plus. Ils pensent que je devrais savoir gérer la situation. Ils ont raison. Sauf que je ne sais pas. Je suis perdue. Les actions de mon frère dépassent ma pensée. Je suis larguée. Une fois de plus. Comme un mauvais jeu du sort. Sot de destin.

Alors je le regarde de loin et je soupire. Je m'isole pour essayer de mieux comprendre. Et puis surtout pour fuir ses yeux accusateurs qui me suivent où que j'aille. Parce que s'il est convaincu de m'avoir tuée, comme la ritournelle parentale l'a imprimé dans chaque cellule de son cortex, ce n'est pas pour autant qu'il croupit dans une mare de culpabilité. Non. S'il m'a tuée, c'est parce que je l'avais bien mérité. À toujours faire mon intéressante et à sourire comme une poupée lorsque lui se tordait de douleur dans le mépris et l'indifférence de mes parents. Et ma mort n'est que la première étape de son grand plan pour nous rendre égaux. Il veut que mon cœur pèse aussi lourd que le sien. Parce que tout est ma faute. Sans moi, il aurait eu des parents. Sans moi, il aurait été heureux, il aurait été normal. J'essaye de lui échapper, je me tortille entre ses griffes et je me cloître dans une petite pièce sans lumière, au pain et à l'eau. Sans bruit, sans contact. Sans rien d'autre que moi-même et ce froid humide, qui pénètre dans les os et la moelle. Il a envahi mon petit coin de paradis. Il va bien falloir que je réplique et il le sait. Il attend, patiemment, avec sagesse, pour la première fois de sa vie. Il ne se lasse pas de me regarder me débattre en vain. Il joue au chat et à la souris. Ça lui plaît, cette nouvelle distribution des rôles où il incarne le prédateur. Moi aussi il va bien falloir que je m'y mette à ce bras de fer. On ne peut pas échapper à la famille.

Alors je reviens en arrière. Il me fait régresser en enfance. Me voici redevenue une petite fille. Je cherche mes parents. Je les ai perdus de vue quelques années après ma disparition. Comme tout le monde par ici. Au départ, on tente de prolonger sa vie en restant en contact avec ceux qui y sont restés. Et puis le temps fait son ouvrage et l'on passe à autre chose. Plus difficilement que ceux qui y sont restés, mais éventuellement, on y arrive tous. Je les cherche frénétiquement. Je panique, je ne les trouve pas. Ils m'ont lâché la main, je me retrouve perdue et esseulée au milieu du monde qui tourbillonne si vite. Papa Maman, pourquoi m'avez-vous laissée là ? Pourquoi ne m'avez-vous pas rejointe ? Pourquoi ne me rejoignez-vous pas ?

Ils m'ont laissée en tête à tête avec un monstre pour que l'on règle nos comptes. L'addition congénitale est salée. Et j'ai toujours préféré les sucreries. Mais arrive un moment où je ne peux plus rester là les bras croisés à le regarder détruire ma nouvelle vie sans rien faire.

On passe un marché. Je suis sous contrat. Je suis son messager divin. Je cèle un pacte avec le diable pour enfin retrouver la paix. Je transmets les messages du monde des vivants au monde des morts par courrier express. Et je lui rapporte la réponse. Sous vingt-quatre heures, délais garantis ou vous êtes remboursé. Et moi virée directement en enfer avec la menace planante et grondante que tout reprendrait comme avant.

Mon premier boulot est en fait assez gratifiant. Une histoire banale à souhait, tout ce qu'il faut pour se rôder. Un petit garçon qui vient de se noyer. Bien sûr, ses parents sont inconsolables. Au début.

Jusqu'à l'enterrement au moins. Les apparences sont tout ce qu'ils veulent sauver. Pas qu'ils ne l'aient vraiment connu et jamais aimé de tout façon. Bien vite, ils se transforment en deux harpies intenables. Ils se renvoient rapidement la balle d'à qui la faute. À longueur de journée, ils se crêpent leurs chignons parfaitement laqués pour mieux dissimuler leurs épingles pointues. Bien sûr, ils sont riches aussi. Ils veulent divorcer et ils pensent que celui qui prouvera le mieux que l'autre est responsable de la triste mort de leur fils héritera de tout. Et bien plus encore. Au moins un point sur lequel ils semblent s'accorder sans même avoir besoin de se consulter par avocats interposés. La pauvre gouvernante ne sait plus où se mettre et se sent toute étonnée d'être la seule à pleurer la perte de son petit écolier. Elle s'engonce dans son deuil comme elle peut, maladroite et continuellement déstabilisée. Ils la tiraillent de tous côtés, la sollicitent à droite, puis à gauche. Elle croule sous les attentions pour la première fois de sa vie. Ils essayent tous les deux de se la mettre dans la poche. Après toutes ces années, ils veulent enfin son avis objectif sur leur ancienne famille pour détruire un peu plus ce qu'il en reste. Objectif, ils insistent bien. C'est mieux pour les tribunaux. Elle comprend, bien sûr ? Il s'agit de rétablir la vérité, de s'occuper du petit mort une dernière fois. C'est pour les aider à faire leur deuil, à tourner la page. Et ils sourient tristement, la larme à l'œil. Ce sont de grands comédiens et de fins manipulateurs. Ils essayent de l'influencer à coup de dessous de table. C'est bien mal la connaître. Un beau matin, sans crier gare, elle disparaît sans un sou en poche. Ils en restent pantois d'effroi. Elle s'en pâme presque d'horreur. Il leur faut un nouveau stratagème.

C'est là que je rentre en jeu. D'un commun accord, ils décident de faire appel à mon superviseur pour rentrer en contact avec leur fils et enfin connaître le fin mot de l'histoire. C'est que de tribunaux en cabinet d'avocats, ils commencent à se rendre compte que leur manque d'information sur leur fils décédé est une plaie béante dans leur porte-monnaie. Alors je le cherche lui. Je le trouve en un éclair. Aussi prédictible que moi à l'époque. Et je lui demande. La réponse ne va pas leur plaire.

Aucun des deux. Voilà lequel de ses parents et responsable de son accident. Il ajoute pour parfaire le scandale : « En fait, je n'ai jamais eu de parents en vrai. » Scabreux à volonté. Il a de l'esprit et du recul pour un gamin de sept ans. J'en suis impressionnée. Mon frère tourne l'histoire à sa sauce. Tant pis pour la vérité. La justice karmique prévaut et c'est le mari qui écope. La femme hérite. Mon frère aussi. D'un tiers et des poussières de la fortune familiale. Il a toujours su lire les gens. C'est elle qui était prête à payer le prix fort. C'est elle qui tenait le moins à savoir mais le plus à hériter. C'est elle qui n'a jamais vraiment eu de fils. Mon frère, il le connaît bien, ce schéma familial, il sait le renifler à des kilomètres à la ronde, il a grandi avec. Et puis, c'est toujours plus facile à manipuler, une femme. Au moins je l'aurai aidé lui. Pauvre gosse atterri dans l'autre monde par négligence.

Une certaine bonne humeur ne le quitte plus. Il en devient presque humain. Nos relations s'améliorent au fur et à mesure que ses tarifs grimpent. Mes services d'esclave n'ont pas de prix, c'est la nouvelle formule. Privilégiés, ceux qui peuvent néanmoins y accéder pour seulement une petite fortune. Maintenant, on fait dans la fleur de coton rose barbe à papa. Complètement cucul-la-praline. De vieilles rombières qui veulent échanger une dernière conversation puérile avec feu leurs maris. Des époux éplorés qui ne se consolent pas d'avoir tué leurs moitiés en roulant partiellement alcoolisés dans la mauvaise file et qui cherchent le pardon. Des enfants crédules beaucoup trop riches qui ont perdu leurs parents beaucoup trop tôt. La routine. On s'installe confortablement dans ce train-train mélodramatique et il investit en bourse.

Il se fait une réputation. Il ne change plus de nom continuellement. Il choisit ses clients. Il les sélectionne avec passion. Sur critère de richesse, bien évidemment. Il est très rapidement clair que son unique amour n'est en fait autre que son porte-monnaie. En parallèle avec ses activités de grand médium, il ressort même ses rêves d'enfant, si parfaits, et les vend comme de la chair à pâté pour augmenter son pécule. Parce que sa vision est si belle, si pure, qu'elle se vend comme des petits pains. Je me demande d'ailleurs bien comment elle a pu fleurir dans sa tête constamment plongée dans les ténèbres. Mais cette vision, il l'a, alors comme il ne peut se résoudre à complètement la détruire, il en fait la seule chose qu'il sait faire : ce monde qu'il a créé, il en vend la couleur pour une fortune. Il vaut bien au moins ça. Il vend du rêve en poudre et les monceaux d'or qu'il récolte sur les terres fertiles de sa vision, il s'en entoure avec soin et il s'y fabrique une couronne de joyaux. Il est roi, dans son univers.

De mon côté, je mène une authentique enquête sociologique de premier plan. Je me demande vraiment comment certaines personnes ont fait pour devenir ultra-richissmes. Je me coltine des cas de plus en plus gratinés. C'est absolument exténuant de jouer à Hermès. Je passe ma mort par monts et par vaux à rechercher des doux timbrés illuminés dans les plaines nuageuses. On m'en reparlera de ce concept du repos éternel. Paix à mon âme.

Et puis au moment où je m'apprête à jeter l'éponge et dire à mon cher patron qu'il va falloir qu'il me trouve des cas un tant soit peu intéressants s'il veut que notre collaboration se poursuive sans embûche, voilà qu'il me surprend, change de bord et accepte de travailler pour une bouchée de pain sur un projet passionnant. Il semblerait que mon frère se soit converti en redresseur de torts. Moi, j'en prends du galon par avance. Je me vois déjà dans un costume rose fluo moulant de super-héros, barré d'un grand éclair bleu de Prusse scintillant et auréolée par une banderole dorée qui flotte majestueusement au vent au-dessus de ma tête et qui dit en toutes lettres et surtout en gigantesque « Yeva, Justicière des Deux Mondes ». Et des crieurs de partout. Et la foule qui m'acclame, et le peuple qui m'encense. La gloire absolue. Encore mieux que dans mes rêves les plus fous.

Mon nouveau boulot, en priorité absolue sur tout le reste, est de retrouver Nickolas O'Reilly. Fantastiquement géant. Juste pour vous remettre l'histoire en tête, au cas où vous auriez vécu sur une autre planète pendant ces dix dernières années, Nickolas O'Reilly, c'était tout simplement le baron de la disparition rapide et de l'anonymat, le roi du billet et l'empereur des cours de justice. De son vivant prématurément écourté, il n'était nul autre que la tête pensante intouchable du plus puissant conglomérat financier jamais créé. Il était un avocat brillantissime, il avait un véritable empire immobilier, une flopée d'entreprises très bien cotées en bourse et probablement autant de gardes du corps que de milliards à la banque. Et tout ça, ce n'était que l'endroit de la médaille. La propre et respectable façade de l'homme d'affaires visionnaire. La rumeur voulait qu'il soit aussi affilié à la mafia. Rien n'avait jamais été prouvé. Ça n'était peut-être que des conjonctures mais il devait s'y attendre, à vingt ans à peine, en épousant en grandes pompes Agnès McBrightlee, la fille aînée et illégitime du chef d'un puissant cartel mexicain et de la très estimée directrice administrative de la branche New Yorkaise de la mafia irlandaise. Trente ans plus tard, c'est en fait sans grande surprise que la police le trouva mort à son domicile. Meurtre. Voilà qui prouvait simplement qu'ils avaient eu raison sur toute la ligne, il faisait bien partie de la grande famille du crime organisé léguée par ses beaux-parents. Les gens qui mènent une vie normale ne sont pas retrouvés au milieu de leur salon avec une balle dans la tête et un petit mot d'adieu d'une famille rivale. L'affaire fut close en deux temps trois mouvements. Un homme à tout faire de ladite famille rivale fut arrêté et condamné en un éclair. Et le dossier fut enterré avec soulagement aux archives. Un gros truand de moins à arpenter les rues de la ville. Ce fut le consensus général. Surtout qu'il autorisait à confisquer la plus grande partie de ses biens, puisqu'ils avaient été acquis malhonnêtement, c'était évident. Et que tous les hauts placés du système judicaire se virent distribuer une somme fort coquette qui étouffa le peu de questions qu'ils pouvaient se poser. C'était bien, tout le monde était d'accord là-dessus.

Sauf sa femme et ses enfants. Ils hurlèrent au bafouage des droits de l'homme et au mépris de la justice, mais sans grand succès. Il y avait beaucoup trop de titres de propriété et de valeurs boursières changeant de main contre eux. C'est ainsi qu'un beau matin, la veuve de feu monsieur Nickolas O'Reilly se retrouva dans le bureau de mon cher boss à lui raconter ses malheurs en tordant son mouchoir entre deux sanglots étouffés. Il n'y avait presque pas d'argent en jeu, puisque pratiquement tout avait été confisqué. Mais il y avait bien mieux. La promesse, s'il réussissait, du soutien constant des O'Reilly qui, bien que ruinés pesaient encore leur poids en or pour leurs contacts et leurs opinions sur le marché des affaires. Et d'un contrat exclusif avec les McBrightlee pour des missions délicates, extrêmement spéciales et bien rémunérées. C'en étaient trop de beaux noms pour que mon frère puisse ne serait-ce que penser à dire non. Il accepta donc. Madame veuve O'Reilly avait entendu dire qu'il pouvait communiquer avec l'autre monde. Elle voulait qu'il trouve son mari et obtienne le nom de son vrai assassin. Elle voulait mettre un terme à cette mascarade de justice que la police lui avait servie. Elle voulait la vérité.

Il est ridicule de penser qu'elle n'offrirait qu'un quart de ce qu'elle proposait si elle n'était pas intimement convaincue que le meurtrier de son mari ne courrait pas encore dans la nature. Surtout qu'elle était venue accompagnée du responsable des commissariats de tout Manhattan, ni plus ni moins, qui, malgré son héritage juteux, ne semblait pas convaincu non plus par la version officielle. C'était en fait une théorie très controversée. Il allait être l'agent de liaison entre elle et nous, et il s'occuperait de faire traduire l'affaire en justice dès que l'on pourrait produire un coupable. Elle partait au Mexique avec ses enfants pour faire son deuil dans sa famille paternelle. Les gens du sud comprennent mieux la douleur d'une perte.

C'est sur ces faits que je me lance à la recherche du mort le plus médiatisé du siècle. Et le retrouver, ça va être coton costaud. Le type était déjà dur à approcher sur la terre ferme lorsqu'il était banalement cloîtré dans ses trois dimensions, alors maintenant qu'il a accès à l'univers, je ne vous dis pas le jeu de piste. Très tôt, je me rends compte qu'il n'a pas que des amis ici. J'apprends assez vite que c'est parce que beaucoup y sont grâce à ses bons soins. Voilà ce que l'on gagne à être un avocat brillant dans un pays qui n'a pas encore aboli la peine de mort. Je vous épargne les détails. Et puis il y a les autres. Ceux qui cherchent juste un peu d'action, une nouvelle grande figure avec qui se plumer. Surtout qu'ils ont tous gobé la version des journaux et chaque victime collatérale d'un crime de gangs veut lui dire son mot. Il y a une sacrée file d'attente. Moi aussi, si j'étais lui, je me cacherais.

Je pars à la quête de cet homme tant demandé. Comme les autres. Sauf que je suis bien plus maligne que la plupart d'entre eux. Et que j'ai une certaine expérience. Finalement, les histoires de mémères au caniche auront servi à quelque chose. Les gens pensent tous plus ou moins de la même façon lorsqu'ils arrivent ici. Ils cherchent un endroit où ils se sentent en sécurité. Ils veulent un lieu familier dans cette étendue de nouveauté. Ils se dirigent toujours vers ce qui les laissera se sentir un peu plus longtemps chez eux. Comme avant. Personne ne le remarque parce que ça passe, et ils oublient. Ils ont la mémoire courte par ici, étonnamment. Ça leur évite sans doute de s'ennuyer après des siècles passés à déambuler sans but dans le même endroit, si grand soit-il. Moi, je suis encore une petite nouvelle, grand avantage dans le cas présent. Je me rappelle de mon arrivée comme si c'était hier. J'aurais tout donné pour pouvoir revoir ma famille une dernière fois, pour revenir vers eux, pour leur expliquer, pour qu'ils me voient, qu'ils me parlent. Ce ne sont pas des milliards qui changent la nature humaine des morts. Le papier n'a plus aucune valeur dans l'au-delà. Il va essayer, lui aussi, de se rapprocher de ceux qu'il vient tout juste de perdre si brutalement. Tout ce qu'il me faut, c'est trouver un endroit qui lie sa famille et le facteur camouflage ajouté à ce problème bien précis. Relativement facile pour quelqu'un comme moi. Deux jours plus tard, je salue avec désinvolture monsieur O'Reilly dans l'écurie perdue au fin fond du Mexique où il a rencontré sa femme il y a plus de trente ans. Ce que je n'avais pas prévu, c'est que les difficultés ne faisaient que commencer.

– Alors comme ça, c'est déjà l'heure des règlements de compte… Je pensais au moins avoir le temps de la revoir une dernière fois. Et puis d'abord, qu'est-ce que tu me veux toi ? Tu n'es qu'une gamine !

– Moi, c'est votre femme qui m'envoie. Je veux juste savoir qui vous a tué. C'est tout. Et les autres ne vous trouveront pas si vous restez là assez longtemps. Et puis ils vous oublieront. Vous survivrez. Ne vous en faites pas.

Il me regarde avec un long sourire désabusé et ironique.

– Je survivrai… C'est cocasse, je pensais avoir déjà raté cette option !

– Vous survivrez ici. C'est dingue, il faut vraiment toujours vous mettre les points sur les « i » à vous autres, les nouveaux ! Vous ne réalisez jamais que vous n'êtes mort que sur terre, et vivant partout ailleurs. Donc, pour en revenir à nos moutons, j'aurais besoin du nom de votre assassin pour le transmettre à la police et votre femme.

Silence de sa part.

– S'il vous plaît, ajoutais-je pour faire bonne mesure.

Il se dégèle enfin à la suite de la formule magique :

– On ne peut pas leur parler, j'ai essayé. Alors pas la peine de vouloir me tirer les vers du nez pour satisfaire ta petite curiosité morbide.

– Moi je le peux, leur parler. Je peux parler à mon frère. Il le leur dira.

Il s'anime brusquement, me saisit par les épaules et me remue à m'en faire décoller les pieds du sol.

– Comment fais-tu pour lui parler ? Pourquoi est-ce que moi, je ne peux pas leur parler, à ma femme et mes enfants ?

– Je ne sais pas trop, en fait. Et reposez-moi par terre, ça ne sert à rien de me secouer comme un palmier.

Je rajuste mon pull et je tente de lui expliquer :

– Depuis que l'on est tout petit, on peut lire dans les pensées de l'autre. Comme si on était télépathes. La connexion ne s'est jamais rompue. Vous, vous ne pourrez pas. Ce n'est pas possible. Il n'y a que moi qui puisse, alors dites le moi.

– Non.

Comme ça, tout de go, il refuse de me répondre. Absolument incompréhensible. Pourquoi ne pas tendre une main aidante vers sa famille, une main qui tournerait la page et leur permettrait de faire leur deuil en paix, sachant son réel assassin derrière les barreaux ? Il rit. Franchement, ouvertement. Il s'en étrangle presque en me crachotant :

– Derrière les barreaux ?!... Oh non, cette personne n'atterrira jamais derrière les barreaux !

Pour un avocat, il a bien peu de foi dans le système judicaire de son pays. Mais ce n'est pas grave. J'ai de la suite dans les idées. On verra si au bout d'une semaine de harcèlement constant agrémenté à ma sauce, il refuse toujours de me livrer l'identité de son meurtrier.

Une semaine plus tard, je remets le sujet sur le tapis pour la énième fois. Mon superviseur se fait insistant. En plus, je suis bien curieuse aussi. Plus il refuse de me le dire, plus je me demande vraiment qui peut l'avoir occis. Et puis, si je veux mériter mon costume de super-héros pour de vrai, il faut bien que je fasse quelque chose. Alors je lui sers ma ritournelle pour la millième fois cette semaine, mais un peu plus épicée que d'habitude, tout de même :

– Je ne comprends vraiment pas pourquoi vous ne voulez pas blanchir votre nom. Maintenant que je vous connais un peu, c'est aussi limpide que de l'eau de roche que vous ne faites pas partie de la mafia. Vous ne seriez pas content si votre assassin payait pour ce qu'il a fait ?

– …

– Moi, je ne voudrais que ça… Après tout, c'est lui qui vous a rayé de la surface de la terre. Ce n'est pas juste, qu'il puisse continuer à se dorer la pilule au soleil pendant que vous êtes là avec votre teint cadavérique. Il y a de quoi en être vert de rage. Vous devriez en être vert de rage !

– …

– Et puis, sans même penser à vous, vous devriez penser un peu aux autres. À ceux que vous avez laissés derrière, ceux qui y sont restés. Eux aussi, ils ont le droit de savoir. Votre femme et vos enfants, ils ne tourneront pas la page avant d'avoir le fin mot de l'histoire. C'est ça que vous voulez ? Pour être sûr qu'ils ne vous oublient jamais ? C'est égoïste, un point c'est tout. Voilà ce que c'est. Votre entêtement à me taire la vérité est d'un égoïsme crasse.

– …

– Et puis en plus, avec cette histoire de mafia, imaginez à quel point ils sont traînés dans la boue. Le scandale, ils ont tout perdu. Tout ça à cause de vous, à cause de votre nom. Pourquoi ne pas y mettre un terme ? Ils ne vous oublieront pas, vous savez. Ils trieront, ils ne garderont que les meilleurs souvenirs, c'est sûr, mais ils ne vous oublieront pas. On n'oublie jamais les morts. Alors pourquoi ne pas le leur dire, qu'ils puissent finir leur deuil ? Pourquoi ne pas le leur dire, qu'ils puissent enfin dormir en paix, sachant votre meurtrier à sa place, en prison ?

– …

– Elle, votre femme, eh bien elle mérite mieux que de passer le reste de ses jours à regarder le monde en chien de faïence. Elle doit savoir. Vous devez le lui dire. Sinon elle, elle s'isolera de plus en plus. Et un jour, elle vous rejoindra ici, d'elle-même. C'est ça que vous voulez ? Qu'elle se suicide pour trouver la réponse ? Vous voulez lui faire du chantage à l'affectif ? Vous n'êtes qu'un sale petit manipulateur de basse semaine ?

– …

– Moi, je pensais que vous valiez mieux que ça. Un avocat de votre gabarit, ça devrait avoir une idée du bien et du mal. On ne torture pas sa famille de la sorte. C'est la moindre des choses ! Et puis si vous l'aimiez vraiment, vous le lui diriez. Point à la ligne. Vous ne la laisseriez pas dans le noir une seconde de plus. C'est inhumain, votre refus. Finalement, je commence à comprendre pourquoi on vous a exécuté. Un monstre de moins sur terre. Votre femme, elle devrait en être soulagée. C'est ce que je vais aller lui dire, moi. Que vous êtes un abruti de première qui ne l'aime même pas assez pour l'aider à laver votre réputation, qui a pourtant l'air totalement justifiée, si vous voulez mon avis sur la question ! Comment avez-vous fait pour lui cacher qui vous êtes vraiment pendant presque trente ans ? Vous…

– C'est sa mère, ok. Sa mère. Tu crois qu'elle veut l'entendre, ça ?! Tu crois qu'elle veut le savoir ?!... Sa mère.

Je m'en assis par terre.

– Sa mère ?... Votre belle-mère ? C'est votre belle-mère. Votre belle-mère ?!...

– Oui, ma belle-mère. Elle-même. Sa mère.

– Mais… Sa propre mère ?!

– Elle m'a toujours considéré comme un gendre jetable… Surtout après que j'ai refusé de reprendre les rênes de l'entreprise familiale… Alors de là à m'envoyer à la décharge de ses propres mains, il n'y a toujours eu qu'un pas.

– Oui certes, mais enfin, c'est votre belle-mère tout de même ! Et sa fille dans l'histoire ? Elle n'y a pas pensé ou quoi ?

– Sans doute pas beaucoup. Elle n'a jamais été très maternelle ! Elle s'imagine sans doute que le prochain sera plus conciliant. Et elle n'a probablement pas tort... On a toujours été un peu à couteaux tirés…

– Mais de là à vous faire passer l'arme à gauche prématurément ?! C'est votre belle-mère ! Votre famille !

– La famille, je n'en suis pas membre. Je n'en ai jamais été membre. Demande-lui donc son avis sur la question, elle en crachera par terre ! Là, elle a fait d'une pierre deux coups : elle s'est débarrassée de moi tout en trouvant un bon moyen d'éradiquer la concurrence. Pourquoi crois-tu que tout soit retombé sur la tête de ses plus grands rivaux. ? Une autre famille qui plonge, ça fait plus de place pour la sienne. C'est mieux pour les affaires. Et en dehors des affaires, il n'y a pas grand-chose dans le cœur de cette femme.

On reste tous les deux assis sans rien dire. Côte-à-côte. Pendant des heures. Jusqu'au petit matin. Je suis encore trop stupéfaite pour parler. Il me regarde. Je le regarde.

– Qu'est-ce qu'on fait maintenant ?

– Je ne sais pas.

On reste assis une journée de plus. Perdus dans nos pensées. Côte-à-côte. Deux naufragés solitaires du grand désastre de la vie. À la tombée du jour, je le regarde. Il me regarde.

– On le leur dit.

– D'accord.

L'apocalypse ne se fait pas attendre à l'annonce de cette révélation. Ce que mon frère avait malencontreusement oublié de me dire, c'est que j'avais produit ce renseignement pour le responsable des commissariats de tout Manhattan certes, mais qu'il n'avait jamais été question de ramener l'affaire devant un tribunal. Ce cher commissaire n'est autre qu'un haut ponte agent double et trouble des forces de l'ordre à la patte grassement huilée pour servir d'intermédiaire entre nous et sa grande famille noire de deuil. Et irlandaise. Et mexicaine. Pour ne pas en dire plus et prononcer les mots qui fâchent. Et c'est tout. En moins de deux, la fille éplorée se tourne en quête de justice vers son père, qui stipule que sa mère a franchi les limites sacrées de la famille et qu'un tel piétinement demande dédommagement de chair et de sang. Elle la tue avec la bénédiction paternelle et prend les rênes de l'entreprise familiale à New York. Vengeance accomplie, justice est servie. Une nouvelle poigne de fer sans merci. Sans son mari, elle est en fait le portrait craché de sa défunte mère. Tout retombe dans l'ordre. L'onde de choc du pavé dans la mare a fini ses cercles concentriques. Seul résultat des courses, au lieu d'un beau costume rose fluo, j'ai un mort sur la conscience.

Elle aussi, les gens vont avoir des choses à lui dire. Elle n'est pas très populaire par ici, encore moins que son gendre. Et elle va avoir des choses à me dire, à moi. Pas très réjouissant. Elle n'a pas l'air d'être une personne très sympathique.

Je n'avais jamais réfléchi avant à ce que cela voulait dire que de travailler pour une grande famille du crime. En fait, ce « contrat », si l'on peut qualifier ça ainsi, ce n'est ni plus ni moins que du travail forcé. D'ailleurs, après un long séjour en Suède, on décide du jour au lendemain de nous envoyer au bout du monde, en Australie, comme des bagnards. Au moins, ça a le mérite d'être clair. Du travail forcé, comme je disais. Sous peine de mort. Enfin, surtout pour mon frère.

Ils l'enferment dans l'univers qu'il s'est dessiné. Il se retrouve pris à son propre jeu, incapable de s'enfuir, prisonnier d'un trône qu'il a voulu si grand qu'il n'arrive plus à s'en extirper. Il ne le peut pas. Il est complètement dépassé, les proportions sont faussées, la perspective biaisée. Il n'a nulle part où aller, nulle part où se réfugier, ils ont envahi jusqu'à ses rêves. Leur coup d'état s'est déroulé comme un modèle du genre. Ils n'ont même pas pris la peine de décapiter le roi. Non. Pourquoi le tuer quand ils peuvent s'en servir de marionnette ? Il sait se rendre si utile, avec son charisme et ses connections dans l'au-delà. Alors ils le laissent sous les projecteurs et les apparences sont préservées. Le bon peuple n'a aucune raison de crier à rébellion. Il n'y a que moi qui sache. Parce que les autres, ils ne peuvent pas voir les liens d'acier qui maintiennent leur roi bien sagement assis sur son trône.

C'est qu'ils veulent le rentabiliser, leur investissement. S'ils l'ont proclamé ermite solitaire dans un royaume bondé où des humains désorientés se prennent pour des sardines, ce n'est pas pour des clous. Il faut bien admettre qu'ils sont forts tout de même. Excellent département marketing. Ils ont créé le concept de toute pièce parce que ça leur facilite la vie de le maintenir isolé de tout. Ses actes sont plus faciles à contrôler. Et puis ce n'est pas d'ici qu'un gang rival ira débaucher leur atout le plus précieux. L'homme qui voit les ombres du passé et les silhouettes du futur, il est à eux. Ça rapporte gros de nos jours, de voir dans le temps. Toute une flopée de nostalgiques névralgiques se précipite à notre porte dorée pour prendre des nouvelles d'époques révolues ou à venir. Ils y laissent les dents et les plumes, ils en vendent leurs âmes et leurs corps. Et puis également, on prédit et éclaircit leurs histoires scabreuses et leurs morts sanglantes. Rien de bien glorieux. Mais ça leur rend service, alors on ne nous demande pas vraiment notre avis. Beaucoup de macabre et de macchabés. Je passe mon temps à régler des problèmes de territoire et d'ego. À trancher entre la vérité perçue et la vérité vraie. Et à l'éviter, elle. Je n'ai nulle envie de me retrouver nez-à-nez avec celle que j'ai contribué à envoyer ici. La rumeur dit qu'elle me cherche, qu'elle veut me faire payer mon indiscrétion. Alors je me défile, j'évite la confrontation. Je me cache. Elle peut faire un foin de tous les diables, ce n'est pas pour autant que j'apparaîtrai en travers de son chemin. Je connais les rabicoins mieux qu'elle. Je m'en sortirai. Disons que ça n'ajoute rien au pas marrant du reste. Vraiment, si seulement je n'avais pas extorqué la vérité à son gendre… Pas de contrat, pas de belle-mère en furie lancée à mes trousses… Le paradis quoi.

Le pire dans tout ça, c'est que je n'ai même plus le cœur à m'imaginer des sorties de secours. Je ne peux pas le laisser là. Tout seul. Je ne veux pas. Je le lui dois bien, de l'aider un peu, après tout ce que mes parents l'ont fait souffrir. C'est mon frère tout de même. Malgré tout. Il reste mon frère. Et il le sera toujours… Alors je les élucide, leurs petites histoires mesquines. Je leur trouve des remèdes miracles pour qu'ils s'en peinturlurent leurs gueules difformes. Je leur envoie des flashs info instantanés en provenance directe de mon subconscient de morte. Et en attendant qu'il s'en sorte en vie, de ce méli-mélo, lui et moi, on divague en duo dissonant. On se dit que l'on va construire un monde meilleur, un monde plein de rêves, comme il savait les créer quand il était enfant en regardant son aquarium rempli de fourmis. Un monde où tout est possible, et surtout l'impossible. Et déjà, il se dessine doucement sous nos yeux éberlués. Parce que lentement, nous sommes devenus proches. Des amis. Nous ne formons plus qu'un. Une sorte d'alter ego réciproque de l'autre. L'alter ego de deux morceaux d'un même bloc se baladant dans des dimensions différentes.

Et lorsqu'il le peint, ce monde, il brille tellement de tous ses feux que cette lumière arrive jusqu'à ma porte et me réchauffe le cœur. On peut y arriver, je le sais. On peut y convertir les masses et ramener les brebis égarées dans le droit chemin. On va y arriver. Parce que l'humanité y gagnerait, à croire un peu en elle-même et à sortir de sa tanière primitive, de son cocon de violence. À ralentir sa folle course vers sa perte. Alors on y croit, et l'on se ronge les sangs en attendant de pouvoir se débarrasser des chaînes mafieuses qui l'entravent dans la réalisation de ses visions.

La nuit, il en parle, il marmonne tout seul dans son sommeil, et ses gardiens secouent la tête en silence. Il est bien aussi illuminé qu'ils le pensent. Mais il leur est utile, alors ils font avec. Il n'y a que moi qui l'écoute vraiment, qui l'écoute raconter l'origine de ce monde qui nous permet de nous échapper un peu de notre triste réalité. Qui l'entend rire jaune parce que sa vision a retrouvé son utilité première. Il rit à s'en tordre en deux dans son sommeil, il rit de l'ironie qui l'assaille, il rit d'un rire aux relents d'une amertume à en faire virer son foie au jaune hépatique.

Son monde, il l'a créé pour qu'il serve de refuge à deux enfants. Au petit garçon apeuré qu'il était, mais surtout à une petite fille prisonnière de ses parents comme lui, une petite fille de son âge qui avait une famille qui ne valait pas mieux que la sienne. Il murmure que c'est pour elle qu'il a eu cette vision. Ce monde, il l'a créé pour lui permettre de voir par-delà les barreaux de sa cage new-yorkaise. Son monde, c'était le seul endroit où ils pouvaient communiquer leurs souffrances et leur solitude respective, où ils pouvaient se rejoindre et rêver ensemble, rêver de se construire un avenir meilleur, une future réalité plus belle, une réalité qui leur permettait de survivre dans leurs univers noirs. Et voilà qu'il se retrouve à y replonger, qu'il s'y réfugie de nouveau avec l'énergie du désespoir, comme à l'époque où il n'était qu'un enfant sans défense. Parce qu'en fait, il n'a pas changé. C'est la seule réponse qu'il connaît. Sous les coups, il y disparaît. Il est impuissant. Ce monde d'enfant, c'est tout ce qu'il lui reste de son rêve de grandeur.

Et cette fillette qui fut son seul réconfort, son nom lui revient parfois en mémoire, mais jamais il ne le prononce, il le repousse. Ça lui fait trop mal. Il gesticule dans son lit, mais aucun son ne peut sortir de sa bouche, ni même de son subconscient. Sa vie de petit garçon, sa vision, sa seule amie, il a tout enterré, aussi loin que possible, quand mes parents l'ont ouvertement renié. Il les a tous perdus, ce jour-là. Le jour où ils ont enfoncé le couteau dans la plaie béante qu'ils avaient tracé sur sa poitrine le jour de sa naissance et qu'ils ont fait tourner la lame, tellement tourner, tourner à toute vitesse, qu'il n'est resté que de la bouillie de son cœur. Sauf que je sais lire en lui, mieux qu'il ne le peut lui-même. Être morte présente bien quelques avantages. Son nom, j'en viens à le connaître. Je le connais. Elle s'appelle Ivy.

Et lorsqu'il dort et rêve de cette enfant, le petit garçon qu'il était revient à la surface, il resurgit comme projeté sur une torpille par la similarité des situations entre le début de sa vie et son quotidien chez la mafia. Parfois il ouvre les yeux dans son sommeil, quand toutes ses barrières, tous ses désabusements sont couchés, et j'y lis qu'il peut changer, que je peux lui rendre la part d'enfance, l'enfance qu'il n'a jamais eu, celle dont je l'ai privé. Nous y serons égaux, mais pas dans la misère, comme il pensait que cela devait se faire, comme il le voulait il y a si longtemps déjà. Nous serons égaux dans le bonheur. Je rendrai son cœur plus léger plutôt que le mien lourd. Ce cycle de malheur, ce cycle de violence et de désespoir, je le briserai. Je l'en sortirai et je le conduirai vers son destin, le destin heureux que je suis en train de lui écrire.

Parce qu'en découvrant son amie, j'ai compris qu'il y avait un espoir. Son monde que je croyais imaginaire, il l'a bâti sur une vraie vision, une vision authentique qu'il a eue pour la sauver, et que même s'il l'a vendue, même si ça l'a complètement dépassé, il y croit encore aussi dur qu'au fer qui lui ronge les poignets.

Mais eux, ils ignorent tout ça. Ils l'utilisent, son monde si beau, ils le voient comme une bonne couverture. Ils ne peuvent pas réaliser, les idiots. Ils ne peuvent pas se rendre compte que c'est la réalité qu'ils jouent à faire flamber sur leur barbecue géant, que tout est vrai dans les rêves qu'ils piétinent en se moquant allègrement. Des licornes aux oiseaux qui gazouillent en se baignant dans de l'eau rosée. Particulièrement les licornes. Ils l'exploitent, mais un jour, ça va revenir les hanter. Je le sais. Je le sens.

Parce que son monde, celui qui ne fait que s'atrophier dans la réalité, corrompu par la mafia, dans sa tête, il résonne à nouveau avec autant de puissance que dans les cordes vocales d'une diva. Aussi fort qu'avant, voire même plus fort qu'avant. Il resurgit plus puissant que jamais.

Parce qu'un jour, un jour, il y arrivera.

Il sera libre.

Et ce jour-là, eh bien son monde prendra sa première respiration de nouveau-né et deviendra réalité.

J'ai un plan.

# Deuxième Partie

## *Gabriel*

*Il a disparu. Un matin. Comme ça, sans préambule, sans tambour ni trompette. Il s'est volatilisé dans les airs, noyé dans l'océan, perdu sur un chemin. Un matin tout ordinaire. Sans orage ni éclair. Un matin banal à en mourir. Un matin comme tous les matins. Un matin, elle s'est levée et il n'était plus là. Il pluviotait doucement dehors. Ça résonnait gentiment sur les vitres. Il n'y avait rien de grandiloquent, rien de frappant, rien d'extravagant. Et pourtant, il n'était plus là.*

La sœur de Gabriel, Ivy, à propos de Vassili

Ici tout va bien. Comme toujours. Il ne se passe jamais rien. Donc rien ne peut mal tourner. Je vis entouré de meubles Art nouveau. Et c'est bien tout. Voilà ma vie, résumée et développée. Une ligne et demie d'ennui profond. Bingo raté zéro.

Pourtant l'alignement des planètes monétaires prédisposait à mieux. Il prédisposait même à grand. La position sociale et la fortune du haut des quarante-neuf étages de l'entreprise familiale à Manhattan, New York City. Naître une cuillère en or dans la bouche pour ensuite se rendre compte que ce n'est pas de l'or massif. Seulement du plaqué or. Une jolie prison d'apparences trompeuses. Pas de chance, j'y ai cru, au milieu de tous ces meubles Art nouveau.

J'ai grandi entre un père absent, voyages d'affaires, affaires tout court, affaires encore et affaires toujours, et une mère absente, cure de spa régénérateur, cure d'amincissement, cure de dépression, cure de soleil et cure d'ultraviolets subatomiques sous les tropiques. En fait, si l'on exclut les meubles Art nouveau, j'ai grandi tout seul. Égayé par une constante ribambelle de jeunes filles au pair qui ne plaisaient jamais à mes deux parents simultanément. D'où la farandole dansant à un rythme effréné. Étonnant qu'ils aient eu tant à dire sur elles et si peu sur moi.

Du coup, les meubles Art nouveau, ça a vraiment toujours été mon point de repère. Belle éducation. Un peu solitaire certes, un peu obsolète sans doute, mais grandiose quand même. Je connaissais les nœuds de chaque planche, les planches de chaque meuble et les meubles de chaque pièce. Les couleurs, les vernis, le toucher de chaque espèce de bois. Rien n'avait de secret pour moi, dans le monde du mobilier Art nouveau. Je pouvais décrire notre appartement entier les yeux fermés. L'équivalent d'un musée.

L'un des plus grands mystères de mon enfance fut de comprendre comment mes parents au penchant si raffiné lorsque l'on en venait au mobilier, pouvaient manquer de goût à ce point-là pour tout le reste. Leurs habits ? D'une monotonie à tuer un militaire zélé et endurci. Leurs conversations ? D'une banalité à faire s'endormir le plus assidu des accros aux talk-shows télévisés. Leurs vies ? Assez comparable à celle d'un squelette de cardinal du septième siècle encore non-découvert dans sa tombe de marbre solitaire. La seule chose qui faisait sourire mon père était de voir s'aligner les zéros sur son compte en banque. La seule chose qui faisait sourire ma mère était de voir les zéros fondre sur sa balance. Et comme au final, je n'avais pas beaucoup de zéros en ma personne, je n'intéressais pas vraiment quiconque dans ce loft aux meubles Art nouveau. La famille américaine typique, en somme. Pas de quoi en faire un drame. Ni d'en écrire un roman.

Bien sûr, j'eus droit aux écoles privées les plus cotées. Mais il ne fallut pas longtemps pour que mon comportement atypique et mon amour du mobilier Art nouveau fassent prendre au directeur la décision qu'une éducation à la maison était en fait ce qu'il y avait de mieux pour la réputation de son établissement. Et puis pour moi aussi, au passage. Sans doute. C'est à cette époque que commença la ribambelle de précepteurs. Mes parents se heurtaient au même problème qu'avec les jeunes filles au pair. Du coup moi aussi. Je n'allais pas m'attacher à quelque chose d'aussi éphémère qu'un précepteur sur une chaise Art nouveau au quarante-septième étage de l'immeuble de l'entreprise familiale à Manhattan, New York City. Pas fou non plus.

Le quarante-septième étage, c'était mon étage. L'étage familial. Bureau paternel au sommet, quarante-neuvième étage, bien sûr, et retraite maternelle au quarante-sixième, comme il se doit. La vue restait éblouissante, même un étage plus bas. Les meubles Art nouveau avaient le privilège d'être admis à tous les étages, sans aucune distinction de taille, d'âge ni d'encombrement, contrairement à moi. Bien que je n'aie jamais été un matheux par vocation, il ne m'a pas fallu longtemps pour faire le compte. C'est derrière des chiffres que se cache un autre des plus grands mystères de mon enfance : l'étage quarante-huit. Cet étage quarante-huit pour lequel il fallait une clef pour que l'ascenseur s'y arrête.

J'en ai passé des heures de mon enfance à m'imaginer ce qui se trouvait au-dessus de ma tête. L'étage du dessus. *Pop*, une idée de génie pour percer le secret du quarante-huitième étage. *Pop*, une autre. *Pop pop pop*, des idées dans ma tête qui explosent comme des ballons trop gonflés. Des mois de réflexion et de complot à la James Bond pour stopper l'ascenseur, m'infiltrer subtilement dans la conduite d'aération et enfin pénétrer subrepticement dans cet étage secret. Bingo raté zéro. La première difficulté était qu'à cet âge-là, je ne pouvais pas toucher le haut dudit ascenseur, même pas en sautant.

Avec le temps, l'étage interdit a perdu de son attrait. Avec le temps, les mystères et les recoins de l'immeuble familial ont perdu leurs attraits. La seule chose qui me faisait sourire, c'était les meubles Art nouveau. Comme mes parents, j'étais devenu une personne à intérêt unique. Pas les zéros, non, juste l'Art nouveau. Infime variante dans l'univers. Et personne ne semblait satisfait de ce nouvel alignement des planètes. Ma mine pâle et ma silhouette frêle faisaient peur à ma mère, mes dessins et mes rêves à mon père. Moi, c'est la vie dans cette tour inerte et apathique qui me faisait peur. Et puis le monde en général, les gens en particulier.

Je voulais être designer. Construire des meubles. D'inspiration Art nouveau, *of course*. Et voilà ce qui a eu raison de mon éducation au quarante-septième étage. À la rentrée, ce fut direction le pensionnat d'une école militaire au fin-fond des États-Unis. Pour que je me mette à prendre l'air, à faire du sport et à côtoyer d'autres enfants de mon âge. Contre mon gré, mais pour mon propre bien. Bingo raté zéro.

La suite de l'histoire, c'est neuf ans plus tard.

Par une belle fin d'après-midi d'automne et sous un grand ciel bleu.

Au bord d'un lac paisiblement niché au creux des montagnes.

Ce jour-là, il avait fait étonnamment chaud. Sans doute trop chaud pour un mois d'octobre. Comme une journée d'été égarée sur la route de l'hiver. Une erreur de calcul de la nature. Cela arrive même aux meilleurs.

Non que quiconque s'en plaigne.

C'est là qu'est perché le petit chalet de refuge multicolore au bord de ce sentier de grande randonnée presque oublié de tous. Quelques écureuils de temps à autre. Des marmottes plus rarement encore. Bien souvent rien que le clapotis de l'eau sur les berges assoiffées.

Le murmure de la vieille carcasse de bois du chalet sous la caresse du vent.

Et le passage des nuages.

Des ombres mouvantes sur la croûte terrestre. Comme une valse effrénée aux doux accords des saisons. Des millions d'années contenus dans une toute petite seconde de poussière.

Rien de plus que le ciel et les étoiles. Rien de moins.

La voûte céleste pour seule compagnonne.

Et des petits cailloux sur le chemin.

J'habite dans ce chalet. Cet endroit épargné par la société, c'est mon refuge personnel. Je suis résident à plein temps du paradis sur terre. Je suis garde forestier. La route a fait de nombreux détours, mais au final, j'y suis arrivé. Plus ou moins sain et sauf. Plus ou moins en un seul morceau. En cette fin d'après-midi-là, tout était parfait. L'eau à la surface du lac chatoyait sous les rayons du soleil comme mille diamants. La terre avait cette belle couleur rouge sang qui réchauffe le cœur et les arbres arboraient leur feuillage automnal orangé. Comme un gigantesque incendie en coulée de lave contenu par les pics rocheux avoisinants. C'est là qu'elle est arrivée. En silence, glissant sur les flammes et se fondant dans le paysage avec ses cheveux roux. Moi, j'étais devant le lac, les yeux perdus dans le néant de ses profondeurs à en dessiner la surface cliquetante. Elle a prononcé mon nom en forme de point d'interrogation. Je me suis retourné. Et j'ai répondu « oui, c'est moi ». Elle m'a tendu la main et m'a dit : « Je suis ta sœur du quarante-huitième étage ». Tout de go. Tout d'un trait. Un pavé dans le lac. Il a scintillé comme jamais. Flash news du jour. On s'est serré la pince. Bingo raté zéro.

Père est mort. Infarctus. Dernière petite ironie du sort à l'alignement des zéros du chiffre d'affaires indécent de l'année. Du coup, sous le choc du décès de son fournisseur en cures diverses et variées, Mère s'est rappelée. Un éclair de génie. Sa fille au quarante-huitième étage, elle attendait toujours. Un développement malheureux suite au verdict de la haute société bien-pensante de Manhattan, New York City. Un mélange de sang bleu dégénéré et de catholicisme borné. L'explication est simple. D'une simplicité surprenante. Tellement simple qu'elle en paraît grossière. Il était une fois une jeune femme qui eut le mauvais goût de tomber enceinte avant le mariage avec son prince charmant et ses particules. Grave erreur. Et quoi de plus évident que la seule solution était d'enfermer le résultat des péchés des futurs époux au quarante-huitième étage *ad vitam aeternam* en priant quotidiennement pour que le reste de la famille et du monde ne se doutent de rien. La logique paternelle était irréfutable. Incontournable. La succession en dépendait. Un seul faux pas et il se serait retrouvé sans rien. Inadmissible. L'amour des zéros fut plus fort. Et c'est pourquoi le problème fut donc enterré au quarante-huitième étage de l'immeuble familial à Manhattan, New York City. Mère partait en cure pour oublier, Père y travaillait dur aussi et Grand-Père était fier de son petit-fils qui avait fait sécuriser l'étage quarante-huit, assurément pour y recevoir ses maîtresses en secret et néanmoins sous le nez de sa femme anémique et trop bronzée. Un vrai homme. L'héritage se passa comme sur des roulettes de chariots de banque après le décès du grand patriarche. Et le quarante-huitième étage passa aux oubliettes. Pourquoi changer une formule qui avait fait ses preuves par dizaines de zéros ?

La vie continua donc comme avant dans l'immeuble de l'entreprise familiale. Avec un grand-père en moins et un couple en déplacement constant et divergeant à souhait entre salles de réunion et centres de ravalement intérieur et extérieur. Avec un grand-père en moins et moi dans les pattes, toujours à demander la clef du mystère du quarante-huitième étage. Avec un grand-père en moins, moi dans les pattes et un couple qui voyage et diverge de plus en plus sous mes questions. Avec un grand père en moins, moi en école militaire me demandant si la mort viendrait par ennui intellectuel, lever avant le jour ou courbatures et un couple qui ne se voit plus que par téléphone pour régler les dernières factures des cures de jouvence et discuter de la marche à suivre pour mon éducation d'après le mode d'emploi pour le parfait petit successeur. Avec un grand-père en moins, moi échoué dans les montagnes loin de toute pollution téléphonique et de toute civilisation, qui renie la lignée familiale au grand dam de mon père et tourments de ma mère, mais vivant tout de même sur l'héritage juteux laissé par un grand-père à son seul petit-fils, et un couple désuni dont une moitié vient de mourir. Un grand-père en moins, un père en moins, une mère qui soulage sa conscience puis disparaît avec la fortune familiale et moi, avec une sœur en plus. Bingo raté zéro.

Ma sœur donc. Bonjour enchanté. C'est comme un jeu de poker qui aurait mal tourné. La quinte flush royale s'incline devant un joker. Inopiné.

Sa chambre, elle était remplie de licornes. Des millions de licornes. En poster, en peluche, en statues de bois, de plâtre, de cire, de glaise, en tableau, en dessin au pastel, au feutre, au fusain, à la gouache, à l'acrylique. Sous toutes les formes possibles et inimaginables. Sauf en vrai. Des petites, des grandes, des en trois dimensions, en deux dimensions, des stylisées, des réalistes. De toutes les matières, de toutes les manières. Sauf en vrai. Un monde imaginaire construit autour d'un thème unique : la licorne. Sa préférée, c'était une petite peluche entièrement *rousiquée* et mordillée d'une couleur maintenant lointaine et indéterminée avec sa jolie corne toute douce de laquelle s'échappait des filons de bourre et des lambeaux de fils jaunis et cassants. Une licorne un peu odorante pleine de *bavouille* et d'amour. Chaque sabot avait parcouru chaque centimètre carré de la chambre en parallèle avec ses premiers pas comme un baroudeur magique. Et ces vieilles comptines qui tournent en rond dans sa tête. Elles ont cent ans, elle a deux ans. Des jours et des jours passés à chantonner. Chaque seconde. Une douce mélodie. Une berceuse. Sa berceuse. Son compagnon de voyage sur le chemin de la vie. Comme le clapotis rassurant des vagues sur la coque d'un navire. Les cris et les clameurs du monde rebondissant contre le squelette de ce même navire. L'effleurant à peine. La laissant totalement indifférente. Dans sa bulle de verre.

Le chalet où je vis, je l'aime. Il est à mon goût, à ma taille. J'ai choisi chaque planche avec soin, je l'ai bâti de mes mains. Chaque nœud positionné avec attention, chaque mortaise biseautée avec précaution, chaque tenon effilé avec précision. Le chalet où je vis, c'est un peu un reflet de moi en bois. Tout à mon image. Une empreinte de ma personnalité dans du sapin. Mais sans prétention ni narcissisme. Une communion avec la nature, un retour aux sources. C'est mon chalet, il tient debout grâce à la sueur de mon front. Il n'a rien de surprenant, rien d'inattendu. Seulement un joli petit chalet perché au flan de la montagne au bord d'un lac.

Ma sœur a grandi sur des forums internet, elle a des milliers d'amis dans le monde entier, n'en a jamais rencontré aucun mais ça ne compte pas. Ce n'est pas un choix, cloîtrée en haut de l'immeuble familial au quarante-huitième étage, c'était bien la seule solution. Pour ne pas devenir folle et se mettre à parler au mobilier.

« Et toi, tu sortais ? » « Oui, moi, je sortais… » Pas bien souvent, rarement de mon plein gré mais oui, je sortais. J'arpentais le monde en solitaire aussi mais entouré de gens qui s'extasiaient devant ma petite frimousse, puis devant mon agilité, mon vocabulaire, ma rapidité, mon ingéniosité. Et plus tard, de gens qui s'inquiétaient de mon penchant pour les arts, « parce que ce n'est pas sain, à son âge, pour un petit garçon », de mon teint de citadin, « parce qu'un petit garçon en bonne santé a besoin du grand air », de ma petite stature, « parce qu'avec des parents aussi grands et élancés, il doit y avoir un problème dans son régime alimentaire… Et puis le sport bien sûr, le sport… » Mais oui, moi, je sortais. Je parcourais la vie en esthète insolite et incompris mais tous leurs commentaires faisaient une jolie toile de fond pour mes pensées. Mes réflexions n'en paraissaient que plus belles, plus profondes face à leurs inepties. Seul l'important submergeait.

Ma sœur a grandi toute seule, elle a vécu de milliers de plats tout prêts à réchauffer livrés à domicile par un fidèle valet de chambre détenteur d'un double de la clef de l'étage quarante-huit, n'en a jamais vraiment aimé aucun, les a quand même tous mangés mais ça ne compte pas. Ce n'est pas un choix, cloîtrée en haut de l'immeuble familial au quarante-huitième étage, c'était bien la seule solution. Pour ne pas devenir anorexique et mourir de faim dans l'anonymat le plus complet.

« Et toi, tu les voyais ? » « Oui, moi, je les voyais… » Pas bien souvent, de moins en moins avec l'âge mais oui, je les voyais. Je savais la couleur de leurs cheveux, bien qu'avec le côté maternel, c'était assez incertain et constamment différent. Je connaissais le son de leur voix, monotone et banal. Pas celui de leurs rires, mais ça, c'est parce qu'ils ne riaient pas. Je pouvais me rappeler leurs tailles et leurs couleurs de peau, bien qu'encore une fois, du côté maternel, ce soit plutôt incertain et éphémère. J'étais allé faire les courses avec eux, j'étais allé à des expositions. On s'était disputés, jamais vraiment réconciliés. Au début, j'avais même eu droit à quelques fêtes d'anniversaires. Au milieu de leurs amis béats d'admiration devant ma frimousse, mon agilité, mon vocabulaire. Pas que je ne le veuille vraiment, pas que je ne l'aie demandé. Puis les fêtes s'étaient arrêtées, à peu près au moment où les commentaires sur ma stature, mon penchant pour l'art et mon teint blême avaient commencé. Mais oui, moi je les voyais. Nos parents absents. Au moins un peu. Au début.

Ma sœur a grandi en écoutant les bruits des étages avoisinants, elle a enregistré des milliers de portes qui claquent et de sonneries stridentes de téléphone, n'a jamais vraiment compris aucune des bribes de conversations en brouhahas qu'elle arrivait à entendre en posant son oreille contre le parquet juste au-dessus des canalisations d'eau de sa chambre, les a quand même toutes écoutées religieusement comme des reliques d'un monde inconnu et perdu à jamais mais ça ne compte pas. Ce n'est pas un choix, cloîtrée en haut de l'immeuble familial au quarante-huitième étage, c'était bien la seule solution. Pour ne pas se sentir la seule survivante d'un monde déserté et sombrer dans la folie.

Et se mettre à parler au mobilier. Alors elle allait sur internet quand le silence se faisait trop pesant. Lorsque le silence autour d'elle se faisait total, même en posant sa tête sur les canalisations d'eau qui traversaient sa chambre. Elle allait sur internet et parlait à un de ses milliers d'amis en pixels. Elle parlait jusqu'à ce que le silence s'envole, s'oublie. Jusqu'à ce que le silence se dissipe sous le lourd ronronnement de son ordinateur se plaignant constamment de surchauffe. Jusqu'à ce que le silence passe en arrière-plan et laisse place à quelque chose d'autre, n'importe quoi d'autre.

« Et toi, tu savais que j'existais moi ? » « Non… » Ça non. Je ne le savais pas.

Parfois elle arrêtait tout et écoutait le silence, pendant des heures, guettant, programmant le chapitre à venir de sa vie comme du papier à musique. Attendant le *ting* de l'ascenseur porteur d'espoir et d'air du dehors qui s'arrêtait à son étage et annonçait la livraison mensuelle de rations alimentaires. Pleurant sous le coup des faux espoirs à chaque fois que l'ascenseur passait comme une flèche dans son conduit en direction de l'étage quarante-neuf. Ignorant cruellement son étage à elle. L'étage quarante-huit. Une flèche en plein cœur. Pleurant aussi sous le coup des faux espoirs à chaque fois que l'ascenseur ralentissait avec compassion pour en fait s'arrêter à l'étage quarante-sept, juste en dessous. Et sournoisement ne pas atteindre son étage à elle. L'étage quarante-huit. Malgré ses prières, ses pleurs, ses trépignements.

« Et toi, tu savais que j'existais moi ? Et toi, tu savais que j'habitais à l'étage 48 ? » « Non. » Ça non. Je ne le savais pas.

Ce qu'elle aimait le plus, c'était les crissements de freins qui venaient parfois de l'étage d'en dessous. De mon étage. Le quarante-septième. Elle avait construit toute une histoire de voitures volantes et de princesses modernes autour de ce petit bruit. Le son des freins de mon train électrique. C'était magique. Et le boucan de la locomotive devenait un tremblement de terre envoyé là pour la délivrer. Et le sifflet du contrôleur de gare annonçait l'arrivée de la brigade de pompiers pour la sortir indemne des décombres. Un jouet d'enfant à sa rescousse. Un conte de fées. Sans *happy end.*

« Et toi, tu savais que j'existais moi ? Et toi, tu savais que j'habitais à l'étage au-dessus du tien ? » « Non. »

« L'étage juste au-dessus du tien. L'étage quarante-huit. »

« Tu le savais ? »

« Non. »

« NON NON NON NON NON NON NON NON NON NON NON NON NON NON NON NON NON NON NON NON NON NON NON NON NON NON. »

« Non. »

« Je ne le savais pas. »

On ne peut pas tout savoir, dans la vie.

L'intérieur de mon chalet est inattendu. L'ameublement s'avère plus représentatif d'un musée que d'une petite bicoque en bois perdue dans la montagne. Tous mes meubles portent le sceau de mon amour. Ils reflètent ma passion. Mon unique centre d'intérêt, la seule chose au monde que je trouve belle. Tous mes meubles sont d'inspiration Art nouveau. Tarabiscotés à souhait. La courbe se voit avant l'utile.

Ma sœur, elle se créait des histoires avec les licornes. Des histoires de licornes. Qui partaient. De licornes qui revenaient. Des histoires biscornues.

Quand elle m'a trouvé, elle était sur la fin de sa dernière histoire. Sa dernière histoire de licornes : « Et la licorne, … ».

Il a disparu. Un matin. Comme ça, sans préambule, sans tambour ni trompette. Il s'est volatilisé dans les airs, noyé dans l'océan, perdu sur un chemin. Un matin tout ordinaire. Sans orage ni éclair. Un matin banal à en mourir. Un matin comme tous les matins. Un matin, elle s'est levée et il n'était plus là. Il pleuvotait doucement dehors. Ça résonnait gentiment sur les vitres. Il n'y avait rien de grandiloquent, rien de frappant, rien d'extravagant. Et pourtant, il n'était plus là. Le crachin monotone de l'extérieur comme le papier peint de sa nouvelle vie. Sa vie sans lui. Il a disparu comme ça. *Piouf.* Volatilisé. Comme s'il n'avait jamais existé, comme si elle l'avait rêvé. Elle a fermé les yeux. Les a rouverts. Les a refermés. S'est frotté les paupières. Les a ré-ouverts pour la seconde fois. Il avait toujours disparu. C'était un matin comme les autres. Ça aurait presque pu être une journée comme les autres. S'il n'avait pas disparu ce matin-là. Il a disparu. Il est parti. Sans elle. Il lui avait promis.

Elle y avait cru.

La journée a continué. Elle a espéré. Espéré qu'il reviendrait. Que la tombée de la nuit allait le lui ramener. Que la lune allait le guider jusqu'à sa porte. Que la naissance de l'aube allait le lui rendre. Mais rien de tout cela n'arriva. Elle passa la journée à tapoter sur son clavier, à écouter le cliquètement de ses doigts gesticulants frénétiquement en quête de réponses. Elle passa la journée à regarder par la fenêtre, à guetter le son de l'ascenseur, à croire qu'elle entendait sa voix, ses pas. Chaque grincement de plancher la faisait bondir d'espoir. Chaque plinthe enfonçait le dernier clou de son cercueil. Son cœur battait la chamade dès que le vent cognait à sa fenêtre ou que la pluie fouettait les gouttières. Il n'y avait pas grand-chose d'autre à faire que d'attendre. En fait, il n'y avait rien d'autre à faire. Du haut du quarante-huitième étage de l'immeuble où elle était prisonnière. Elle allait se morfondre de nouveau. Comme avant qu'elle ne le rencontre. Comme avant qu'elle ne sache. Aux pays des licornes.

Elle n'y ira jamais.

C'est là qu'avait commencé sa torpeur. Elle se levait tous les matins, prenait sa douche, mangeait religieusement chaque repas, puis le soir, elle se recouchait. Sans vraiment savoir si elle s'était levée ou si elle venait juste de traverser un très mauvais rêve. Un cauchemar de routine sans espoir. L'espoir était parti avec lui. L'espoir d'un jour sortir de sa prison dorée. L'espoir de pouvoir respirer l'air frais du dehors et de sentir le vent sur sa peau. La pluie qui coulerait le long de son dos. Elle aurait tourné et tourné. Tourné toujours plus vite, les bras étendus, un sourire collé sur son visage. Comme dans les films. Elle aurait ri, elle aurait pleuré avec le ciel, noyant ses pleurs dans la pluie, dans d'autres pleurs, dans les pleurs du ciel, dans les pleurs du monde. Elle avait joué la scène des milliers de fois dans sa tête. Elle avait tout prévu, sa tenue, la couleur du goudron sous ses sandales et la lumière des fenêtres autour d'elle. Elle avait même pensé à l'intensité parfaite de la pluie. Un gros chagrin, un gros soulagement, pas une petite bruine qui regarde passer les jours sans bouger dans ses yeux aveuglés par la blancheur laiteuse et brumeuse du ciel. Une pluie qui mouille, une pluie qui nettoie avant de passer à autre chose. Un torrent purificateur. Avant de poursuivre le cours de sa vie.

Le jour où il était parti, son rêve de pluie l'avait suivi. Elle avait cessé de s'imaginer dehors. Elle avait cessé de se voir tournoyant librement. Elle vivait dans une tour. Pour toujours. Elle vivrait dans une tour. Cette tour aux fenêtres de verre renforcé qui ne s'ouvrent pas. Elle allait passer sa vie dans la sécheresse de la climatisation. Pas de vent, pas de feu. Jamais froid ni chaud. Une parfaite régulation en douceur de son environnement. Elle allait vivre sans heurts ni chaos, en glissant tranquillement et régulièrement comme de l'air dans ses canalisations.

Sa vie coulait lentement, sereinement. Des secondes aux minutes, des heures aux jours. Des mois aux années. Calmement. Elle pensait. Elle lisait. Elle chantonnait des airs de rebelles à mi-voix, pour ne pas être entendue. Pour ne pas faire de remous. Elle fredonnait des chansons de pirates dans un petit souffle, pour ne pas faire de vagues. Rien à l'horizon, son océan était bien dressé.

Et puis un beau jour, la tempête s'est déchaînée. L'ascenseur s'est arrêté à son étage en dehors des heures de livraisons de repas. Il a ralenti, elle s'est crispée. Il a fait *ting*, elle a paniqué. Une femme se tenait dedans. Une visiteuse. La première. Elle ne bougeait pas, elles se sont regardées, apeurées, presque surprises de voir se confirmer la matérialisation de l'autre. Cette autre tant désirée et maintenant si effrayante. La femme a fait deux pas en avant, elle est sortie de l'ascenseur. Sa prisonnière en a fait deux en arrière, bondissant du canapé sur lequel elle se reposait et se retranchant derrière une table basse.

Elle m'a tendu la main, timidement. Elle a balancé son corps vers l'avant, légèrement. Elle me suppliait des yeux. Me supplier de quoi ? De lui pardonner son intrusion dans mon étage bien ordonné ? De lui pardonner de ne pas être venue plus tôt, quand je voulais la voir ? Qu'elle parte, qu'elle parte. Je ne veux pas d'elle ici. Je ne veux personne ici. Elle ne devrait pas être là. C'est interdit. Elle et son teint bronzé face à moi et ma pâleur de toujours. Deux chiens de faïence. Le jour et la nuit, l'air frais et la climatisation. Qu'elle parte. Si je ferme les yeux, elle va disparaître. Si je cligne des yeux. Très vite. Qu'elle parte. Pourquoi ne part-elle pas ? Elle parle. Elle a parlé pendant que je clignais frénétiquement des paupières. Que me veut-elle ? Elle parle encore. Elle répète le même mot. En boucle. De plus en plus vite, de plus en plus bas. Un murmure comme une incantation maudite. Un mantra. Moi, je n'en ai pas. Je n'ai rien pour me protéger.

« Mapetitefillemapetitefillemapetitefille-mapetitefille »

Elle ne peut pas s'arrêter. Ma petite fille ? Je ne suis pas sa fille. Je ne suis la fille de personne. Je vis au quarante-huitième étage. Voilà qu'elle pleure. Des larmes coulent sur ses joues. Qu'elle parte. Je ne la comprends pas, je ne veux pas la comprendre. Elle me fait peur. Elle est trop présente, en trois dimensions, en temps réel. Je cligne des yeux mais elle ne veut pas passer en pixels, ni s'arrêter, ni disparaître. Alors je me bouche les oreilles et je secoue la tête. Rien de tout ça n'est possible. Je ferme les yeux et secoue la tête de plus en plus vite. Je fredonne mon air de pirate préféré. Celui qui fait partir les méchants, celui qui appelle de l'aide. Paupières closes, mains sur les oreilles, et j'appelle, j'appelle à l'aide. De toutes mes forces. Plus fort que jamais. Et le bruit de l'ascenseur qui s'arrête me fait sursauter. Je bondis dans ma chambre. Elle part.

Sur la table du salon, il y a une enveloppe et une clef, une trace tangible de la présence de l'autre. Elle s'approche comme un chaton méfiant. Elle touche l'enveloppe du bout des doigts. Elle a peur de l'eau. Elle ne veut pas se mouiller. Son océan, elle le connaît, elle s'y est habituée. Sa solitude, elle s'y sent en sécurité. Elle la prend quand même, la curiosité est la plus forte. Elle s'en empare et l'ouvre en tremblant frénétiquement. Dedans, une feuille. Couverte d'une jolie écriture ronde. Noircie de révélations.

« Ma petite fille », ce sont les premiers mots couchés sur le feuillet. C'est une sorte de lettre. De lettre d'adieu. Avant même de se connaître.

Elle l'a lue. Elle la relit. Encore. Elle s'en imprègne doucement. Le contenu s'enfonce dans son subconscient. Elle appréhende. Elle comprend. Voici la seule trace de sa mère dans sa vie. L'unique impact de cette femme sur elle, comme une frêle ombre de passage qui s'appesantit trop longtemps sur son esprit et laisse une trace indélébile sur le fond d'écran omniprésent de ses pensées. Cette petite missive maternelle, elle change sa vie. De A à Z. De son lever à son coucher, elle est irrémédiablement changée par la connaissance de son contenu. Même dans ses rêves, elle se sent entravée par le poids de la feuille de papier couverte d'encre lourde de sens. Et une petite clef, cette petite clef qui pèse tant sur sa conscience. Chaque jour, elle se dit « Demain, demain, je le fais. Demain, je m'en vais. Demain, c'est le jour. » Et chaque lendemain, ce n'est jamais le jour. Pas le bon du moins. Elle est libre de faire s'arrêter l'ascenseur au quarante-huitième étage, son étage, de monter dedans et de sortir à jamais de ce bâtiment qu'elle a si longtemps maudit. Mais maintenant qu'elle se retrouve avec la décision à prendre dans ses mains, elle n'ose plus. Elle n'ose pas. Elle qui a rêvé de petites pierres toutes jaunes. Elle qui rêve de pierres. De bâtiments en pierre. De maisons à taille humaine, de portes ouvertes sur des jardins fleuris, voilà qu'elle se retrouve prise au piège par une simple clef. Si elle entre cette clef dans son emplacement sur le mur à côté de l'ascenseur, sa vie changera. Dramatiquement et à jamais. Et ce changement, elle en sera l'instigatrice. Elle a peur de ne pas y arriver, d'échouer si près du but. Contre qui pourra-t-elle se retourner puisqu'elle en sera la seule responsable ? Jour après jour, elle fixe l'ascenseur, la clef à la main, le regard dans le vide. Elle ne bouge pas. C'est tout juste si elle ose respirer. Elle agrippe peureusement la petite clef de cette porte qu'elle avait toujours crue infranchissable. Comme si elle avait peur de la voir s'envoler, se perdre et finir par appeler l'ascenseur par accident. Elle ne la lâche pas de jour comme de nuit. Elle dort le poing crispé autour, elle l'amène sur le porte-savon de la douche, elle ne mange plus que des aliments mous, délaissant le couteau pour être vraiment sûre de ne pas l'échapper, ne serait-ce qu'une minuscule seconde fatidique.

Jusqu'à un matin orageux où une révélation lui tombe dessus plus brutalement que la foudre au dehors. Elle n'aura bientôt plus de nourriture. Plus personne ne viendra lui en apporter maintenant que tout le bâtiment part à l'eau et que ses occupants le désertent petit à petit. Elle va être prise au piège, elle devra sortir, mais pas par choix, simplement parce que sinon elle mourra de faim, murée entre ces poutrelles métalliques et ce Placoplatre, prisonnière de ses propres craintes. Elle en renverse son bol de céréales. Son corps se rebelle à cette idée, elle n'est pas la courtisane du pharaon, elle ne doit pas mourir emmurée après sa mort à lui, le despote qui l'a confinée à cet étage si longtemps déjà. Sa mort à lui se doit de marquer sa renaissance à elle, et non le prolongement de l'histoire de sa vie.

Tout à coup, il y a un énorme vacarme à l'étage du dessus, il y a du déménagement. Elle reçoit sa deuxième réalisation de la journée. Des gens peuvent revenir et la trouver là. Des gens qui cette fois-ci, ne s'en iront pas, ne la laisseront pas en paix et finiront par l'amener dieu-sait-où contre son gré. Elle se sent soudainement très vulnérable entre ces murs qui jusque-là l'ont protégée. Elle est exposée au bon vouloir des autres. Tant qu'elle restera, elle n'aura jamais le contrôle de sa vie.

Alors elle se lève, laisse le bol de céréale par terre dans sa flaque de lait, marche jusqu'à l'ascenseur, place la petit clef dans l'emplacement prévu à cet effet et la fait pivoter. *Ting*. Le dernier *ting* de l'étage quarante-huit qu'elle entendra. Pour toujours. Elle respire, serre la clef dans sa petite main, fait un grand pas en avant et pénètre dans l'ascenseur. Elle attend que les portes se referment doucement, appuie calmement sur le bouton pour le rez-de-chaussée, sort de l'ascenseur en trombe, est surprise que la sécurité ne lui saute pas dessus, franchit les portes coulissantes comme un courant d'air, hèle un taxi jaune en sifflant comme elle l'a vu dans les films et se fait conduire « à l'aéroport, s'il vous plaît ». Ce sont ces premières paroles, les premières qu'elle ne prononce pas pour elle-même mais qui sont destinées à quelqu'un d'extérieur à sa personne, un inconnu.

– Des vacances sans bagages, il n'y en a pas beaucoup des comme vous à New York. C'est bien dommage.

– Non… Oui… Peut-être. Je ne sais pas trop.

– Vous allez au soleil pour trouver des réponses ? C'est beau, vous savez, le soleil. Rien de tel pour se remettre les idées en place et se sentir en harmonie avec le monde. Vous allez voir…

– Je vais au Canada, murmure-t-elle.

– Le froid, c'est bien aussi. Ça vous réveille les neurones. Pas de risque de faire la sieste par inadvertance. Et puis, vous avez bien raison, c'est tout de même mieux pour s'habituer doucement à la lumière du jour.

– Je vais retrouver mon frère, se lance-t-elle timidement.

– Prenez bien soin de vous surtout. Et achetez-vous un manteau, conclut-il.

Puis il se plonge dans les embouteillages et se concentre sur ses rétroviseurs. Il la dépose à l'aéroport en un temps record et refuse qu'elle le paie.

– Non non, mademoiselle, le tout premier voyage en taxi, c'est toujours ainsi, la magie n'a pas de prix.

Elle s'achète donc un manteau et prend un aller simple pour Montréal. « Sans retour, oui, c'est bien ça. Sans bagage, oui, c'est bien ça aussi. Non, sans bagage de cabine non plus. Juste moi. » L'hôtesse la regarde avec suspicion. Elle répète : « Seulement moi, si cela ne vous dérange pas. » L'autre hausse les épaules. Après tout, ce n'est pas son problème. Cela ne la regarde pas si une paumée part sans rien pour le Canada. Une fois qu'elle aura franchi la frontière, ils en seront débarrassés ici. Alors elle s'en débarrasse elle aussi assez rapidement, pas de raison qu'elle fasse plus de travail que les services de douanes et d'immigration.

Elle patiente devant sa porte d'embarquement en dévisageant les autres passagers, ces gens qui bougent tellement et s'interpellent, interagissent les uns avec les autres avec tant de naturel. Comme si ça leur était usuel. Une habitude prise au fil des ans. Comme s'il était normal qu'un homme effleure la main d'une femme pour la réveiller doucement, comme s'il était normal qu'un petit garçon secoue la manche de sa mère pour attirer son attention. Tous ces contacts, trop de contacts. Elle ferme les yeux. Elle récite les paroles de sa chanson de forban préférée bien fort dans sa tête et puis finalement, l'heure de l'embarquement arrive. Enfin. Elle se met en rang derrière les autres et finit par monter dans l'avion. Cinq heures plus tard, elle marche sur le sol canadien. Six heures du soir, il fait déjà nuit noire.

Elle se sent plus en sécurité la nuit. Malgré les lumières des réverbères, personne ne peut distinguer son visage avec précision. La nuit l'enveloppe comme une grande couverture protectrice.

Elle passe trois jours à Montréal, à errer calmement dans des grandes avenues vides prises dans l'étreinte des premiers froids. Elle sourit à la vue des escaliers multicolores devant chaque palier de maison, elle rit devant la tour de Pise du nouveau monde au stade olympique. Elle se fait grave devant les élégants manoirs bordant le Mont Royal et se déride en T-shirt dans la biosphère au climat tropical. Elle passe ses journées entières à marcher, à marcher, toujours plus, toujours plus loin. Elle éprouve son territoire, elle teste sa liberté. Elle arpente les rues, respire leur air. Elle se délecte des courbatures qu'elle sent tendre les muscles de ses jambes. Elle parcourt les kilomètres qu'elle n'a jamais eu le loisir de faire jusque-là, malgré l'immensité de son étage quarante-huit. Il y a des couleurs partout. Elle n'en revient pas. Que le monde puisse tourner comme ça, que les gens puissent bouger.

Le matin du quatrième jour, elle part.

Deux jours plus tard, elle marche dans le Parc national du Mont Tremblant au bord du Lac des Dix-Milles et en direction d'un jeune homme en attente devant sa toile vide.

– Gabriel ?

– Oui, c'est moi.

– Je suis ta sœur du quarante-huitième étage.

– Des Dix-Milles quoi ?

– Je ne sais pas.

Pour être honnête, je ne sais plus grand-chose. C'est comme si le ciel venait juste de me tomber sur la tête, emportant toutes mes certitudes dans sa chute.

– Des Dix Milles élans.

Elle pointe du doigt le troupeau que l'on voit s'abreuver au loin de l'autre côté de l'immense étendue d'eau aux reflets mordorés d'une belle fin de journée. Je reste là, à la regarder elle. Intensément. Elle peut disparaître avec les derniers rayons du soleil. Elle peut n'être qu'une illusion née de la caresse du jour sur la surface du lac. Elle peut n'être que dans ma tête. Le jour continue de décliner, toujours plus vite. Elle fixe les élans et moi, je la fixe elle. Chacun perdu dans la découverte de la nouveauté qui s'offre à nos yeux. Elle est parcourue d'un frisson et croise les bras en agrippant son manteau pour tenter d'empêcher le froid de l'engourdir. Je sors de ma torpeur pour lui faire signe de se diriger vers la maison. Je n'arrive pas à savoir quoi dire. Lui demander son nom ? La questionner sur sa vie de recluse ? Sur nos parents ? Sur la raison de sa présence ici ? Quoi faire lorsque l'on découvre que l'on a une sœur cachée et que la sœur en question se tient en face de soi ?

– Tu veux un remontant ?

Les mots m'échappent sans que je ne réfléchisse. J'en ai besoin, moi, de ce remontant. Elle sourit et acquiesce. On rentre dans la cuisine et je remplis plus que de mesure deux grands verres à whisky. Elle fait tourner le liquide ambré en le contemplant avec sérieux pendant une bonne minute.

– Je n'en ai jamais bu avant. Juste vu dans les films…

Elle fait une petite pause, monte le verre jusqu'à son nez, renifle et ajoute :

– Ça semblait sentir meilleur à l'écran.

Je n'arrive toujours pas à décrocher mon regard d'elle. Elle porte ensuite le récipient à ses lèvres et avale une énorme lampée d'un seul coup. Pour aussitôt tout recracher sur mes chaussures. Elle commence à bredouiller, à s'excuser, à chercher un torchon, à se tortiller dans tous les sens. Je reste toujours figé à la dévisager, sans pouvoir bouger, sans pouvoir prononcer un mot. Et soudain, je ne sais pas pourquoi, une irrésistible vague d'hilarité se propage dans la pièce. On commence à sourire, à rire, à s'en tenir les côtes, pliés en deux. On ne peut plus s'arrêter. On hoquète, on essuie les larmes aux coins de nos yeux, on se tient le ventre. On va mourir de rire sans même savoir pourquoi. J'en ai mal aux joues, mal à la nuque, mes tempes vibrent à s'en déchirer, comme si ma tête allait brusquement exploser. Et puis lentement, on se calme, allant de petits soubresauts de rire en grandes respirations pour enfin avaler goulument un peu d'oxygène. Puis plus rien, la folie est retombée sans bruit, comme elle est venue. J'en ai encore mal au ventre et aux muscles du visage mais le fou rire est bel et bien passé. On commence à parler, parler et parler, à toute vitesse, toujours plus vite, sans pouvoir s'arrêter, comme si l'on voulait compulsivement rattraper tout le temps perdu entre nous, combler le gouffre de nos relations familiales en une soirée. On y passe toute la nuit, moi dans mes chaussures imbibées d'alcool et elle avec son bonnet encore enfoncé sur la tête. Seules les premières lueurs du jour me font tourner la tête vers la fenêtre. Elle suit mon regard et énonce la chose la plus banale du monde. « Tiens, il fait jour. » Puis elle me dit « Bonne nuit » avant de se diriger vers le canapé le plus proche, s'affaler dessus et s'endormir plus vite qu'une poupée que l'on allonge.

Je reste éveillé toute la journée, à siroter du thé lentement et à vivement tourner la tête pour la voir dormir de temps en temps. Je vérifie sa présence, la preuve tangible que je ne l'ai pas rêvée. Ma sœur… Ma sœur.

J'ai une sœur.

Je me résigne à aller au lit tard dans la soirée. Elle n'a toujours pas bougé. C'est au réveil au petit matin que la vie reprend son cours normal pour nous.

Je suis en train de me servir un verre de jus d'orange en catimini lorsque je la vois s'étirer sur le canapé.

– Céréales ?

– Oui, s'il te plaît. Quelle heure est-il ? Quel jour est-on ?

– Après-demain du jour où tu t'es endormie, 7 h 30 du matin, la température extérieure est de moins douze degrés Celsius. Bienvenue au Québec.

Elle s'étire un peu plus et s'extirpe du canapé comme sur des ressorts.

– Cool.

Elle plonge sur ses céréales comme un loup affamé sur la blanche brebis.

– T'es prête ?

Je lui demande lorsqu'elle a fini. Elle acquiesce en mastiquant consciencieusement sa dernière bouchée.

– Alors c'est parti.

Je ferme à clef la porte de mon refuge derrière moi pour la première fois depuis que je l'ai mise dans ses gonds.

Il lui avait promis la lune et les étoiles qui brillent autour. Il lui avait promis un monde où les licornes se caressent, un monde où elle ne serait plus jamais seule, où ils seraient heureux. Ensemble. Il le lui avait promis.

Il lui avait fait miroiter un univers d'espoir dans lequel les rêves prennent racine et ombragent délicatement les journées, où les grillons chantent toutes les nuits pour bercer les crapauds, où les chevaux deviennent licornes et l'eau élixir rosé, où tout baigne dans une douce lumière dorée, comme dans un songe utopiste.

Elle me raconte, elle me l'explique, à quel point elle a bien tenté de trouver des réponses, à l'époque. Mais qu'au bout d'un moment, elle a arrêté de le chercher. Cela faisait trop mal, de raviver la plaie, de contempler ses rêves perdus chaque jour. Il faut dire qu'elle n'avait pas beaucoup de pistes, et qu'à treize ans, elle a fait du mieux possible, du mieux qu'elle a pu. Mais maintenant elle est libre, et elle pense pouvoir y arriver. Elle veut l'aider, comme il l'a aidée lui. Parce que s'il a disparu, ce n'est pas de son plein gré. Il est en danger, il souffre, il a dû souffrir, il le doit encore. Et dès que je tente de soulever le sujet de l'authenticité de ce monde, elle me coupe sans appel, et elle contre chacun de mes arguments, chaque raisonnement logique qui devrait nous pousser à ne pas le chercher, par la même rengaine : « Non. Je le sais. Il ne mentait pas. J'étais isolée, là-haut, au quarante-huitième, toute seule, mais je n'ai jamais été bête. » J'en finis presque par me laisser convaincre. Elle y croit si fort. Elle veut faire de ses rêves le fil conducteur sur lequel toutes les perles de sa ligne de vie s'enfilent dans l'ordre en un tintement harmonieux. Elle s'y accroche, c'est la seule part de son enfance restée en point d'interrogation, la seule part dont elle veut résoudre l'énigme pour l'intégrer à sa vie actuelle et enfin ne former plus qu'une seule personne complète. Elle veut savoir. Elle veut comprendre pourquoi il est parti, comment il a pu la laisser là, et elle veut lui faire tenir ses promesses. Il la conduira dans ses rêves. Elle a besoin de voir les licornes. Et alors, elle pourra avancer, continuer d'assembler ses perles autour d'elle pour s'en faire le plus long, le plus beau collier du monde.

Et je la comprends, dans sa quête de réponses. Je connais ces interrogations qui restent en suspens et rongent de l'intérieur comme des rats déchaînés. J'en ai vécu, du quarante-septième étage, et elles ont failli avoir raison de moi. Alors je l'aiderai. Quel qu'en soit le prix. Parce que si je suis là pour l'épauler, elle n'est déjà plus seule dans sa quête et c'est un premier pas dans la bonne direction.

Mais la tâche est ardue. Elle ne connaît rien de sa véritable identité. Seulement un nom, son nom, Vassili, et quelques brumes de sa situation familiale. Que sa sœur jumelle l'écrasait, que ses parents l'ignoraient, puis qu'elle a disparu et que ses parents l'ont détesté, et surtout que cinq ans plus tard, ce fut son tour à lui de disparaître. Mais c'est tout. Elle ne sait même pas d'où il vient.

Il y a bien quelques maigres indices. Il n'est pas américain, elle en est sûre. Européen peut-être. D'un de ces pays où il fait très froid en hiver et très chaud en été, un pays aussi dur que sa vie.

Avec un nom comme le sien, nous décidons de nous attaquer aux journaux slaves. La disparition d'une fillette de huit ans, puis de son jumeau cinq ans plus tard, ça a bien dû faire jaser quelque part. La chance finit par nous sourire, au moment même où nos yeux ne peuvent pas avaler plus de caractères cyrilliques qu'ils ne l'ont déjà fait au cours de ce dernier mois.

Dans les quotidiens d'une petite ville baltique, toutes les colonnes du mois d'août sont remplies de photographies d'une petite fille de huit ans, prénommée Yeva Derpline. Il est brièvement fait mention de son frère, Vassili. Ce même Vassili qui cinq ans plus tard, dans les mêmes journaux, fut renié par ses parents pour le rôle qu'il a bien involontairement joué dans la mort de sa jumelle. Tout colle trop bien pour qu'il ne s'agisse que d'une coïncidence.

Mais notre chance s'arrête là. Après cette date, il n'y a plus un mot sur lui. Il disparaît des journaux et dans la foulée, il se volatilise des registres du vieux continent. La piste s'arrête à pic.

On parcourt toute l'Europe de l'Est à sa recherche. Rien. Pas une seule trace de lui. Vassili Derpline n'existe pas. Ou plus, du moins. Toute la famille a disparu avec leurs derniers espoirs lorsqu'il fut confirmé que le squelette de la fillette flottant au fond de l'océan était bien celui de Yeva Derpline, disparue depuis cinq ans déjà lors d'une sortie baignade par un été exceptionnellement chaud. Puis le scandale a éclaté, la bulle implosée. Trois personnes rayées de la surface de la terre. Bingo raté zéro.

Quinze jours plus tard, nos recherches jusqu'à présent vaines finissent pour nous guider à l'Ouest et nous amènent à Dublin. Nous sommes lancés sur une piste, une vraie, enfin. À coup de dessous de table, nous avons réussi à apprendre que les parents ont refait leur vie là-bas, sous une nouvelle identité toute brillante, et surtout sans enfant aucun. J'ai peur pour Ivy, peur de sa réaction si l'on apprend qu'il est mort, lui aussi. Mais elle ne veut rien entendre de mes appels à la prudence, de mes hypothèses sous-entendant le pire. Elle balaye le tout d'un simple geste de la main et s'écrie : « Il n'est pas mort, je le saurais, si c'était le cas. Je le sentirais tout au fond de moi, comme un vide immense. Mais tout ce que j'ai au fond de moi, c'est ce fourmillement qui me pousse à aller plus loin, qui me dit de ne pas abandonner. Une voix qui ronronne et me murmure que je peux atteindre ce que je veux, que je peux le retrouver, et le revoir, que tout peut redevenir comme avant et que jamais plus mon cœur ne tombera par terre et se brisera, que tous les morceaux se recolleront, que chaque fêlure disparaîtra, et qu'alors mon cœur, il brillera, plus coloré et nacré que jamais. » Je ne peux pas lutter contre tant de certitudes, alors je cède. Nous allons donc voir ces gens qui ont refait leur vie, qui ont tourné la page et nous les replongeons en plein dans la plus sombre période de leur vie, dans la mort de leur fille. Nous allons les voir, mais lorsque nous leur demandons des nouvelles de leur fils, ils se raidissent, leur regards lancent des éclairs de haine et tout ce qu'ils nous disent tient en une petite phrase qui anéantit tous les espoirs d'Ivy et lui brise le cœur à peine a-t-elle franchi le seuil de ses oreilles.

« Nous n'avons jamais eu de fils. »

Alors elle sort en courant de la pièce, de leur maison. Elle est bouleversée, renversée, lorsqu'elle traverse la rue sans regarder et qu'une voiture la fauche en plein vol. Bingo raté zéro.

# Troisième Partie

## *Arianne*

*Il y a quinze jours d'attente. Déduction logique : la liste des nécessiteux est longue. Il faut prendre rendez-vous, on ne marche pas non plus vers sa guérison de façon impromptue. Son Altesse l'Ermite a des horaires à respecter. L'ouverture de la bourse, il ne faut pas la rater. Celle de Paris, et aussi de Londres, Tokyo, New York et Sydney. Il ne peut vraiment pas recevoir quand cela lui chante à ce rythme-là.*

Arianne, à propos de Vassili

Par-delà les mers et les monts, par-delà la fin, il existe un endroit que les gens appellent Espérance.

Mais bien sûr. *Bullshit*, comme diraient les Ricains.

Moi, je n'y crois pas à ce lieu magique et parfait. Comme si c'était possible d'échapper à l'humanité pleine de bons sentiments du nourrisson vingt-et-unième siècle. Nouveau siècle, mais c'est bien la seule chose qui a changé. Le premier numéro d'une série de quatre. La première phalange du doigt de dieu. La salinité des océans.

Espérance. Ils n'en disent que du bien. Harmonie et paix sur terre, ils sont tous d'accord. Amen. Et Inch' Allah. Pour que tous restent dans de si bonnes dispositions.

L'herbe plie au son du vent, l'eau ricoche à l'approche du caillou et le soleil se lève sur l'aurore. La nuit tombe sur le jour et le ciel renaît. La liberté frissonne dans l'espace et le bonheur saute et se complaît dans le néant.

Espérance : endroit au nombre d'habitants inconnu, d'une localisation inconnue et d'une apparence inconnue. Orientation politique ? Inconnue. Ils auraient dû le nommer trou noir, cet endroit.

Dans la grande loterie de la vie, certains ont été dotés d'un crétinisme crédule à toute épreuve. J'en faisais partie. Partir sans direction n'est jamais une bonne idée, surtout quand on n'a qu'une vague idée de la destination. On se retrouve au milieu de nulle part et pourtant définitivement quelque part. Mais quelque part d'inconnu s'associe beaucoup plus à nulle part qu'à quelque part.

Donc voilà où j'en suis : nulle part. Sur le chemin de ma vie, à la recherche d'Espérance, en quête de réponses. Nulle part. Ce n'est même pas que j'en suis restée au point de départ, non, c'est que tout ce fourmillement intellectuel, toute cette activité cérébrale, ce temps consacré à la chose et les efforts mis en route dans le processus n'ont donné aucun résultat. Je n'en suis nulle part. C'est un résultat plus qu'une constatation quand j'y pense.

Des mois de vie balayés par cette simple phrase. Des heures de transpiration passées à la trappe, des jours d'angoisse inutilisables. Mais ce n'est pas ma faute, c'est la société.

Mais bien sûr. *Bullshit*, une fois de plus. Ils ont réplique à tout, ces Américains. Vraiment.

Donc voilà le sujet des pages à venir : l'explication, l'élaboration et le déraillement en détail de tout ce *bullshit* de bagages accumulés au fil de ma carrière de chasseuse de rêves. Et je suis une bonne chasseuse, je ne rate jamais ma proie. Tueuse de rêves.

Tout a commencé en décembre dernier, car toute histoire commence à un moment pour l'esprit humain et que cette phrase usée reste teintée de lettres d'authenticité. Oui, c'est une histoire vraie. De nos jours, ça se vend mieux. Le public apprécie la vérité, à défaut d'un intérêt. Alors voici les chapitres de ma vie.

### CHAPITRE 1 : COMMENT TOUT A COMMENCÉ

Décembre dernier, comme je disais. Je marchais dans la rue, banalement, monotonement, presque nonchalamment. Avec mes allures de bibendum hivernal et mes bottines de combat contre le froid. Rue du Temple, c'était son nom. Mes oreilles se fissuraient sous le gel et sous le bonnet. Ma vision se déformait sous la brume de mon haleine givrée et sous mon bonnet qui s'enfonçait. Toujours le même bonnet. Un homme marchait vers moi dans cette même rue, direction opposée mais même allure de bonhomme de neige frigorifié. Il était un grand pneu Michelin, dans le style, pas des plus représentatifs de la capitale de la mode. Chapka et après-skis, doudoune rembourrée. Il avançait tout roulé dans son espèce de matelas du siècle dernier. On se croisa, étonnamment bien pour deux personnes de cette envergure *décembrienne* sur un trottoir parisien pas des plus larges. Il éternua.

Le lendemain matin arriva ce qui devait arriver par un tel froid. Je me retrouvais clouée au lit, fiévreuse, divagante et toussotante. Je maudis le bibendum de la rue du Temple. Il avait osé éternuer près de moi, et voilà le résultat. Je suis malade. À cause de son éternuement, le doute n'est pas permis pour quelqu'un de pétillant à la boîte de multivitamines comme moi. Une belle matinée ensoleillée de perdue plus tard, je trouve la force de m'extirper de mon nid douillet et de ma montagne d'oreillers pour m'aventurer à la recherche d'une bonne soupe en boîte. Rien de tel pour faire chuter la température qu'une suée de grand-mère. C'est un mythe, mais l'espoir y est à chaque fois. Tout pour ne plus se sentir aussi mal que mes chaussettes détrempées par la neige boueuse de la veille.

Le soir, pas d'amélioration nette de mon état, mais un visage de coton en façade d'un crâne bien rempli de brume médicinale, bronchiale et télévisée. Ça soulage toujours. Une information surnage la masse de l'inconsistante inconscience de mon esprit. Pourquoi cet homme a-t-il éternué juste à mon passage ? Quelle conjoncture planétaire ou signe du destin cela peut-il bien révéler ?

Mais trêve de plaisanterie, ce n'est pas une petite grippe de rien du tout qui va venir à bout de mon talent de récupération rapide.

## Chapitre 2 : Évolution de mon état grippal et fiévreux

Ce n'est que quand j'ai vu des licornes que j'ai commencé à m'inquiéter. L'eau rose était encore acceptable, reflet du soleil couchant et de mon esprit d'artiste. Mais la matérialisation de quelque chose d'aussi concret qu'une corne de chair et de sang, c'est une autre histoire. Surtout quand ladite corne se rattache au front d'un cheval. Et que ledit cheval hennit et cavale de toute sa vigueur réelle. Une licorne. Je viens de voir une licorne. Panique à bâbord. Mon cerveau a craqué, ça y est, l'instant tant redouté est arrivé. Je suis folle à lier.

De l'eau rose, des licornes, il ne manque plus que des poules. Avec des dents. Ou des cochons volants peut-être. Trop de contes dans mon enfance. La crédibilité, c'est pour les mineurs. La télévision est moins néfaste que la littérature, qui l'eût cru ? Pas moi. Fervente défenseuse des droits du papier sur les pixels, voilà ce que je suis en temps normal, quand ma température avoisine les trente-sept degrés Celsius (pour les fahrenheit, faites la conversion vous-mêmes chers américains si pleins de réponse à tout). Malade, médicamenteuse et cultivée-*littérée* au point d'en arriver à voir des histoires à dormir debout prendre forme devant moi. Ma vie adopte une tournure des plus inattendues. L'enfant prometteuse des bulletins scolaires est une jeune adulte bonne pour l'hôpital psychiatrique. Les profs n'ont pas toujours raison, en voici la preuve en image. Ma plus grande victoire sur l'éducation nationale. Mon potentiel s'est transformé en démentiel. Fantastique.

Une fois l'ivresse et la griserie de cette victoire passées, le futur s'assombrit. Raison ou tort, le corps enseignant n'allait pas être celui interné. Malgré un grand effort et de belles tentatives. Non, c'est mon corps à moi qui allait se retrouver dans une cage à lapin en moins de deux. À moins que je ne puisse prouver que ce monde de licornes existe. Pour de vrai. Quelque part entre trente-neuf et quarante-et-un degrés Celsius corporel chez moi. Et puis dans un endroit où l'on peut se déplacer en voiture. Un lieu réel. Extérieur au neurone de gauche qui clignote dans la couche supérieure de mon cortex enrhumé. Un lieu qui existe aussi sûrement que me le suggère ardemment la petite voix qui résonne dans ma caboche vide et droguée.

Prouver que les licornes sont une création de dieu étant, et de loin, plus amusant que de contempler les parois d'une boîte à chaussures, je relevai le défi. La belle aventure. Merci, sinus encombrés, température, chat dans la gorge, hallucinations, petite voix intérieure insistante et les antibiotiques qui vont avec tout ça.

Les grands miracles de la technologie se résument à ceci : lorsque l'on tape les mots « eau rose », « licorne », « réel » sur internet, on se retrouve avec le site d'un farfelu qui décrit ce pays magnifique qu'est Espérance.

Espérance, en route. Je te cherche, je te trouve. Tu t'enfuis, tu m'échappes. La bonne nouvelle, l'auteur du site jouit de son autonomie de citoyen lambda. Il n'est pas considéré comme fou, ni comme dangereux pour la société. Alléluia. Adieu asile, bonjour exil. Il est juste illuminé, et vit en ermite au fin fond d'une région de Suède que je ne saurais même pas placer sur une carte. Encore moins en prononcer le nom. Voyelles absentes, consonnes représentées en surnombre. Et c'est là la mauvaise nouvelle.

La Suède en hiver, j'en ai toujours rêvé. Pour une grande frileuse comme moi, quoi de plus normal ? La nuit, quelle que soit l'heure du jour, la neige plus haute que les buildings économiques de New York. Le paradis sur terre au milieu de chiens de traîneau au faciès de loup. Il ne manque plus que la dépression et la mort et le tableau est complet. Entre « Tragédie : une jeune touriste découverte morte de froid dans l'arrière-pays » et « Mais que font les hôpitaux ? Une folle se balade dans la neige, se perd et meurt », les deux avec une belle photo de mes os congelés, je reste indécise. Le destin décidera pour moi. Et les journaux de bas étages. Une chose est sûre, il ne faisait pas assez gelé en France, il me fallait migrer vers le grand nord, frais médicaux à la charge du voyageur. Il paraît que le froid sec est bon pour la santé.

Mais bien sûr. *Bullshit*. Ils le savent en Floride, la chaleur, c'est mieux.

## CHAPITRE 3 : LE GRAND DÉPART PARIS-STOCKHOLM, *LAST CALL FOR ALL PASSENGERS TRAVELLING ON FLIGHT BA832*

*Please proceed immediately to Gate number seventy-four.* Moi, je suis déjà dans l'avion, ceinturée et assoiffée. Ils sont marrants avec leurs petits gobelets d'eau pour gosiers miniatures. J'attends les retardataires. Comme d'habitude. Toute la nuit. D'après les informations on ne peut plus concises de notre aimable hôtesse de l'air, le vol de Londres a été retardé pour cause de gel sur le train d'atterrissage. Ou de tempête de neige dans les airs. Ou de pistes verglacées. Du pareil au même. Je déteste le froid. Mais quelle courtoisie de la part de la British Airways que de patienter ainsi.

Changement de cause de retard : trop d'avions sur le tarmac. Un embouteillage de l'aéroport. *Due to unexpected weather conditions*, alors ça pour une surprise ! Ah Paris, on fuit le périphérique mais les pistes de décollage nous rattrapent. Paris Paris, il est si dur de te quitter. Mêmes les éléments s'y opposent. Serait-ce un nouveau signe du destin ?

Décollage, atterrissage, débarquement. Terminal A6, direction la plateforme tournante où j'espère récupérer ma valise. Je croise les doigts pour qu'elle ne soit pas partie prendre des vacances au soleil à Puerto Rico. Ça ne serait pas la première fois que Madame a des envies de plages blanches, de mers transparentes et de cocktails renversants. Mais soudain je la vois. Rouge et cabossée, égale à elle-même, elle est là. Les joies des retrouvailles. Quelle chance, quelle coïncidence que l'on ait été sur le même vol. Les performances de cette compagnie aérienne dépassent tout espoir.

Je suis les consonnes jusqu'à l'arrêt de bus. Désert. Vide. Et dehors. Ce qui explique sans doute pourquoi. J'attends. Les jours raccourcissent et les chapitres rallongent. Cause et effet. Le noir stimule les méninges et dissuade de sortir. Que j'arrive encore à bouger les doigts pour écrire est un miracle. Il fait moins beaucoup dans cet aéroport, et encore, c'est un euphémisme. Il y a de bonnes chances pour que je reste engluée à mon siège. La faute au gel. Petites stalactites qui dégoulinent de partout. C'est beau. C'est froid. La température prédomine sur la poésie assez rapidement. Dix degrés Celsius de perdus aux extrémités. C'est froid.

Stockholm, ville blablabla. Extraordinaire le nombre d'informations dans un guide touristique. Impressionnant aussi le nombre d'informations omises, comme le taux de dépressions et de suicides dans ces pays de la nuit. J'ai pris mes renseignements. Folle mais pas inconsciente. Ou de semi-mensonges dilués à l'eau de mer. « En hiver, les températures sont très rigoureuses et le voyageur doit prévoir des habits chauds ». Mais bien sûr. Le voyageur devrait fuir. Ou hiberner. Les ours et les marmottes ne connaissent pas leur chance. Ils dorment à travers les pires tourments de la terre et les gelées qui glacent les os et transpercent toutes les couches de l'oignon épidermique du corps humain. Avec les oiseaux migrateurs, ils ont tout compris à la vie. Pas besoin d'un cortex en couches évoluées.

S'asseoir dehors pour attendre le bus, pas la meilleure idée du siècle. Point positif, mon nez ne coule plus, la morve gèle donc. Grande découverte scientifique. D'ailleurs, mon nez n'existe plus, il doit avoir gelé. Aussi. Bon débarras. Le froid sec, rien de tel. On m'avait prévenue. Je n'y avais pas cru. Saint Thomas et ses preuves visuelles, je suis servie.

Quant à savoir quelle heure il est, les cadrans solaires sont fortement déconseillés. Heure il fait nuit. Matin, soir ou après-midi ? J'en laisse la discrétion aux professionnels de la lecture des étoiles. Quand la grande ourse est dans le quart supérieur ouest du ciel et que l'étoile du berger forme un angle de cinquante-sept degrés avec la constellation du taureau, il est trois heures du matin. Merci. Un bus toutes les dix minutes, c'est donc à chaque fois que Pluton parcourt trois centimètres vers la gauche, en clignant des yeux. Mais bien sûr. Je vais en rester à l'heure il fait nuit. C'est plus fiable. Pas de risque d'erreur, même les yeux fermés à six pieds sous terre. C'est comme d'être enterré vivant, ce pays.

Quand il fait nuit il fait froid. Nouveau proverbe suédois de ma création. Non que le pâle soleil d'hiver qui tente une percée de l'atmosphère et de la couche d'ozone deux heures par jour en cas de ciel découvert n'apporte beaucoup de différence. Mais la psychologie de la lumière est importante. Lumière = espoir, lumière = vie. Ce n'est pas pour rien que les chrétiens ont cette idée d'un tunnel avec une lumière à la fin. L'un des prophètes a fait un voyage dans le grand nord, c'est moi qui vous le dis. Je parie dessus à dix contre un. Quand chaque lever du jour correspond à une renaissance, on en déduit des faits extravagants. L'obscurantisme de la nuit donne jour au salut de l'aurore. Mes sœurs, mes frères, prions pour l'approche du printemps.

Le bus. Je suis sauvée. Direction la ville, mon lit, une bonne douzaine de couvertures électriques et quelques bouillottes. Avec un peu de chance, je vais échapper à l'amputation de mes petits orteils de pied si mignons et si congelés.

Une heure plus tard, enfouie sous des tonnes de duvets et autres plaids divers et variés, la vie redevient presque tolérable. Et si seulement la voix dans ma tête voulait bien se taire deux secondes et me laisser dormir plutôt que de m'exhorter d'accélérer le mouvement vers le pays des licornes, ma situation serait même acceptable, malgré le froid. Ça en dit long sur la qualité de la laine et des radiateurs dans ce pays.

## CHAPITRE 4 : STOCKHOLM, DE BON MATIN – DANS LE NOIR

Il pleut. Ou plutôt, il neige…-ote. C'est dur à dire, dans le noir. Un crachin gelé. Tombe du ciel. Sur moi. En moi. Je sens la moelle de mes os se fissurer sous l'effet de la congélation à laquelle elle est soumise. Oui, la situation pouvait empirer par rapport à hier soir. C'est bon à savoir. Première chose à faire, prendre des nouvelles de mes poissons rouges confiés à ma voisine de palier. Ils sont assez timides. Zeppelin 1 et Zeppelin 2 ont beau être des poissons goinfres, ils ne mangent que sans témoins. Cinq minutes plus tard, quelques messages échangés et rassurée sur l'état d'esprit de mes poissons, la vie dans le présent reprend. Il fait toujours aussi froid. Mais je n'ai pas d'autres animaux dont je peux m'enquérir. Concentration sur les après-skis, bien, bonne initiative. Mais il va me falloir plus que de bonnes chaussures pour survivre au pays du père Noël. À l'attaque du plan de la ville, direction le centre, premier arrêt, un Ikea des habits. Je comprends qu'Ikea soit la seule entreprise suédoise qui se soit importée. C'est grâce aux voyelles. C'est, et de loin, la seule à en avoir autant. Un atout indispensable.

Sous-pantalon en pure laine angora, sous-pull en cachemire des montagnes tibétaines et cagoule de gangster qui démange. Le terme correct est passe-montagne mais c'est moins glamour, et puis je ne veux passer aucune montagne. Beaucoup de couronnes dépensées plus tard, ou environ deux cents euros plus loin d'après mon brillant taux de change et calcul mental, je suis parée pour la seconde ère d'une période glaciale. L'humain survivra, c'est une espèce évoluée qui s'adapte rapidement. Et dont les petits sont dépendants jusqu'à dix-huit ans. Voire plus, Tangui *phenomenon*.

Bon, il n'y a plus qu'à tuer le temps. Dans le noir. Mon bus pour la localité perdue au milieu des conifères ne part qu'en fin d'après-midi. Déjà un miracle que les bus circulent par ce temps. Ils doivent être montés sur chasse neige, patins de ski et chenilles anti-glissade. Prochain arrêt un café, surchauffé de préférence. Et avec faux éclairages solaires, si possible.

## Chapitre 5 : Mon premier jour de périple, en route vers l'aventure

Le mal de Paris m'a frappée dès que j'ai ouvert un œil. Aïe. Nuit des plus inconfortables sur un siège de bus de l'an quarante. Aïe encore.

Mais qu'est-ce que je fais là, perdue dans le grand nord ? Aïe aïe aïe, trois fois aïe. Le froid a fini par neutraliser l'effet euphorisant de mes médicaments. Malheur, dans quoi me suis-je encore embarquée ? Je me suis fourrée dans une situation gelée.

Paris reste le plus douloureux. Je suis en manque. De pollution. D'activité frénétique et inutile. De rues toutes droites sorties de cartes postales et de l'eau noire de la Seine. Bourdonnement de la ruche routière et despotisme de l'apparence reine mère.

La splendide commune d'Ornsköldsvik. Il paraît que la fameuse piste de saut à ski ferait de l'ombre à la ville. Si seulement il faisait jour. Nombre d'habitants ? Moins que dans le quartier du Marais, assurément. Ma prochaine destination, un peu plus prononçable ? Arjeplog. Il existe une route. Quatre cents kilomètres, sept heures de voiture. En traîneau ? Aucune idée. En bus ? Quelques vertèbres de tassées, un coccyx de meurtri et une nuit d'insomnie. Le plus économique, et de loin. Tant pis pour mes os.

C'est fait. Au lieu de ma vie parisienne à cent à l'heure, je me retrouve couverte de bleus dans un arrêt de bus en rondins de bois, emmitouflée comme jamais, tant et si bien que bouger en devient difficile, et sans absolument aucune idée de la motorisation de ma prochaine étape. Faites le calcul. Je déprime. Le noir m'a consumée. Déjà.

Mais bon, j'y suis, j'y reste. Autant aller jusqu'au bout des choses. Assez court d'ailleurs : la petite bourgade d'Arjeplog comprend, en plus d'une épicerie, d'une station essence qui n'ouvre qu'en été, soit trois mois par an, et d'un café/bar/papeterie, moins d'habitants qu'un HLM du 93. Excursion rapide, tout est fermé, tous dorment. Nombre d'ours en hibernation inconnu. Nombre de ratons laveurs élevé. Qu'une seule solution pour se déplacer à partir d'ici : louer des chiens de traîneau. Bien sûr, c'était évident, j'aurai dû y penser plus tôt. Mais qu'est-ce que je fais là ? Décidément la question du jour.

La priorité étant l'emplacement de mon lit, je glisse et je clopin-clope tant bien que mal entre verglas et neige vers une enseigne d'auberge Bed and Breakfast à l'orée du village. Pour me heurter à une porte close. Et glacée. Mais de laquelle je parviens néanmoins à décoller ma joue droite sans y laisser trop de chair. Mon épiderme irrité et moi, nous comprenons soudainement l'utilité de la cagoule de gangster dans ce pays. Ainsi soit-il, c'est donc avec des airs de mafioso que je tirerai un bon citoyen de son sommeil pour un lit. Espérons qu'il ait le cœur solide et les artères bien accrochées et dégagées.

Je n'ai fait qu'un pas. *Bang*. Un corps qui chute sans aucun ralenti vers une couche de neige amortissante. Des bras qui se lèvent dans un ridicule réflexe instinctif de protection en retard de quelques années lumières. Des petites étoiles scintillantes devant les yeux. Qui grandissent. Et tournent, de plus en plus vite, de plus en plus fort. Perturbation de l'équilibre cosmique et de l'afflux sanguin. Trou noir.

## CHAPITRE 6 : ENSUITE…

J'ouvre un œil, puis deux. Ils clignent. Sous le coup d'une lumière aveuglante. Il fait chaud. Je suis en nage sous mon équipement de scientifique en excursion au pôle Nord. C'est le paradis, j'ai été transporté sous les tropiques grâce à une faille dans l'espace-temps de la galaxie. Merci mon Dieu ! Je cligne plus fort, le soleil danse. L'action me revient.

Trou noir dans une planche en bois encore utilisée comme un volet en France. Ici, c'est l'arme de prédilection contre la mafia. Autant pour moi. Attends un peu que je te mette la main sur l'arme du crime et elle va servir de bois de combustion. Nom d'un petit bonhomme en mousse, je n'aime pas ne pas avoir le dernier mot lors d'un corps à corps. Très lâche, cette attaque *full frontal* par surprise et champ de vision en forme d'ovale ciselé de bouts de laine à gratter.

Enfin, le brave samaritain qui m'a assommée a au moins eu la décence de m'envelopper dans une couverture, de m'engoncer dans un fauteuil dont je ne me relèverai jamais et de m'installer les pieds presque dans un feu pétillant. C'est toujours ça de gagné, infiltration subtile chez l'habitant. Décapant.

Un coup d'œil à droite, un coup d'œil à gauche, mon cou a survécu, il *rotationne* encore à cent quatre-vingts degrés. On se croirait chez le père Noël, un chalet tout en bois, une magnifique cheminée sur toute une façade, et ameublement exclusivement en acacia doré s'il vous plaît. Sur les étagères, des petits pots, des bocaux, des jarres qui envahissent tout l'espace. La pièce déborde de nourriture. Elle s'accroche même aux poutres sous sa forme séchée. Saucissons, jambons fumés et tresses d'oignons. Accueillant. Appâtant.

Une jolie odeur de cèdre flotte dans les airs. Et une odeur de chaleur aussi, un mélange de bois craquant du feu et de nourriture qui mitonne doucement. Mes narines frétillent, mon estomac frémit. Mon intestin se met en branle dans un grondement sourd. À dormir dans les bus et vivre la nuit, j'ai faim dans toute cette lumière. Je me dépêtre dans la couverture, puis dans le fauteuil. Un vrai nid douillet cet agencement. Mais l'appel du ventre ne prend aucun confort en considération. Je jette un dernier regard autour de moi, tout frémit mais rien ne bouge. Je tente un « *Hej* », seul mot suédois de mon vocabulaire, et dont la prononciation reste un mystère. Bonjour, non, pas de réponse. Un pas, deux pas. Deuxième tentative. Mon « *hej* » n'a pas plus de succès. Ça doit être la prononciation. Et effectivement, parce que la réponse à un « *'ello* » bien anglais avec un accent bien français ne se fait pas attendre. Une porte qui s'ouvre en grand, un courant d'air à faire trembler les murs de froid. Le feu résiste mais les flammes vacillent. Et une silhouette gigantesque avec un monstre à ses côtés se profile dans l'ouverture. Je suis tombée dans le repaire d'un ogre. Pas de doute. La forme s'avance. Rectification, une ogresse plutôt. Elle sourit, pose son manteau et me « *hej* ». Tout d'un coup, elle redevient de taille humaine, une fois la porte close et le manteau enlevé. Le monstre n'est en fait qu'un gros chien, l'ogresse qu'une femme. Une viking à en juger par sa taille, sa stature et ses cheveux blonds.

Bonne nouvelle, la viking parle anglais. Elle est désolée pour le volet, elle ne m'avait pas vue. Elle espère que je vais bien. Oui, j'ai survécu. Étonnant d'ailleurs maintenant que je sais la taille de ses mains et la largeur de ses épaules. Le chien me renifle sous toutes les coutures. Il n'est pas méchant, il s'appelle Odin. Bien. Je le savais. Des vikings, de vrais vikings dans ce pays. Je n'ai pas le temps d'en placer une, entre une truffe froide et des mains papillonnantes. Sans bien savoir comment, je me retrouve assise dans la cuisine, un déjeuner pantagruélique en face de moi. Odin a la tête fourrée dans sa gamelle, mon hôtesse dans ses casseroles. Elle parle du froid et d'une horde de chiens sauvages qui se rapprochent du village. Une longue tirade. Un « *yes* » de temps à autre devrait donner le change. Mon estomac gagne sur ma politesse, je me goinfre. Nourriture, me voilà. C'est une assiette sans fin qui est en face de moi, et la tasse à thé est en fait un pichet sans fond. Magnifique. Enfin quelque chose de positif. C'est un signe.

Quelques milliards de calories plus loin et enfin repue, je me demande comment je vais réussir à l'interrompre pour lui expliquer la raison de ma présence au fin fond du bout du monde. La conversation s'est orientée vers Paris, où elle est allée dans sa jeunesse. Ma participation poursuit son court d'acquiescement de temps à autre. Arriver à la couper, voilà un problème.

La cuisine est à l'image de la pièce à vivre et de l'assiette sans fin. Tout déborde, tout respire, tout est en bois. Des mets qui dégoulinent de partout, un immense poêle qui ronronne. Ça sent bon la joie de vivre. On s'y sent bien, c'est une cuisine de grand-mère, c'est douillet et accueillant. C'est apaisant. La musique de sa voix me berce. Elle est toujours aussi grande, mais elle se fond dans la pièce avec une facilité déconcertante. Elle bouge si vite que l'on croirait voir le monde à travers la lentille d'un appareil photo un peu lente à ajuster l'image. Ses longs cheveux blonds flottent autour d'elle, champ de blé sous la brise du vent. C'est une gentille ogresse, et une très belle viking.

Tout d'un coup, elle s'arrête. Le silence est impressionnant pendant quelques secondes. Seul le son de la casserole à ébullition sur sa plaque résonne dans ma tête. Elle me regarde, rit, se frappe le front avec la paume de la main et annonce : « Mais où ai-je la tête, je ne me suis même pas présentée. Je suis Suza. » Elle me tend la main par-dessus la table. « Et toi ? »

Moi ? Mon nom… Ça c'est une question intéressante. Voilà un autre problème.

## Chapitre 7 : Ma G.C.I. (comme je me dois de le dire en bonne française adepte des sigles)

Cette Grande Crise Identitaire, elle a suivi cette grande question métaphysique de la part de ma géante blonde et une grande concertation avec mon passeport. La pièce d'identité est formelle. Et mon permis de conduire corrobore. Témoignage accablant, le doute n'est pas possible. Je m'appelle Arianne Emilia Jouliette Pacotille. Sur papier, c'est clair. Dans mon esprit, ça l'est moins. Plus brumeux dirons-nous. Plus absent. Plus oublié.

Je me retrouve au bout du monde avec ma cervelle en moins. Elle est restée en transit sous le coup du volet. Quarantaine, elle paraissait sans doute un peu grippale. Commotion cérébrale, diagnostic personnel mais qui semble approprié. C'est la vie. Et ça sent le show télévisé made in US à plein nez. Taser et compagnie. Profil psychologique déviant cherchant une réintégration douce dans la société. Quelques éclairs de projecteurs et le tour est joué. Je suis riche dans le plus total anonymat vis-à-vis de moi-même. Épatant.

Mais bien sûr. *Bullshit*. Il n'y a bien que les scalpels de Miami qui peuvent prétendre à la franchise.

J'imagine que je n'utilise pas tous ces prénoms, ça serait d'un pompeux à mourir de rire. Je suis donc Arianne Pacotille. A.P. J'imagine que certains ont dû bien rigoler en maternelle. À défaut de savoir, j'imagine. Une Arianne de Pacotille. C'était le destin.

Je vais adopter Joulietta, un petit côté espagnol olé olé. Quoi de plus approprié pour cet opéra à la Carmen ? Les latins sont des faiseurs de drame, des faiseurs d'histoire. Et une histoire j'en ai bien besoin en ce moment. L'histoire de ma vie.

Étrange chose que la mémoire tout de même. Je me rappelle tout à fait que je cherche le pays des licornes, Espérance. Le pays de l'eau rose et de la paix sur terre. Réveil salé à l'eau de mer. J'ai juste perdu le point de départ en cours de route. *Oups*. Quelle étourdie. Dans ma tête, la seule chose qui résonne à présent bien fort dans tout cet espace vide, c'est cette petite voix, toujours la même petite voix, de plus en plus pressante, avec un accent russe de plus en plus marqué, qui insiste poliment sur le fait que je devrais continuer ma route vers les licornes. Elle me dit qu'il ne faut pas que je lambine en chemin, qu'il faut que je les trouve. Elles ont besoin de moi.

Apparemment, même dans l'amnésie, je ne peux pas faire simple. Il faut que je me la joue dramatique. Mes souvenirs ont été pris en otage par la mafia russe. Si j'accomplis la quête qu'ils veulent me voir compléter, peut-être en reverrais-je la couleur. Et tant qu'à faire, autant s'amuser un peu. Je décide de lui donner un nom, à cette petite voix, histoire de me sentir moins seule là-haut, dans l'immensité de l'espace laissée par ma mémoire disparue. Un nom en accord avec son accent. Du style Valériane. Ou Natasha. Ou plutôt Yeva. Oui, Yeva. C'est marrant, comme nom. Ou en fait, non. Pas de nom. Elle reste la petite voix. Ça fait moins fou, tout de même, de ne pas nommer les différentes personnalités de sa schizophrénie. Et déjà que je suis amnésique, je ne peux pas me permettre de cumuler les dérèglements psychiatriques. Je ne veux pas finir dans les livres d'étude.

Passé cet instant d'hilarité intérieure, la suite des événements n'est pas digne d'un roman. Coup de fil à celui qui est dénommé sous l'appellation Papa dans mon fantastique agenda porteur de tant d'informations essentielles à toute amnésique. Le petit guide du routard version intérieure. Ça sonne, on décroche. Panique à bâbord, panique à tribord. Le navire est infesté mais la fuite n'est pas possible. Les radeaux de secours sont sabotés. Sabordage, il y avait un traître à bord. Je ne me rappelle de rien. On crie, on hurle, on trépigne et on pleure mais la situation reste inchangée.

Moi, Arianne de Pacotille Première, je suis coincée dans ce charmant village suédois jusqu'à la fonte des neiges éternelles au sommet du Kilimandjaro. En version terre à terre, Arjeplog n'est plus desservie par aucun transport jusqu'à l'arrêt de la tempête de neige qui fait rage au dehors. Y compris en chiens de traîneau. Y compris à pied. Les ambulances peuvent attendre, le temps fait des siennes. Code blanc et vent. On ne peut même plus ouvrir la porte de ma tanière de Viking. Ma prison. J'y suis cordialement invitée.

## CHAPITRE 8 : MES DÉBUTS

Page blanche. Je suis sans doute saisie du complexe de l'écrivain. Quoiqu'il en soit, c'est bien bizarre de se retrouver avec vingt-et-un ans et des poussières de vide et d'absence à meubler. Grande foire aux antiquités, vide-grenier. Oyez oyez braves gens, mémoire à lacune demande à être remplie par ordre de la comtesse de ces lieux.

Ma cervelle sert à faire pousser mes cheveux. Pas d'autre information présente, pas de mode d'emploi. Bienvenue dans le néant des méandres de mon cortex. Je suis une amnésique à la recherche de licornes, en avez-vous entraperçues récemment à la lisière des bosquets ? Non ? Bon, ce n'est pas grave, je vais continuer mon chemin.

Au dehors, la tempête semble se calmer, les chiens commencent à hurler plus fort que le vent, c'est bon signe. En espérant que ces carnassiers affamés ne creusent pas jusqu'à la porte. Le téléphone ne passe plus, internet n'existe pas encore. Mis à part manger, il n'y a pas grand-chose à faire pour ne pas devenir fou. Heureusement, je suis à l'abri, le neurone a déjà disjoncté dans mon cas, quelle chance ! Donc autant parler avec ma gentille ogresse pour passer le temps.

Le sujet principal reste mon coup sur la tête, bien sûr. Quoi de plus remarquable qu'un volet aux pouvoirs démentiels ? Elle est confite de remords, je suis pétrie de doutes. Une vraie tambouille de sentiments contradictoires. Ça doit être les odeurs de nourriture qui flottent dans les airs. Elle n'y est pour rien, mais une question me tarabuste. Pourquoi prendre la peine d'ouvrir ses volets au risque d'estourbir un passant quand il fait toujours nuit dehors de toute façon ? Il n'y a pas beaucoup de passants, certes, mais tout de même, le jeu en vaut-il la chandelle ? On parle de ma mémoire là, de ma vie, de mes souvenirs de collectionneuse et de mes instants de gloire. La tempête fait toujours rage. On diverge vers la résistance des matériaux et la solidité du bois suédois. Je suis là pour en témoigner, ce n'est pas un simple énoncé de chauviniste. La tempête dure et s'éternise. Sa recette familiale de saumon fumé y passe, ma recette d'omelette au lait suit. On bavarde cuisine, on bavarde voyage, on bavarde langue étrangère. Ponctuation assurée par les pins et les vents, un grand merci. La maison qui grince apparaît en invitée spéciale. Le casting vient de tous les horizons. Littéralement. De fil en aiguille, on en arrive à la raison de ma présence derrière ledit volet. Excellent.

Je me tenais derrière ce volet démoniaque parce que je voulais rendre visite au monsieur qui a vu des licornes et de l'eau rose en Espérance. Et toc. Non, ce n'est pas un symptôme post-traumatique de démence, je voulais réellement le voir avant d'atterrir les quatre fers en l'air dans la neige et de culbuter ma mémoire au passage. Oui, c'est assez curieux que ce soit la seule chose dont je me souvienne. Comme quoi, l'utile passe vraiment à la trappe lors d'une grande quête. Voilà pourquoi tant sont morts au fil de l'histoire. On ne peut pas se battre contre sa destinée. Élimination du superflu, l'essentiel reste : les licornes. Un seul but rend l'être humain bien plus efficace. Le pouvoir du focus, c'est prouvé.

Mais bien sûr. *Bullshit.* Proverbe Ricains flambant neuf : à ne regarder que dans un tunnel, on finit par ne plus voir ses pieds. Ce n'est pas pour rien que les riches ne vont pas cueillir eux-mêmes leurs diamants dans les mines. C'est tout nouveau tout beau et ça n'a demandé qu'un peu de bon sens commun capitaliste par Dieu !

Mais c'est à ce moment-là qu'apparaît le plus gros problème de ma poursuite du cheval corné. Encore pire que mes souvenirs n'existant plus comme souvenirs, je fais une découverte terrible. L'ermite du fond des bois ne vit plus au fond des bois. Il a immigré. Comme les autres. Même les ermites suivent les règles du vingt-et-unième siècle. Ils vivent avec leur temps, qui l'eût cru. Ils migrent suivant le courant de l'argent et le cours de l'or. Sans doute celui du baril de pétrole aussi. Quelle que fût la couleur de ce qu'il suivait, mon ermite est parti. Il vit dans le désert maintenant. En Australie, d'après le bouche-à-oreille du téléphone arabe villageois. Magnifique.

Topo de ma vie : j'ai perdu la mémoire à la poursuite d'un ermite aux fourmis dans les pieds. Il est loin, le temps où ils étaient censés vivre de méditation sur leur rocher. De nos jours, ils vivent de communications virtuelles dans leur jet privé. C'est une autre époque. J'aurais dû m'en douter. Il y avait bien des signes avant-coureurs dans la sophistication de son site internet. Depuis quand internet, déjà, et ensuite depuis quand informaticien qualifié ? Tendre naïveté. Les licornes m'ont distraite. Ou bien j'ai tout simplement oublié de réfléchir, ça m'arrive aussi de temps en temps. Et oui, occasionnellement, je suis mon instinct. Et ce qu'il en reste après deux décennies de vie civilisée, ce n'est apparemment pas brillant. Un primate aurait fait mieux. Même un poisson rouge aurait eu la sagesse de rester bien gentiment dans son bocal. Ah, l'intelligence humaine et ses cerveaux dissociés en couches évolutives. Pourquoi en avoir autant si c'est pour ne pas s'en servir ? Mon amnésie est d'accord. Tout va bien.

Ce qui me laisse deux choix. Soit je continue dans ma brillante lancée extra-corticale et me rends en Australie dès qu'Arjeplog est reconnecté avec le monde. Soit je rentre bien sagement à Paris et prends rendez-vous pour des séances trihebdomadaires chez un psychiatre compétent. Au final, le coût devrait être le même, ce n'est donc vraiment qu'une question de choix et de priorités.

Que diable, après quelques jours en ère glaciaire, j'ai bien besoin d'un séjour dans le désert. Un changement d'air me fera le plus grand bien. Autant prendre des vacances avant de rentrer à l'asile. Un patient bronzé a toujours l'air plus sain. Et qui sait, le choc thermique me rendra peut-être la mémoire. Et mon nez n'aura peut-être pas besoin d'être amputé. Même cette chère petite voix dans ma tête se tait enfin et applaudit à l'idée. Que du positif. C'est parti, Australie, me voilà. Dès que les routes sont rouvertes, je décolle.

## CHAPITRE 9 : DE NOUVEAU SUR LES ROUTES AÉRIENNES

Grand miracle printanier que la fonte des neiges. Même si l'on n'est pas encore du tout au printemps et que des pelles actionnées à la sueur humaine y ont aidé. Le résultat est indéniable, j'en saute de joie. Les routes sont de nouveau praticables. À moi le bus, l'avion et *zou*, hors de ce pays qui pourrait servir de frigo à l'Europe. Je vais revoir de la lumière naturelle et redécouvrir des sensations dans mes doigts de pied. Tout un programme.

C'est parti, deux jours de transport sur roues, vertèbres en compote, aéroport, fatigue, avion, teint de plus en plus cadavérique, retard et bagage sur la plateforme tournante. Comme quoi il y a quand même une justice. Tout ne peut pas aller de travers. Je n'ai jamais été aussi contente de voir un pâle soleil percer la couche d'ozone de Paris. Rien de tel qu'un séjour de nuit pour apprécier les beautés du jour en dégradé pollution.

Les zones internationales des aéroports, c'est bien bizarre quand on y pense. C'est bien le seul endroit sur terre où l'on n'a pas besoin de visa pour y séjourner. Être en transit amène la sensation d'être un citoyen d'un monde harmonieux. Ces zones internationales, elles sont mondiales, et c'est très beau. En sortir et donc revenir dans la réalité divisée en parcelles étatiques, c'est une autre histoire. Mais même les deux heures d'attente à la douane qui s'ensuivent, courtoisie des trois gros cargos qui ont débarqué simultanément et de l'organisation des administrations françaises, n'entament pas ma bonne humeur. D'autant plus que je pars bientôt au pays des kangourous, où il fait toujours chaud parce que le soleil y tape à la verticale et que la couche d'ozone est inexistante.

À peine franchies les portes de sortie de la zone internationale de l'aéroport, voilà que je me fais happer par deux parfaits inconnus qui se disent être mes parents. Dur atterrissage, je suis bel et bien amnésique. Le choc d'être étouffée dans les bras de mes géniteurs ne ramène pas les souvenirs. Ils parlent vite, ils parlent fort. En moins de deux, je me retrouve poussée en direction de la douane. J'en sors juste, mais tant pis. Et trente minutes plus tard, voilà que je suis assise devant la porte d'embarquement soixante-sept à attendre un vol pour Sydney, sans trop bien comprendre comment. En version abrégée, ça se résume à ça : il est hors de question que j'aille en Australie toute seule « dans cet état » (comme si j'étais pestiférée). Et comme je suis têtue (je note consciencieusement le fait en bonne nouvelle amnésique première de classe) et qu'ils savent qu'ils ne me feront pas changer d'avis (bon point), et bien ils viennent avec moi. *Boum*, tel quel. Au revoir vacances de rêve et de liberté, bonjour les questions sur le port du cache-nez dès que l'humidité du soir tombe et les bananes de survie en cas d'hypoglycémie aiguë qui surgissent comme par miracle sous ce même nez dûment et maternellement emmitouflé. D'après leur raisonnement infaillible, le plus vite on trouve mon ermite, le plus vite on enterre le sujet et on rentre dare-dare à Paris pour m'envoyer chez des médecins compétents. Pas de considération pour mon état de fatigue avancée ni pour mes bagages plus faits pour le pôle Nord que pour la plage paradisiaque. Pas de discussion, exécution. Je dormirai dans l'avion et on m'achètera un maillot de bain à l'atterrissage. Je ne me rappelais pas que mes parents étaient aussi dictatoriaux. Je ne me rappelle pas de grand-chose, il est vrai. Ça ne serait pas le seul détail qui m'a échappé sous le volet. De toute façon, je suis bien trop moulue pour protester ardemment, alors autant suivre le mouvement. On part maintenant, on expédie le problème en orbite et on retourne à la case départ. C'est simple comme bonjour. Ma foi pourquoi pas, puisqu'ils disent que leur idée tient la route et que les visas et les billets sont là. C'est parti mon kiki.

Je somnole jusqu'à l'embarquement et ce n'est qu'une fois assisse sur mon siège avec mes jambes coincées dans les vingt centimètres carrés d'espace vital qui me sont attribués que le sommeil me quitte. C'est malheureux. Il ne me reste plus qu'à m'occuper les méninges jusqu'à ce que le petit train du marchand de sable passe de nouveau. Consultation du menu, magnifique, il y a un dîner, un snack et un petit déjeuner. Mes papilles en frétillent d'avance. Consultation du programme télévisé. Il y a beaucoup de films japonais sous-titrés mandarin. Voilà qui promet d'être une belle stimulation intellectuelle pour m'aider à dormir. Consultation du plan de vol. Déprimant, en miles comme en kilomètres. Il y a treize heures de vol prévu, et ce n'est que la moitié du trajet. Ils sont gentils avec leur petit avion qui progresse lentement sur l'écran et le temps qui arrive à défiler encore moins vite que la distance. Ça n'aide pas à oublier que l'on est rivé dans une boîte de sardines pour encore douze heures quarante-cinq. Quarante-quatre. Quarante-trois. De retour à quarante-quatre, on a dû perdre de la vitesse, le vent a tourné. Il faut que j'aille aux toilettes, je savoure les quelques mètres sur lesquels je peux déplier mes jambes. Et je retourne dans ma cage à lapin. Encore heureux que je sois en bordure de rangée, je gagne un orteil qui se trémousse sur la moquette de l'allée de liberté. Mes chers parents dorment à poings fermés. Les bénédictions du grand âge, encore mieux que les poupées, pas besoin de les allonger pour que leurs yeux se ferment tous seuls. Ce n'est pas juste.

Dans un long vol, les occupations se divisent en trois phases : les films intelligents et primés, les films d'action au scénario basique et les films romomo et cucul-la-praline à souhait. Une quête de culture vers une quête du sommeil. Le tout ponctué par des plateaux repas hermétiquement clos et pasteurisés à l'américaine que l'on savoure pour qu'ils durent plus longtemps même si ce n'est pas la fine crème de la gastronomie. Et puis bien sûr, le contrôle régulier et déprimant de l'avancement non-rapide du restant des kilomètres à parcourir. Et ils disent que l'avion va vite…

Mais bien sûr. *Bullshit.* Mon prochain voyage dans l'hémisphère opposé, je le fais sur une fusée en partance de la NASA après être devenue astronaute.

Enfin l'atterrissage. Débarquement pour ensuite réembarquer dans le même avion, juste pour le plaisir de piétiner les orteils de pieds de son voisin et de perdre la moitié de ses bagages de cabine en surpoids frauduleux et pas très orthodoxe dans leur fonctionnalité de transport. Quelques kilogrammes en moins et des parties du corps meurtries, je me retrouve aussitôt dans l'avion qui décolle sans avoir le temps d'acheter une bouteille d'eau ni de dire *ouf*. Les parents suivent dans une sorte de coma éveillé. Aussitôt assis, ils sombrent à nouveau. Et c'est à ce moment-là, une fois confortablement harnachée dans le même clapier à lapin en élevage intensif que pour le vol précédent que j'ai découvert la grande surprise : les films sont les mêmes que sur le premier vol, le menu est le même aussi, mais ils ont changé les hôtesses. Quelle courtoisie. Donc oui, les neuf heures de vol suivantes sont en fait plus longues que les treize premières. Incroyable mais vrai.

## CHAPITRE 10 : SYDNEY EN UN ÉCLAIR, DIRECTION MELBOURNE

L'aéroport de Sydney n'est pas géant, mais il faut tout de même prendre un train pour aller du terminal international au domestique. Pas grand-chose à remarquer, sinon que mes valises deviennent de plus en plus lourdes et que leurs banquettes sont très conviviales. On peut changer les dossiers de côté pour s'asseoir avec plus d'amis. Mon esprit harassé en rigole bien. Mais il se calme tout de même assez rapidement : d'après l'usage qu'en font les autochtones, il semblerait bien que cela soit en fait conçu pour pouvoir toujours s'asseoir dans le sens de la marche. Moins convivial, plus pragmatique… Petite erreur dû au soleil qui brille, mais je suis bien dans un pays anglo-saxon.

Nous sommes dans ce magnifique train dernière technologie parce que comme les presque trente heures que l'on a déjà passées dans l'avion n'étaient pas suffisantes d'après mes parents, il nous reste une heure trente de vol jusqu'à Melbourne, endroit béni où je pourrai enfin trouver un lit où m'allonger pour la première fois depuis trois jours et demi.

Mais bon, je suis bien responsable de cette traversée du globe. Mon ermite vit en périphérie de Warrnambool, renseignement bien pris auprès de professionnels de la médecine douce. Il vend maintenant toutes sortes de remèdes à base de plantes, de grigris et d'incantations supranaturelles. Il faut bien vivre de quelque chose, même un ermite a besoin d'apports nutritionnels, d'espèces sonnantes et trébuchantes et de lumière du jour tous les jours de l'année. Il n'a tout de même pas dû oublier Espérance. Les licornes, ça ne s'oublie pas. Et qui sait, il aura peut-être un traitement miracle en cas d'amnésie globale. Tant qu'à être au bout du monde, autant y croire.

Warrnambool est une charmante localité à quelques deux cents kilomètres de Melbourne sur la Great Ocean Road. Côté positif, le trajet est très pittoresque d'après le guide. Côté négatif, ça veut dire plus de temps à passer dans un moyen de transport.

On embarque enfin à bord du dernier avion. Les parents sont bien silencieux. La fatigue du voyage, sans doute. Et puis ils ont l'air soucieux mais après tout, je suis amnésique, alors il y a de quoi. Ils s'éveillent dans l'avion. C'est bien gentil à eux de prendre ainsi le fardeau sur leurs épaules et de m'abreuver de récits de mon enfance glorieuse. Le vol n'en passe pas plus vite, rien ne réveille une résonnance enfouie.

## CHAPITRE 11 : QUELQUES HEURES À MELBOURNE

Un lit moelleux et une climatisation efficace dans une chambre noire. Mes premiers souvenirs de cette ville de bord de mer se résument à peu. Le décalage horaire est dur, quand le jour devient la nuit et *vice versa*, l'organisme est perdu dans ses routines. La longue accumulation d'heures de sommeil à rattraper grâce à mes extensives ballades touristiques n'arrange pas la chose. Une seule solution, dormir trente-et-une heures d'affilée en ouvrant seulement un œil de temps en temps pour réclamer de la nourriture, de l'eau, la date et le jour.

Je finis par émerger au milieu de la nuit, fraîche et prête à l'action. Une rapide consultation du réveil de la table de nuit m'apprend qu'il est cinq heures du matin. Pas la meilleure heure pour commencer la journée. Silence total, tout le monde dort. Mais moi, je suis bien réveillée, alors je vais secouer un peu la populace justement assoupie. Après tout, un rapide coup d'œil à l'extérieur m'apprend que le jour est en train de se lever, vive l'été en décembre.

Les parents délicatement sortis du lit après une splendide omission de l'heure réelle et une interprétation solaire des plus sincères, nous voici en route pour le fast-food du coin, ouvert à toute heure du jour et de la nuit. Pratiques avant tout, les Saxons. Je me retrouve devant un muffin bacon/œuf fumant et une omelette de pommes de terre frites reconstituées dont je questionne très franchement la place dans le menu pré-sept heures du matin. Mais bon, soyons locaux et avalons cette *hash brown*. Après tout, j'ai faim, et mon estomac a une fois de plus raison de ma culture confiture/pain beurré.

C'est autour de cet apport substantiel à mes besoins nutritionnels quotidiens que je m'enquière de l'état de la situation. Mes chers parents ont loué une voiture, et tout est prêt pour notre départ vers mon ermite. Je visiterai donc Melbourne sur le chemin du retour. Ils ne m'accordent que quinze minutes pour me ruer vers la AC/DC lane et prendre une photo de ce monument d'Australianisme qu'est la plaque de cette petite ruelle qui porte le nom de ce grand groupe mythique. Et les graffitis. Melbourne, c'est une ville des plus tendance. Les murs sont ouverts à tout artiste qui veut s'exprimer à grands coups de bombes de peinture. Entre la farandole géante des personnages des Messieurs et Mesdames des livres d'enfants et la subtile feuille de cannabis camouflée dans une forêt hantée en noir et blanc, il y en a pour tous les goûts. Certains dessins sont saisissants. D'autres beaucoup moins. Mais quoiqu'il en soit, tous sont éphémères. Régulièrement, la bonne ville repeint les murs de ses ruelles pour que d'autres puissent les peinturlurer à nouveau. Un beau cercle de création.

Mon pèlerinage expédié, direction le parking souterrain de la compagnie de location de voitures. Mes parents ont loué un monstre, une énorme berline aux vitres teintées aussi large que longue. Au moins, je ne risque pas d'être exposée à des rayons ultraviolets australiens non-filtrés par mégarde. Et puis je peux toujours prétendre être la princesse d'Islande en vacances incognito. Vu mon bronzage et le peu de couvertures médiatiques internationales du pays, je suis à l'abri de tous risques de contradiction. Qui sait s'ils sont encore une monarchie ou pas ?

## Chapitre 12 : C'est reparti, sur les routes terrestres cette fois-ci…

Le périphérique de Melbourne est d'une simplicité enfantine, les branches de sorties clairement signalées et bien à l'avance, les autres conducteurs civils et respectueux du code de la route. Le seul petit problème : ils roulent à gauche. Pas de panique, les risques de mourir d'une crise cardiaque à l'approche de chaque rond-point sont en fait bien plus élevés que les risques de prendre ledit rond-point du mauvais côté et mourir étouffée par un airbag dans l'anonymat complet du siège arrière et des vitres teintées. Voilà un fait qui rassure. En tout cas, la thérapie de mon amnésie par choc ne marche pas le moins du monde, voilà un autre fait d'établi. Quand je serai de retour en France, je suis sûre que les psychiatres apprécieront cette expérience des plus scientifiques et ma survie à leur juste valeur.

Une fois la tornade de la sortie de l'agglomération passée, tout roule. Ce ne sont plus que des petits sursauts passagers à chaque voiture que l'on croise. Heureusement, il n'y a pas tant de trafic que ça en sens inverse. La route s'améliore à chaque kilomètre en s'enfonçant dans le bush. La côte est parfumée par les eucalyptus, des koalas somnolent confortablement assis sur leurs fourches. Mais le plus extraordinaire, ce sont les perroquets. Dès que l'on arrête la voiture, ils sont partout, petites boules colorées qui batifolent d'un arbre à l'autre. Des perruches bleues et rouges, des vertes, jaunes et roses, des cacatoès à crête jaune, des roses et gris… Ils y en a vraiment partout et de toutes sortes. Même des espèces de moineaux jaunes ou bleu fluo. Un vrai zoo.

Quand la forêt s'épaissit, c'est marrant. Les arbres auparavant majestueux et ramifiés deviennent de longues tiges-troncs avec un plumeau au sommet. Et ils sont gigantesques avec leur écorce noire ébène qui pèle comme une brûlure sur le sol tapissé de feuilles mortes en forme de larmes.

Mes souvenirs ne me reviennent toujours pas mais j'en construis de nouveaux bien ensoleillés. La mer est bleu tropical, de cette couleur qui tire au transparent à l'approche du rivage. Dans la voiture, il n'y a pas grand-chose d'autre à faire que de regarder les petites vaguelettes s'échouer sur la grève. Après une grande discussion sur la lecture du plan et des indications à la sortie de Melbourne, les parents sont maintenant plongés en pleine conversation sur le nombre d'étapes de notre périple. Le côté maternel veut faire tout le trajet d'un coup, voir l'ermite et rentrer « pour la santé de notre fille ». Le côté paternel pense que l'air marin et le soleil ne peuvent faire que du bien « à la santé de notre fille » et que ce serait stupide d'avoir traversé le monde pour ne pas au moins s'arrêter voir les douze apôtres.

Résultat, ce soir, pour la première étape de ce voyage, nous dormirons à proximité de ces douze apôtres. Non pas que quiconque soit extrémiste religieux par ici. Les apôtres en question ne sont que des rochers qui se dressent dans la mer comme des gladiateurs, anciens vestiges de l'érosion des falaises. Ils ne sont plus que huit, mais ils restent les douze apôtres de la Great Ocean Road. On ne va tout de même pas changer l'histoire de l'humanité chrétienne sous prétexte que le réchauffement climatique et la montée des eaux sont venus à bout de quelques pauvres pics rocheux. Huit rochers et douze apôtres, c'est officiel.

Une fois sur place, je corrige le guide touristique : ce n'est pas la mer qui les érode mais le vent. Il décorne les bœufs et balaye incessamment cette partie de la falaise. Le courroux des dieux face à la prétention des humains. N'est pas apôtre qui veut, ils n'ont pas dû recevoir leur bénédiction du ciel ceux-là. Ça souffle dans tous les sens, l'objectif de mon appareil photo en a même du mal à sortir. Et c'est un miracle que les quelques touristes qui bravent les éléments ne soient pas projetés au pied des apôtres sur les récifs. Mis à part le blizzard, c'est joli. La silhouette de ses rochers taillés dans la falaise qui se découpe dans le soleil couchant. Très publicité pour l'Australie, ses côtes, ses merveilles et son immensité. L'Australie, un pays où tout est possible et où la nature vous émerveille à chaque tournant. Heureusement que le son est fait en studio, parce que le vent qui hurle donnerait des frissons dans le dos du premier européen venu à la recherche du soleil en décembre.

Il fait déjà nuit noire quand on arrive à notre résidence d'un soir. C'est une jolie petite maison blanche perchée au sommet d'un pic rocheux. Une sorte de pension de famille aux volets verts et à l'intérieur propre et frais. J'ai une petite chambre avec un lavabo à l'ancienne, et a priori, mon lever aux aurores commence à se faire sentir. J'expédie mon dîner, mon brossage de dents et *zou* au lit dans des draps qui fleurent bon la lessive. Une vraie enfant modèle, aussitôt allongée les yeux fermés et aussitôt profondément endormie. Demain est une grande journée, je vais rencontrer mon ermite et tout savoir des licornes.

## Chapitre 13 : Le jour où j'ai rencontré mon ermite

Ça y est, le grand jour est arrivé. Et il a commencé à quatre heures du matin, voilà une bonne habitude de prise. Dans ce nouveau rythme de vie, le monde m'appartient. Je ne le partage qu'avec de beaux animaux de zoo, un plaisir. Mais j'ai fait l'erreur de m'endormir avant d'obtenir le précieux renseignement de la localisation de la chambre de mes parents. Du coup, pas moyen de les tirer du lit aux aurores deux fois de suite. Ils ont bien prévu leur coup, je me retrouve à faire la conversation à de gros corbeaux zébrés. Ils appellent ça des *magpies* par ici. Pour moi, ils resteront à jamais de gros corbeaux rayés aux yeux bleus. L'absence de couche d'ozone entraîne décidément bien des modifications génétiques! Un régal pour l'imagination. Finalement, les licornes, pourquoi pas. Elles pourraient pâturer à côté des pégases et autres animaux équins mythiques. Qui n'a jamais rêvé de rencontrer un centaure ?

Deux bonnes heures de divagations et de sérieuses crampes d'estomac plus tard, mes géniteurs sortent enfin de leur repère secret. Je leur saute dessus, j'ai faim, où est la nourriture, les clefs de la voiture, vite, je vais mourir si mes petits muscles en pleine autodévoration ne reçoivent pas tout de suite un apport alimentaire.

Une heure plus tard, rassasiés, nous roulons de bon train vers la nouvelle résidence de mon ermite. Je ne sais pas si le temps passa trop ou pas assez vite dans la voiture, moi, je passais le trajet dans un état de transe second. Quoiqu'il en soit, soixante-dix minutes plus tard si l'on en croit l'horloge numérique de notre voiture, nous y étions. Devant son repère. Ma chère mère n'eut même pas le temps de me mettre en garde contre la fourberie des gens qui abusent de la naïveté de vulnérables jeunes filles, notamment celles atteintes d'amnésie, qu'un hurluberlu en costard cravate nous sauta dessus.

Il parle vite, il parle fort mais il ne gesticule pas. Il est l'Assistant Personnel Numéro Trente-Quatre de mon ermite. Depuis quand les ermites ont-ils des assistants, je vous le demande. Surprise ! Le concept même de l'ermite ne le laisse pas prévoir. Un ermite, il vit seul au fond des bois ou au milieu du désert. Je n'aurais jamais pensé trouver le mien logé dans une forteresse protégée par un réseau d'assistants. Le monde moderne est décidément bien surprenant. Donc voilà, en fait, mon ermite n'est pas un ermite, c'est un homme d'affaires. Il ne médite pas, il boursicote. Il ne s'isole pas dans une location austère, il s'entoure simplement d'assistants cerbères. Ce qui, au final, revient au même, on ne peut pas lui tomber dessus ni lui parler comme ça. L'improviste, ça ne fait pas partie de son vocabulaire.

Il y a quinze jours d'attente. Déduction logique : la liste des nécessiteux est longue. Il faut prendre rendez-vous, on ne marche pas non plus vers sa guérison de façon impromptue. Son Altesse l'Ermite a des horaires à respecter. L'ouverture de la bourse, il ne faut pas la rater. Celle de Paris, et aussi de Londres, Tokyo, New York et Sydney. Il ne peut vraiment pas recevoir quand cela lui chante à ce rythme-là. La fortune et un site internet, ça ne s'invente pas. Et cerise sur le gâteau et ultime preuve de ladite et présupposée fortune vu la taille de la forteresse où il se terre, il faut payer pour lever les yeux sur lui. La somme à payer pour émettre quelques postillons en son illustre présence est encore plus élevée. Parce que recevoir sa sagesse n'a pas de prix. Bel euphémisme quand on pense à tous ces beaux zéros grassouillets qui s'alignent dans la bouche de l'Assistant Numéro Trente-Quatre. Les bonnes grâces de cet illuminé ne tombent pas du ciel, elles prennent plutôt forme selon le poids de sa tirelire.

Alléluia. Donc en fait, ce jour n'est pas du tout le jour où j'ai rencontré mon ermite. C'est le jour où j'ai failli rencontrer un escroc.

Sauf que moi, je n'ai pas envie d'attendre quinze jours, premièrement et deuxièmement, je ne vois pas pourquoi je devrais payer pour avoir la confirmation de l'existence des licornes alors que cette information est d'un intérêt mondial et devrait faire la une de tous les journaux et l'objet de toutes les recherches scientifiques. Il va falloir que je trouve une solution et prenne des mesures extrêmes. Une fois de plus.

## Chapitre 14 : Et attention… Action !

Minuit. S'ils croient que je vais dormir quand toutes les réponses à mes questions se trouvent à moins de cinq cents mètres de moi, ils se trompent lourdement. C'est bien mal me connaître que de ne pas prévoir ma mission invasion-récupération d'information par piratage informatique subversif et incognito.

Il n'y a que deux scénarios possibles : soit mon ermite est un honnête marginal retenu dans cette forteresse contre son grè par de mesquins spéculateurs qui se font de l'argent sur son dos et sa science, soit il est un escroc. Dans les deux cas, pas d'hésitation ni de sentiment, il me faut agir. Quelqu'un doit payer le prix fort pour ma grande déception. On ne bafoue pas ma naïveté et ma candeur sans s'exposer à un dur retour de bâton. Gare à l'amnésique en croisade !

Première opération du plan invasion-récupération, s'infiltrer subtilement dans la demeure cible. Check : os pour chiens de garde aux crocs pointus, *pepper spray* pour quelconques opposants mineurs, chloroforme pour opposants majeurs et torche pour moi parce que les lunettes infrarouges à vision nocturne ne sont pas encore en vente libre au tabac du coin. Je suis parée, équipée. *Ready, steady, go*. Je me mets à la mode du pays pour mieux me fondre dans le paysage.

Premier obstacle, l'incontournable mur qui entoure la propriété. Quand on pense que partout ailleurs en Australie, ils ont de jolies petites palissades bien basses en bois coloré, il a fallu que je tombe sur les uniques amateurs de pierres bien fermes et de hauteurs bien infranchissables de l'autre côté du monde. *Peuh*, signe de méfiance et d'isolation bien européen qui renforce ma théorie du louche. Heureusement que j'ai le sens de l'escalade et du risque grâce à une enfance passée à la campagne. Oui, les deux jours de voyage vers l'été et l'ermite n'ont pas été une totale perte de temps, j'ai beaucoup appris sur moi-même dans les murmures incessants de mes chers parents. Flash-info de cette nouvelle journée qui commence à peine : j'ai grandi à la campagne entourée de chiens, chats, chevaux, lapins, mulots, poules et autres volatiles en tout genre.

Premier obstacle franchi. J'ai maintenant les pieds dans la propriété et dans ce qui ressemble bien à un marécage. Inexplicable alors que la sécheresse règne, que de tels endroits nauséabonds existent encore. Pas de chance pour mes chaussures. Ni pour ma discrétion. Un doux bruit spongieux évocateur d'une intrusion s'élève à chacun de mes pas. J'espère qu'ils ont le sommeil lourd parce qu'une fois sur la terre ferme, la belle mélodie de mes mouvements ne fait que s'aggraver. Quoi de mieux que la combinaison du spongieux bien implanté et du gravillon sur lequel j'ai maintenant atterri pour tirer du lit toute une maisonnée assoupie ? Un pas, deux pas, trois pas. *Spouch griiik spouch griiik spouch griiik*. Les chiens et leurs aboiements bruyants ne sauraient tarder. Deux *spouch griiik* plus tard et un mètre plus loin. Toujours pas de signe de vie des terribles gardiens canins. Existent-ils ? La situation permet d'en douter. Mon ermite souffrirait-il de cynophobie au détriment de sa sécurité, de son anonymat et de son intimité si bien protégés jusque-là ? Tant mieux pour moi. J'arrive, vil être sans amour pour les chiens ! Avec mon sac rempli d'os à moelle inutiles, oui. Je m'en servirai de projectiles si l'occasion se présente.

Reprise de la narration de mon épopée militaire exploratrice. Deuxième obstacle, les chiens : inexistants. Donc deuxième obstacle surmonté. Victoire. J'attaque le troisième et de loin le plus complexe : la forteresse. Ce qu'il y a de bien en Australie, c'est qu'ils s'imaginent que la présence d'une moustiquaire à la fenêtre suffit à stopper les maraudeurs. Que nenni. Point quand ils viennent d'Europe, continent de toutes les félonies. Une petite poussée, et adieu moustiquaire. J'espère que personne ici n'a la peau trop sucrée ou de longues séances de démangeaison sont à prévoir. Me voici à l'intérieur de mon objectif final, si près du but que j'en frémirais presque. Si je n'étais pas clouée au sol par le poids de l'inutilité de mon équipement défensif. Enfin bon, mieux vaut prévoir que ne pas prévoir.

Un pas, deux pas, trois pas sur le parquet. Je fais *spouch craaak.* Beaucoup plus doux que le crissement perçant du gravillon mais tout de même pas le top quand il s'agit d'être discret. Ah, horreur, la maisonnée est en branle-bas de combat, ils ont dû m'entendre. Et ça parle fort, et ça crie un peu. Je tends l'oreille et je me fais toute petite. Le boucan n'a pas l'air de me concerner. Il ne bouge pas, pas de portes qui claquent ni de dévalements dans les escaliers. Juste une conversation animée dans l'une des pièces. Je l'ai échappé belle. Je suis donc libre de continuer mes agissements illicites à ma guise. Youpi.

Déjà, une question s'impose. Dans quelle partie de la forteresse ai-je atterri ? Je brandis ma torche, enfin un instrument utile dans tout mon barda. Fantastique, c'est mon jour de chance. Je suis dans la pièce de l'ordinateur. Je ne pouvais pas mieux tomber, à moi les secrets d'Espérance gravés dans le disque dur. Mon enthousiasme est de courte durée. Il faut un mot de passe pour accéder au savoir absolu. Les connaissances ne sont pas données à tous. Quelle méfiance, dans sa propre demeure ! Premier obstacle de taille. Je n'ai rien d'une pirate informatique. Je suis en croisade sur la terre ferme, pas sur le roulis des vagues interpixeliennes. Ma tentative tourne court. *Damn it.*

Les papiers qui traînent autour de l'ordinateur ne sont que relevés bancaires et traités administratifs couverts de chiffres barbares.

Je ne veux pas savoir combien gagne mon ermite dans ses comptes à rémunération aux îles Cayman, ni combien il a investi dans l'extraction du minerai de fer en Papouasie Nouvelle-Guinée. Je veux tout simplement savoir où se trouvent Espérance et mes licornes. À priori, c'est un sujet qui n'est pas abordé aussi quotidiennement que celui du transfert de fonds. La documentation ne traîne pas sur un bureau, elle doit être enterrée aux archives. Nouvel objectif donc : la localisation et fouille de la pièce des archives. C'est parti.

Les *spouch craaak* reprennent de plus belle lorsque je me fraye un chemin jusqu'à la porte. Qui grince en s'ouvrant. Un peu d'huile dans les gonds, ce n'est pourtant pas bien compliqué à mettre. D'abord pas de chien ni d'alarme et ensuite une porte qui grince. Quelle incohérence et négligence de la part de mon ermite. J'avance aussi subtilement que possible dans le couloir. Direction opposée des bruits de conversation. Je suis amnésique mais pas suicidaire. Je mets la main sur la poignée de la porte suivante. Je colle mon oreille au battant. Silence absolu. Je pousse la poignée. Un rapide tour d'horizon avec ma torche. Le résultat ne se fait pas attendre.

Sirène, alarme, hurlement, cavalcade. Mes tympans en prennent pour leur grade. Mes ossements aussi lorsque deux gardes me bondissent dessus quelques secondes plus tard et me traînent à l'autre bout de la forteresse. Dans la salle télé. C'est donc là qu'ils se terraient, ces sournois. Décidément, c'est bien la peine d'avoir emmené ces os, ce *pepper spray* et ce chloroforme pour me défendre. Un bon film aurait tout aussi bien fait l'affaire. À l'écran, au très grand écran, une rediffusion du Tour de France. C'est bien ma chance que de traverser le globe pour me retrouver face-à-face avec les routes tortueuses de campagne bien françaises. Et voilà donc ce qui a rendu mon intrusion possible. Le manque de professionnalisme et d'ouïe de ses gorilles du corps. Ça et la grave erreur de jugement de sa part quant à ne pas aimer les chiens. Malheureusement, son manque de prudence s'arrête là.

Il faut dire que d'ouvrir la porte d'une chambre où quelqu'un dort et ensuite lui mettre la lampe torche en pleine figure n'a sans doute pas été mon initiative la plus brillante. Je ne pouvais pas deviner qu'il y avait une présence humaine assoupie derrière cette porte. Ronfler devrait être obligatoire.

Rapide échange au téléphone. Nouvelle cavalcade. Portes qui claquent. Trois gorilles et un ermite de plus dans la pièce. Je n'ai jamais été autant dévisagée de ma vie. Du moins, pas de ces quelques derniers jours. Je tente de profiter de la situation en lui demandant où se trouve l'Espérance. Silence.

Je suis prise d'une grande interrogation soudaine en son illustre présence et son manque de réponse. Quelle langue peut-il bien parler ? J'en reste coite et lui aussi. Rien sur son site aux mille versions bilingues ne laissait présager un tel manque de vocabulaire de sa part. Silence encore. Toujours plus de silence.

Je répète ma question en anglais, mais je me heurte au même mur. J'en suis réduite à le dévisager pour essayer de lire des réponses dans le cisèlement de ses pommettes et la courbure de ses lèvres. Mais tout ce que je remarque, ce sont les paillettes brûlantes dans ses yeux qui, pendant un tout petit instant, tranchent avec son profil d'aigle, si froid, si dur, et implorent le monde entier de le laisser en paix. Et il y a tant de douleur, dans ce regard, tant de « pitié », que je sais qu'il va occuper tous mes cauchemars à partir de maintenant. Une sensation de le connaître depuis toujours me parcourt l'échine comme un frisson et ne me quitte plus. Si seulement je n'étais pas amnésique. Je comprends soudain que son regard me hantait déjà avant même que je ne le voie, parce que je l'avais déjà vu. Au fond de moi. Dans les intonations de la petite voix qui résonne parfois dans ma tête. Et quand on pense au loup, là voilà qui surgit. Elle se réveille au fond de mon crâne, après des jours d'absence, comme si elle n'attendait que cette pensée pour refaire surface. Elle se met à gémir doucement, un petit chiot relégué dehors par une triste nuit hivernale. Et dans le silence qui m'entoure, cette lente mélodie plaintive est un hurlement atroce à mes oreilles. Mais je ne sais quoi faire pour la faire taire. Alors je continue de le dévisager, j'essaye de comprendre. Et j'attends.

De très longues minutes plus tard sous la surveillance attentive de mes geôliers, on tambourine à la porte. Mon ermite muet s'éclipse. La petite voix s'éteint. Quelques murmures sont rapidement échangés dans le couloir. La porte s'ouvre sur des uniformes de police. Ni une ni deux, me voici embarquée au poste sans même avoir le temps de dire *ouf.* Ils sont efficaces, ces Australiens.

## Chapitre 15 : Ma rencontre avec les forces de l'ordre

Mes débuts de délinquante se font en langue étrangère. Au moins, c'est original. À défaut d'être dans la légalité la plus absolue, je mise sur l'inattendu et sur cet élément d'unicité novateur. Mais quelle que soit la langue, je me vois mal leur expliquer que je me suis introduite par effraction chez l'homme le plus riche des environs, à n'en pas douter au vu de ses relevés bancaires, non pas pour le voler mais parce que je suis à la recherche de licornes. L'histoire de ma vie que j'ai encore en mémoire ne me paraît pas très crédible aux yeux d'une autre personne. La nuit s'annonce longue.

Et ça ne rate pas, ils ont la gentillesse de commencer par le commencement. Nom. Prénom. Nationalité. *So far so good.* Date de naissance. La situation se complique. Je ne me rappelle pas ce léger détail que j'ai rapidement lu sur mon passeport il y a quelques jours. La mémoire à court terme n'est apparemment pas plus brillante que le reste lorsque l'on en vient aux chiffres. Pas de chance. Il va falloir en venir à mon amnésie. Dernier recours. Surprise. Mes parents. Oui, pourquoi ne pas les appeler. Excellente suggestion, cher officier de police. Allons-y.

C'était sans compter sur leur prédisposition à disparaître dans la nature en cas de besoin. Bien entendu. Quoi de plus normal pour des parents que d'abandonner leur fille amnésique à l'autre bout du monde et aux mains de la police si nécessaire. Parce que rien ne sert de le nier, il n'y a pas de parents dans la chambre d'hôtel où je les ai laissés en plein sommeil du juste pour partir en escapade missionnaire. Voilà qui ne va pas arranger ma crédibilité auprès des forces de l'ordre. En plus d'être amnésique, je suis maintenant désillusionnée. D'après leur expert, je me suis créée un monde qui n'existe pas. Tant mieux pour moi. Grand bien m'en fasse. Évidemment, c'est plus facile de voir les choses sous cet angle que d'accepter l'existence des licornes. Petits êtres mesquins que ces policiers.

Premières lueurs du jour et première lueur d'espoir. La réceptionniste croit se rappeler m'avoir vue arriver avec deux adultes. Elle n'en mettrait pas sa main à couper, mais c'est un bon début. La planète entière ne peut tout de même pas souffrir de désillusion. Il va bien falloir qu'ils prennent ça un minimum en considération au commissariat. Et toc. Entrez ce fait dans le procès-verbal, j'avais raison. Je ne mens jamais. Mais cela ne résout pas pour autant le problème de leur disparition. Très suspecte, cette histoire. Parents, bagages, voiture, *pfouf*, volatilisés comme par magie. Un vrai tour de professionnel à mes dépens. Un coup de cet escroc d'ermite sans langue à coup sûr. Et dire que je suis confinée dans quelques mètres carrés sans pouvoir enquêter comme il se devrait sur les faits. Déjà que je suis amnésique, je ne peux pas me permettre de devenir orpheline en prime. Chacun son fardeau dans ce bas monde. Et pas moyen de prendre la poudre d'escampette, ils m'ont bien à l'œil. Depuis ce matin, ils me regardent dans ma cellule en se murmurant à l'oreille. Ça sent la conspiration. Ils savent de quoi je suis capable et s'allient contre moi. Lâches. Triples lâches. Quadruples buses.

Je bous, je tourne en rond, en pentagone, en triangle. J'essaie de varier un peu. Mais dans cinq mètres carrés de surface, ce n'est pas évident. J'ai vite fait le tour de la situation. Je suis coincée ici à cause de la mauvaise volonté de quelques petits fonctionnaires bornés. Pourquoi ne peuvent-ils pas accepter ma version des faits, je vous le demande. Ma visite involontaire au poste de police risque de s'éterniser pour encore bien trop longtemps à mon goût. Et ils continuent de palabrer à voix basse en me jetant des regards en coin. Sales bêtes.

Ce n'est que vers le milieu de l'après-midi que l'un d'entre eux prend enfin pitié de mon isolement et de mon ventre qui crie famine et daigne m'apporter à manger et me mettre au courant de la progression de l'enquête. Ce n'est pas trop tôt. La bonne nouvelle, ils ont retrouvé mes parents. Il leur en aura fallu du temps pour un petit travail de routine ! La mauvaise nouvelle, mes parents ne pourront pas être là avant demain soir. Ils en auront parcouru du chemin depuis hier soir ! Et donc, c'est bibiche ici présente qui se retrouve volontaire bien malgré elle pour passer la nuit dans cette petite cellule maintenant bien familière. Parce que, je dois bien comprendre qu'en plus de la disparition de mes parents, il faut aussi qu'ils règlent avec moi cette légère histoire d'effraction. Ils en ont de la suite dans les idées au moins, à défaut d'être rapides. Et bien sûr, ils préfèrent attendre l'arrivée de mes géniteurs pour me passer à la casserole. Il faut des convives pour un festin ici.

Je n'ai donc plus qu'à prendre mon mal en patience et espérer que mes parents aux pieds légers trouveront le chemin de ma cellule sans embûche et le plus tôt possible demain. Je croise les doigts. De pieds. Aussi. Parce que c'est une honte de passer de belles et chaudes journées d'été ainsi enfermée dans une pièce climatisée et sans fenêtre. J'ai presque l'impression d'être de retour en Suède à ce rythme-là. Même la petite voix qui aime normalement tant faire du bruit quand je voudrais qu'elle se taise s'est retranchée je-ne-sais-où. Sans doute avec ma mémoire dans un coin sombre de mon cortex. Elles doivent bien rigoler toutes les deux, à me voir si seule au fond de ma cellule. Pour une fois que j'aimerais bien l'entendre me parler, histoire de passer le temps. Mais non. Elle a disparu, elle aussi. Depuis que je suis au commissariat, c'est silence radio sur toutes les chaînes. J'ai beau tendre l'oreille, le monde est muet. Un silence parfait. Sauf pour le tic-tac de leur énorme horloge murale qui marque chaque micro seconde, ce qui me tape déjà sur les nerfs et m'annonce que la nuit sera des plus agréables. J'ai hâte.

## Chapitre 16 : Les retrouvailles

Les retrouvailles, ce fut d'abord avec des parents. Et puis ensuite avec moi-même. En fait, ces retrouvailles, elles commencèrent dès la tombée du jour. Finalement, ma nuit ne fut pas si morose que ça contre toute attente. Mais prenons les choses dans l'ordre. Petit flash-back de circonstance.

J'ai le nez plongé dans mon délicieux souper cellulaire quand tout le ramdam commence. Des policiers qui courent à droite à gauche en parlant fort, la paperasse qui vole, les portes qui claquent et les téléphones qui n'arrêtent pas. On ne peut vraiment pas manger tranquille dans ce pays. Une honte. Non que cette nourriture reconstituée nécessite ma plus complète attention de gourmet français de toute façon, certes, mais c'est une question de principe. Chaque repas est un moment privilégié et unique qui se doit d'être respecté en tant que tel. Et là, surprise, mes parents menottés sont poussés à travers les portes. Finalement, il ne leur aura pas fallu jusqu'à demain. Fantastique, on règle ça et je peux dormir dans un vrai lit avec un matelas molletonné. Ils ont dû avoir pitié de moi et faire vite.

Ou pas. C'est à cet instant précis que je perds mon fil de compréhension. Pas de précipitations vers moi, pas d'accolades, pas de monologues maternels sur l'inquiétude. Non. Rien. Bravo les responsabilités parentales et les liens du sang. Ils passent devant moi sans même un regard. Ils ont l'air tendus. Sur les nerfs. Pour ignorer leur fille de la sorte, c'est sûr qu'il en faut. Ça doit peser lourd sur la conscience. Parents indignes. Pas étonnant que je sois amnésique, je dois chercher à oublier une enfance traumatique. Le coup de volet était un cadeau du ciel.

Dûment escortés, ils vont donc croupir dans la cellule d'interrogatoires de la pièce voisine. Et moi je reste là avec mon sourire bêtement figé sur les lèvres, mon papa-maman sur le bout de la langue et mes mille questions qui tournent en rond dans ma citrouille. J'appelle aux renseignements. Pas de réponse. Je m'époumone un bon coup. Pas plus de réponse. Dernier recours : je m'égosille non-stop, rouge cramoisi et décibels qui tuent. Je tambourine sur les parois en plus. Pour faire bon effet. C'est inadmissible, la manière dont on me traite, moi, petite amnésique sensible, légèrement traumatisée et sous le coup d'une accusation de tentative de vol. Un scandale. Je pousse de la voix parce que le monde entier doit savoir que je n'admettrai pas que l'on m'ignore de la sorte. Ce n'est pas parce que j'ai de l'air en guise de mémoire que l'on peut me marcher sur les pieds. Non mais oh. Mes pieds, ils sont faits d'os, de cartilage et de tissus bien réels et vivants, pleins de mémoire sanguine et atomique et ils exigent considération.

Je le savais qu'ils craqueraient rapidement, mes hurlements sont d'une efficacité monstre. Ils sont redoutables. Et insoutenables. Voilà, j'ai l'attention complète du commissariat et le chef en personne devant moi. Objectif atteint. Maintenant, il ne reste plus qu'à trouver la force de poser des questions de ma voix cassée et à bout de souffle. Et en anglais. C'est parti mon kiki, toujours plus de *fun* dans ce voyage. Une vraie croisière, une cure de vitalité, une thérapie de détente et de lutte contre le stress. Je ne pense pas que mon futur psy approuve, mais ce qui est fait est fait. On ne peut pas changer le passé. Mes questions arrivent en masse. Pourquoi ne me laisse-t-on pas parler à mes chers parents ? Pourquoi sont-ils menottés ? Pourquoi sont-ils arrivés avant demain ? Pourquoi pourquoi pourquoi. Le grand directeur de la police n'a pas beaucoup de parce que. Il ne sait pas faire face à une armée combative de pourquoi, c'est chose sûre. Il a dû perdre l'habitude. Pas assez de pratique en temps qu'interrogateur principal de la police. Normalement, il pose les questions alors fatalement, maintenant qu'il doit y répondre, il est tout dérouté. Heureusement qu'il a des collègues compétents. Un peu plus, au moins.

Je parlerai à mes parents demain. Là, ils ont des choses à régler avec ces braves gens. Des questions à poser, des points obscurs à éclaircir. Il ne manque que l'accent italien. Absolument sinistre, je me croirais dans la mafia en train de tenir tête au parrain. En conclusion, ils me font une offre que je ne peux pas refuser. Ils veulent que je passe la nuit calmement dans ma cellule, et j'aurai les réponses à tout demain matin. Magnifique compromis. Mais à moins de soudainement acquérir la capacité de tordre l'acier, je ne vois pas vraiment d'autres solutions que de suivre leur manque de jugeote et d'attendre le lever du jour bien sagement derrière mes barres. À demain pour les retrouvailles larmoyantes.

## Chapitre 17 : Les vraies retrouvailles de chair, d'os et de cellules grises

Le lendemain du coup. Après une nuit d'insomnie à monter des scénarios tous plus brillants les uns que les autres. Je suis tour à tour la fille d'un magnat du pétrole recherché pour suspicion d'activités terroristes par la CIA ou alors j'ai commis quelques crimes à haut rendement monétaire que mon amnésie a bien courtoisement et confidentiellement effacés de ma mémoire. Mais pas des rapports de police malheureusement. Maintenant, ils veulent savoir où j'ai enterré le magot. J'en connais qui vont être bien déçus. Peut-être qu'ils pensent que je dirige un centre de recherche clandestin pour cloner des licornes génétiquement modifiées à partir de chevaux et de rhinocéros. Pas très éthique. Dire que même moi, j'ignore encore l'évidente richesse réelle de mon passé de grand gangster. J'ai beau me creuser la cervelle, rien n'en sort. Mes méandres restent amnésiques et mes cellules grises jouent au roi du silence.

En tout cas, d'une histoire à l'autre, je n'ai pas l'impression d'avoir changé de jour. C'était bien la peine d'en faire toute une histoire à perdre trois décibels dans l'oreille gauche et ma petite corde vocale suraiguë de cette nuit au commissariat.

Les secondes *tic-taquent* toujours aussi lentement sur mes nerfs dans la grande horloge murale. C'est à huit heures trente-sept et quarante-cinq secondes précisément que fait intrusion dans ma cellule la personne qui va révolutionner ma vie. Miss Chestwick, détective. Interpol. Ni plus ni moins. Le grand banditisme international laisse des traces. J'ai donc bien une carrière et un casier judiciaire mondiaux, quelle gloire. Je me suis toujours vue à la tête d'un réseau de faux-monnayeurs et de voleurs d'art. Le Louvre et l'Ermitage n'ont qu'à bien se tenir. Ma maison en France doit être remplie de presses à la cave et de Klimt, de Modigliani et de sculptures de Claudel à l'étage. Fantastique. J'ai toujours eu très bon goût. J'ai peut-être même un Canova dans mon salon. Et aussi des Picasso et Miró dans la chambre d'invités indésirables. Humour, humour. Pauvre future belle-mère.

Bon, il s'agit aussi d'arrêter de prendre mes rêves pour des réalités et d'écouter ce que Miss Interpol vient me dire sur ma vie tumultueuse. J'ai été kidnappée.

Mais bien sûr. *Bullshit.* Mais j'en reste tout de même coite. C'est *un-American*, je sais, mais c'est plus fort que moi. Un exploit en son genre, cette petite annonce sur un ton banal.

J'ai été kidnappée. De but en blanc. Voilà. Niveau remous et courants dangereux, je suis servie. J'avais raison, je m'étais juste projetée du mauvais côté du tableau. Il y a bien des crimes, mais ce n'est juste pas moi qui les ai commis. Je suis plutôt la victime dans cette histoire. Un angle d'approche moins flatteur, pour sûr. Ça a au moins le mérite de faire lumière sur les menottes aux poignets de mes pseudo-parents hier soir. Et puis ça explique aussi leur manque de scrupules à m'amener au bout du monde sans bien même prendre trois secondes pour m'acheter un maillot de bain. Ni pour consulter un médecin d'ailleurs.

Et en fait, les dessous de l'histoire sont d'un terre-à-terre déroutant. Mes parents ont reçu mon premier coup de fil d'amnésique alors qu'ils étaient au restaurant. Entre les inquiétudes maternelles et le bon sens paternel combinés dans une discussion animée, la totalité de la salle n'ignorait plus rien de moi d'ici la fin de la soirée. Or c'était aussi là que dînaient M et Mme X, fraîchement dépourvus de leur fille de vingt-et-un ans après un terrible accident de voiture. La conversation de mes vrais parents n'est pas tombée dans l'oreille de sourds. Ni une ni deux, et un plan machiavélique s'est mis en place dans l'esprit tourmenté de mes pseudo-parents. Moi, gentille amnésique de vingt-et-un ans, quelle coïncidence, allait devenir leur fille de substitution après qu'ils m'aient instruite de ce beau passé qui était soi-disant le mien. Tellement simple et évident. J'aurai dû y penser.

Et pour un retour dans la réalité encore plus express, voilà que j'apprends que mes vrais parents viennent d'arriver et qu'ils attendent de voir si le psychiatre décide que je suis capable de leur parler après un tel choc. Tu parles. Un peu que je veux leur parler. J'ai de la résistance en réserve. Le psy est rassuré. Moi aussi. Et puis j'ai quelques comptes à régler avec mes géniteurs officiels. Me laisser être kidnappée, comme ça, alors que je suis amnésique et fragile, quel manque de tact absolu.

# Quatrième Partie

## *La Mère*

*La nuit, elle rêve parfois de ce qu'elle lui dirait. Si elle le retrouvait, si elle se retrouvait face-à-face avec lui. Elle ne sait pas. Les mots se bousculent dans sa tête. Ils ne sortent pas ou ils sortent tous à la fois, dans le désordre. Une pagaille sans queue ni tête. Des piaillements de bébés moineaux. Mais elle sait une chose : elle le retrouvera. Parce qu'elle veut les organiser, tous ces mots. Dans chacun de ses sourires, dans chacun de ses gestes, elle le ressent, ce besoin vital d'y mettre de l'ordre, dans son chantier. Et de trouver son pays, celui où les licornes paissent tranquillement au bord de grands lacs rosés et où le soleil ne disparaît jamais.*

Ivy, à propos de Vassili

Être une fille de bonne société, c'est tout de même un vrai enfer. À partir d'un certain âge, relativement tôt ma foi, plus aucune spontanéité n'est de mise ni permise. Pas de mèche de cheveux qui dépasse, pas d'actions inconsidérées, pas de gestes trop rapides et surtout pas d'opinions trop tranchées. La base de l'éducation de la jeune fille de bonne famille. Les règles sont aussi claires que si elles étaient écrites noir sur blanc. Du cristal qui descend sans joie d'une génération féminine à l'autre. Savoir se tenir en société est le minimum demandé. De quel côté se pose la sixième cuillère en argent que l'on sort lors des repas officiels ? En présence d'un duc, la révérence demandée diffère-t-elle de celle à faire en présence d'un comte ? Peut-on porter un chapeau fleuri en hiver ? Toutes sortes de principes passionnants. Puis à ces règles s'ajoutent un tas d'autres, beaucoup plus insidieuses, perfides. Celles qui transforment vraiment chaque instant de notre vie en une série de réflexions futiles. Celles qui donnent un doux et long coup de grâce à tout élan d'enthousiasme éventuel et pourtant durement banni. Adieu naïveté et tendre enfance, bonjour monde adulte plein de calculs. Au lieu de pouvoir regarder le soleil filtrer à travers mes persiennes en me levant et me dire que c'est une belle journée pour aller me promener, je dois réfléchir à quelle tenue serait appropriée pour une telle sortie, suivant l'heure du lever, l'avancement de la saison et la mode de Paris. Tout en tenant compte, bien sûr, des accessoires, du maquillage et de l'escorte réglementaire. Tant et si bien que la pluie a remplacé le soleil par bien des fois. Ou que prise de découragement, je décide que finalement, puisqu'il se dit que le soleil n'est pas bon pour la peau au teint de pêche si en vogue, il vaut bien mieux que je reste à l'intérieur, cloitrée derrière les lourds drapés de notre salon, à l'abri de son impact dévastateur. Et puis à tout ça s'ajoute bien sûr les petits tracas mensuels. Plus de sortie. Alitée pour cause d'indisposition, comme il se murmure autour de moi. Être une fille tout court, c'est l'enfer. Moi, j'ai envie de vivre, de courir, de raccourcir ma jupe, de mettre des pantalons même.

J'en étais là de ma vie quand je l'ai rencontré. Lui.

Ces foutus thés que ma mère organise, c'est un enfer. Chaque mercredi, de seize heures trente à dix-huit heures, comme le veut la bienséance. Le gratin de New York s'y retrouve en petit comité, à tour de rôle. Quel privilège que de pénétrer dans le grand salon de Madame von Braken. Un honneur que de se courber devant son argent, oui oui. Un plaisir de lui pommader l'orgueil. Ce défilé de rombières pense si fort que j'entends leur cerveau cliqueter de dépit : « Si seulement son fils affichait une mine plus réjouie. Et regardait ma fille. » Un laideron enrubanné, une asperge enrobée de flonflons, une Barbie baleine. C'est au choix, en alternance, présenté sur des plateaux dorés. La fleur de la bonne société au teint maladif, la blancheur de la peau indiquant le rang social, cherche à rentrer dans les bonnes grâces de ma mère. Comme si elle avait une quelconque influence sur son fils ! La blague. Si je me tiens à carreaux, si je reste assis bien droit et incline la tête à chaque pause dans leur monologues monotones, ce n'est que parce que Grand-Père tire fierté de voir son petit-fils ainsi mis aux enchères aux yeux de ces diseuses de ragots. Quelle belle allure, quelle prestance, quel charisme, quel charme… Il paraît que je lui ressemble. Il retrouve ses vingt ans en m'envoyant à la foire comme un animal exotique. Il faut dire qu'il paye bien. Il peut se le permettre. C'est comme ça que j'ai vu passer une ribambelle de saucissons, de parapluies et de cachalots en tout genre et dans la plus grande indifférence. Jusqu'au jour où je l'ai vue, elle. Des grands yeux de biches et un teint de porcelaine. Des pommettes toutes rosées et des mèches s'échappant d'un chignon lâche. Toute petite, toute fragile. Précieuse.

J'avais traîné les pieds pour y aller, à ce thé. Encore une de ces vieilles rombières qui cherchent un bon parti pour leur rejeton bigleux. Mais cette fois-ci, pas moyen d'y couper. Ils sont les plus riches de New York. Et c'est là que je l'ai vu, lui. Un visage taillé à la serpe, un nez en bec d'aigle menaçant et une mâchoire si bien dessinée. Des yeux de prédateur enfoncés dans des orbites profondes et un air d'indifférence la plus totale. Si fier, si grand. Si imposant. Commandant. Je me suis mise à penser à tout ce que j'aurais dû faire avant de sortir de mon manoir. Mettre plus d'épingles pour que toutes mes mèches restent bien en place dans leur chignon, réfléchir à quelle tenue me seyait parfaitement au lieu d'attraper la première robe de ma penderie. Et, oh ! Grand dieu, pourquoi avais-je refusé de me maquiller comme il se doit ?

Enfin une qui sortait du moule. Une qui respirait pour de vrai sans avoir peur de succomber à son corset trop serré. Ma mère désapprouva son air de fraîcheur dès qu'elle franchit le seuil de notre salon. Son sourire se fana et elle la regarda sévèrement en pinçant les lèvres. Quel affront que d'oser se présenter devant elle avec tant de naturel. Puis elle se dérida, se laissa même aller jusqu'à sourire avec condescendance. « En voilà une qui ne touchera pas un centime de mon héritage, je peux dormir tranquille », alla-t-elle même jusqu'à penser. Si elle savait ! Ce que moi, je pensais, c'était précisément l'inverse. Enfin une que ma mère ne contrôlerait pas, enfin une qui aura une opinion et qui ne vivra pas sur des apparences. Je lui souris. Elle rosit. Au bout d'une demi-heure de conversation à ton feutré et exalté en forme de ragot de la part de nos deux génitrices, elle me plaisait toujours autant. Je pouvais voir qu'elle comptait discrètement les assiettes en argent et les cuillères en or accrochées sur le mur en face d'elle. Puis elle se mit à compter le nombre d'ustensiles disposés avec pédanterie sur la table devant nous. Puis elle se mit à lisser tous les plis du tapis sous ses pieds. Elle s'ennuyait aussi ferme que moi. Ma mère faillit en avaler son toast au concombre de travers quand je lui demandais si elle voulait que je lui montre notre jardin à la française. Rien que pour voir la figure maternelle plâtrée de maquillage s'étirer en tête d'enterrement, la question valait le coup d'être posée. Elle bondit sur ses pieds et répondit affirmativement d'un air enthousiaste. Puis sembla se rappeler sa mère et se tourna en balbutiant pour demander la permission. Après concertation polie avec la mienne, elle lui fut accordée, bien sûr. Aucune mère ne la refuserait au meilleur parti de la ville. Et la mienne était trop prise de court pour trouver assez rapidement une belle excuse qui ne ternirait pas sa réputation de parfaite hôtesse. On se retrouva donc au frais dans le jardin, sous la surveillance attentive de sa gouvernante.

Trois mois plus tard, après moult autres rencontres dûment et durement chaperonnées, elle me plaisait toujours autant. Encore. Je lui plaisais aussi. Grand-Père s'en frottait les mains. Il n'avait jamais aimé sa fille et de la voir au supplice pendant trois longs mois déjà le mit dans de forts bonnes dispositions vis-à-vis de l'élue de mon cœur. Ma mère s'inclina en apprenant le chiffre d'affaire de son paternel et le montant de sa dot. Mon père n'avait pas d'opinion sur la question, le problème ne venant pas de son bureau. Les bans furent publiés. Le mariage aurait lieu dans dix mois, en septembre, parce qu'un mariage hivernal, c'était impensable, déjà qu'il y avait Noël et le Jour de l'An à organiser, et puis après, il fallait laisser aux gens comme il faut le temps de souffler un peu, et surtout de se refaire une santé financière pour les cadeaux, et que de toute manière, un mariage de printemps, cela faisait mauvais genre et que l'on ne pouvait pas non plus se marier en été, quand tous les New-Yorkais dignes de ce nom partent dans leur résidence secondaire en Provence ou en Toscane. Il fallait du beau monde pour le mariage du siècle. On attendrait donc septembre prochain. Ma mère fut catégorique. Et c'est là que la catastrophe se produisit. Heureusement, on trouva une solution.

Une belle solution toute simple. J'ai pensé que ce serait le pire jour de ma vie, et puis que cela irait en s'arrangeant. Mais en fait, ce n'était que le début. Le début de la misère de ma vie, de mon supplice. On commença à se haïr. En se regardant, on se rappelait ce que l'on avait fait. L'autre nous ramenait directement devant ce que l'on cherchait désespérément à oublier, ce que l'on essayait d'enterrer aussi profondément que possible dans notre conscience. Parce qu'on en n'était pas fiers, de nos actions. Alors pour ne plus y penser, on commença à s'éviter. C'était plus facile que je ne l'aurais pensé. Les préparatifs du mariage prenaient tout mon temps. S'assurer de sa succession au bureau de son père tout le sien. On se retrouva devant l'autel en septembre. Un prêtre nous bénit, on sourit aux invités puis on se retrouva tous les deux, à se regarder de travers et chercher un moyen d'échapper à ce qui allait suivre. Il n'y en avait pas. C'était l'une des conditions de l'héritage. On avait déjà fait tant de mal pour le recevoir, ce n'est pas maintenant que l'on allait faire demi-tour. Il fallait un héritier. Un an plus tard, je le leur donnais. Puis je partis en voyage. Longtemps. Très longtemps. Indéfiniment.

À force de soleil, je ne me rappelle même plus de ce que je voulais laisser derrière moi. J'oublie tout sous sa caresse torride. Et un autre cocktail, s'il vous plaît. Tout s'oublie, tout s'y oublie. Sous l'astre suprême, rien d'autre n'a sa place. Il brûle la mémoire sur son passage et ne laisse que le poids de sa présence réconfortante sur ma peau. Il ne me reste que cet air lourd à respirer, cet air qui vous réchauffe l'estomac en descendant tellement il est chaud. Je suis dans ses bras. Il m'entoure complètement, pas un centimètre de moi n'est laissé à l'abandon. C'en est presque oppressant. J'en ai besoin. D'être cajolée, soulevée, transportée loin de moi-même. Puis d'oublier. M'oublier et envoyer le reste du monde hors de mon cerveau. Je ne veux pas savoir, je ne sais pas, je ne sais plus. Et c'est tout aussi bien ainsi. Il m'aide à disparaître. Je survis. Hier à Bali, aujourd'hui à Haïti. Demain, n'importe où. Partout sauf dans ma tête.

La vie joue des tours. Ma porte de sortie s'est transformée en prison. Mon bébé arraché, ma petite fille enlevée, mon enfant disparue, la chair de mon sang cloîtrée dans cet immeuble maudit. Toute cette souffrance pourquoi ? Me payer des séjours interminables sur des plages de sable fin où mon regard blessé peut enfin se perdre dans les reflets transparents de l'eau sans être jugé. Et à boire, à boire jusqu'à plus soif. À boire jusqu'à apercevoir deux soleils dans ma nuit.

Ma vie est maintenant un train bien confortable lancé à pleine vitesse. Je n'en ai pas le contrôle. De toute façon, il n'y a pas de chauffeur. Des rails tout droits, tracés pour moi. Pas de destination. Juste un long voyage derrière des vitres teintées. Tirer la sonnette d'alarme, j'y ai bien pensé. Mettre une fin à cette mascarade, tout envoyer en l'air. J'y ai même pensé plusieurs fois. Faire de grosses rainures sur ces vitres et sur ma peau. Arrêter ce train sans but. Enfin. Et puis finalement non. Je n'ai pas pu le faire. Je n'ai pas su comment. Au lieu de ça, je suis restée immobile. J'ai passé des mois à griller ma conscience au soleil et à diluer ma détresse dans des coupes flûtées. Des années à regarder passer les heures de ma vie dans l'indifférence la plus totale. J'en ai perdu le compte des réalités. Ça m'arrangeait, alors j'ai laissé faire. J'ai continué, bien sagement assise dans mon compartiment de première classe déserté à scruter avec l'énergie du désespoir des quais désaffectés à la poursuite d'une ombre s'évanouissant toujours hors de ma portée.

Je donne des soirées beaucoup trop arrosées simplement pour regarder les bulles de mon champagne français scintiller puis mourir à la surface de ma flûte en cristal. J'offre mon sourire d'hôtesse parfaite au monde. Je jette l'argent par les fenêtres pour rendre mon apparence aussi captivante et nacrée que la lune. J'ai vendu mon âme, je peux me le permettre. Je brille en société, je suis de toutes les conversations, ma luminosité subjugue de tous les bords. Je domine le monde factice des soirées pailletées. Ma vie est un prisme dont la lumière part dans tous les sens. Elle éblouit de l'extérieur mais l'intérieur reste dans l'ombre, caché par ces réverbérations brillantes du monde qui m'entoure.

Puis je repars. Je séjourne en Nouvelle-Calédonie. Je fais escale à Tahiti. Je papillonne. De nuit surtout. Éphémère. Vous ajouterez ça à ma note s'il vous plaît. Un peu plus de sel pour pimenter mon addition. Je suis capable de passer quinze jours aux Canaries sur une lubie. Puis deux mois à Marrakech sur un coup de tête. J'aime me perdre dans le brouhaha des souks, bercée par l'odeur des épices, nonchalamment happée par la chaleur. J'aime les grands damiers de couleurs qu'ils forment sur les étalages. Je m'oublie dans cette agitation colorée. Je revis au détour des pans de robes virevoltant autour de moi.

J'ai reçu un coup de fil hier. Son avocat m'a appelée. Il est mort. Il a fait un infarctus. Il a passé « l'âme » à gauche devant les derniers chiffres du relevé de son compte en banque. Il est mort heureux. Entouré de ses millions chéris au sommet de son empire de verre. Il est mort seul. Comme il a vécu. Comme toujours depuis plus de vingt ans. Il est mort et pas moi. J'en ai dégrisé d'un coup. J'en ai perdu mon bronzage. J'ai senti mes genoux fléchir. Il est mort et pas elle. Elle, elle est toujours là. Seule. Aussi.

Comme moi.

Seule.

Abandonnée dans une tour de solitude, sans personne ne connaissant son existence. Elle n'a plus personne. Que moi. Personne. Je n'existe pas. Elle non plus. Nous n'existons plus. Comment le pourrions-nous ? Le monde refuse de nous entendre. On l'appelle au secours, mais il reste muet. Je crie, je crie avec mes yeux. J'en ai perdu la vue. Les gens ont détourné la tête. Ils ont évité mon regard d'aveugle. Mon regard aveuglé de peine. Jamais personne ne m'a prise dans ses bras pour me réconforter, me bercer comme un enfant qui a fait un cauchemar et chasser la peur du noir. Je n'ai jamais rien dit. Le noir, je l'ai embrassé. Je m'y suis engouffrée en courant pour échapper à ma vie. Ma vision s'y est accoutumée. Le noir est devenu mon quotidien, je suis une veuve, je suis une faucheuse. Je sème le désespoir, je le cultive et je récolte ses fruits avec tendresse. Jamais personne ne m'a dit que ça allait passer. Que le temps allait effacer les plaies. Que les années allait atténuer la douleur. Ils auraient eu tort, s'ils l'avaient fait. Le temps ne change rien. Je ne veux pas aller de l'avant. Je m'y suis refusée. Je me suis emmurée dans le passé. J'ai ruminé mon histoire et j'ai broyé du noir. J'ai détesté ma famille, j'ai haï mes amis. J'ai renié le monde. J'ai reposé ma faute sur son dos et je lui ai tourné le mien. Je l'ai rendu coupable. De tout. De moi, d'elle, de lui. De nous. Comment quiconque aurait-il pu m'atteindre et me délivrer ? Il n'y a de compassion possible que lorsqu'il y a le courage de regarder la vérité en face, de l'accepter, de se pardonner et de continuer à vivre avec un sourire au creux de l'estomac. Voilà longtemps que j'ai noyé le mien au fond d'une bouteille. Et leurs lavages, ils n'ont fait ressortir que des relents. J'ai tout gardé, là, au fond de mes intestins, dans mes boyaux tortueux. Des mètres et des mètres de chair pliés sous le joug de la culpabilité. Voilà bien longtemps que j'ai aigri ses acides à m'en rendre constamment nauséeuse. Bien trop longtemps. Il est mort. Mais pas moi. Pas elle. Pas nous. On pourrait tout recommencer, repartir à zéro. Effacer l'ardoise et se tracer un chemin dans les étoiles. On devrait. Je pourrais le faire. Échapper à la douleur et renaître de mes cendres, tel un phénix. Puis m'envoler, très haut, toujours plus haut. Très loin, à en toucher le soleil, à en brûler les ailes de mes rêves. À rêver pour de vrai. Complètement, pleinement. Libre. Libre. LIBRE…

J'en ai eu le courage. Je l'ai trouvé au fond de moi, enfoui sous des décennies de lâcheté. Toujours intact, toujours présent, mais peureux, si peureux. Et si faible. Il frissonne devant l'immensité de la tâche à accomplir, devant l'énormité de mon silence passé. Il tremble comme la flamme d'une bougie au sein d'un tumulte d'émotions. Il bégaie ses premiers mots en chuchotant, de peur de disparaître de nouveau s'il ne crie trop fort. Ses premiers pas, il les fait lentement, prudemment. Sur papier. Il écrit une lettre. Il rature, il froisse, il jette, il recommence. Il recule presque autant qu'il n'avance. Il continue d'écrire. Il se saigne à grands coups de stylo pour mettre les mots qu'il faut sur ma vie. Il pleure beaucoup. Il détrempe les feuillets sous ses larmes de soulagement. Enfin, enfin, la pourriture sort de mon âme. Pour la première fois, je raconte. Je dis à haute voix les mots qui me blessent tant. Je les couche sur le papier, hors de mon corps et je les regarde mourir doucement, atténués par cette distance nouvelle, privés de leur source vitale de ma culpabilité. Je me sens autre. Les mots, maintenant qu'ils sont écrits, ne bouillent plus à gros bouillons dans mon sang. Ils sont là, sagement alignés devant mes yeux, soumis à mon bon désir. Je les déchire sauvagement, je sors en les laissant en plan sur mon bureau. Je les regarde se consumer lentement à la flamme de mon briquet avec un plaisir sadique, les prunelles brillantes de fièvre derrière mes paupières à demi-closes. Puis je les réécris, je les relis. Je me relis, j'analyse ma vie au microscope, je dissèque. Je détruis à grands coups de scalpel cette tumeur qui me rongeait le cœur. Je lacère le papier. Je souligne, re-souligne, je gribouille sur ces mots qui me pesaient tant, lorsqu'ils étaient en dedans, lorsqu'ils n'avaient pas de voix. Je redessine ma vie. Et puis j'improvise. Je rajoute des « si ». Je philosophe à grand renfort de « pourquoi ». Je découvre des réponses. Je n'en dors plus pendant cinq jours. Et puis il devient temps de rentrer. De remettre cette lettre à sa destinatrice en main propre.

Mon estomac fait des salto-arrières dans l'ascenseur qui monte, qui monte. Bien trop rapidement. Je pèse une tonne. Je suis un éléphant au milieu du couloir dans un magasin de porcelaine. J'ai des sueurs froides qui me descendent le long du dos, j'ai la chair de poule je suis en nage derrière mes genoux, des frissons me parcourent tout le corps. *Ting*. J'ai froid. J'ai chaud. Je transpire. Je tremble. J'avance une jambe, puis l'autre. Je fais un pas bien raide hors de la cage. Encore. Je rentre dans l'arène, sous les projecteurs, sous son regard. Elle bondit comme une bête apeurée se blottissant derrière ses derniers retranchements. J'essaye de l'apprivoiser. Je lui tends la main, tout doucement. Je lui murmure son identité. Je lis son incompréhension dans ses mouvements. Son refus de m'entendre. Elle ne veut pas. Elle n'en a pas besoin. Il est trop tard. Elle n'en a plus besoin. Je sens les larmes sur mes joues. J'ai le goût du sel sur les lèvres. Une cascade d'eau de mer que je ne contrôle pas. Je vois bien qu'elle se bute. Je réalise que je ne suis qu'une inconnue terrifiante pour elle. La douleur me transperce la poitrine. Un poignard à la lame acérée. Elle se braque. Elle se bouche les oreilles puis elle se met à marmonner. Une vague de sonorités indistinctes qui montent en puissance. Elle crie, elle hurle, elle me chasse, elle me refoule. Un morceau d'algue rejeté par la marée déferlante. Nous sommes des inconnues l'une pour l'autre. Je n'ai pas de fille. La mienne, elle est morte à la naissance, m'emportant dans sa chute. J'appelle l'ascenseur et je la regarde une dernière fois alors qu'elle court se réfugier dans une autre pièce. Cette inconnue qui aurait pu être ma fille. Cette enfant pour qui j'aurais pu être une mère. Tout un monde imaginaire qui s'écroule. Je dépose ma lettre sur une petite table au milieu des ruines. *Ting*. Mon fardeau, je le laisse là, bien en vue, plié dans son enveloppe blanche. Bien sagement. Bien proprement. J'ai les joues trempées, les habits aussi et l'esprit en proie à un ouragan. Je m'engouffre dans la porte ouverte et je redescends vers le monde. Je digère le plomb qui pesait si lourd au fond de mon estomac. Je le sens s'alléger, puis s'évanouir. Comme si l'ascenseur descendait trop vite pour que mes tripes puissent suivre. Je découvre cette sensation de flottement, mes pieds quittent la terre ferme. Je deviens un gros ballon gonflé à l'hélium. Je me sens légère, si légère. Je suis prise d'une envie de sauter, sauter, sauter, de danser avec le vent, de mêler mon rire au sien. De courir et d'abandonner tout le reste derrière moi. Son enterrement, je le laisse à d'autres. Je ne prends que ses milliards. Et je disparais.

Je les distribue au vent. Je les regarde tourbillonner. J'admire les gens chez qui ils atterrissent. Leur simplicité, leurs rêves. Je change des vies. Je joue à la bonne fée.

Je souris pour de vrai. Je rayonne sans artifice. Je vole au-dessus de tout. Chaque dollar que je donne m'allège un peu plus encore. Plus rien n'a d'importance. Je distribue et je récolte tellement plus en retour. De ces choses qui ne se comptabilisent pas, que l'on ne peut pas peser. De ces choses trop précieuses pour se plier aux basses contingences matérielles de notre monde. Je m'enrichis en dilapidant mon argent. Je rattrape tout ce temps perdu pour rien. En une année, je rajeunis de vingt. Les secondes filent plus vite que jamais. Dans le sens inverse des aiguilles d'une montre. Je vis.

Jusqu'à ce que tout recommence

J'ai reçu un coup de fil hier. Mon fils m'a appelée. Elle est au seuil de la mort. Elle s'est fait renverser par une voiture en courant au devant de son destin. Elle s'est faite faucher en plein élan de vie. Elle est à l'hôpital. Sans mère pour veiller sur elle, sans père pour la protéger. De nouveau prisonnière dans une pièce aseptisée. Comme depuis plus de vingt ans. Et je ne peux pas prendre la poudre d'escampette une deuxième fois. Pas comme avant. Je ne l'abandonnerai pas une fois de plus. Alors je fais mes bagages et je vais les rejoindre, cette fille que je ne connais pas et ce fils que je n'ai jamais pris la peine de connaître dans une ville inconnue.

J'atterris à Dublin de bon matin le lendemain. Je prends le bus pour rejoindre le centre-ville. J'agis comme un automate. Je me laisse porter par la foule, par le bruit, par l'agitation d'un lundi matin qui réveille frénétiquement la ville qui a encore un pied dans son week-end. L'hôpital où elle a été admise s'appelle Mater Misericordiae. Mais ce n'est pas à moi de faire preuve de merci. Non. Je suis plutôt là en quête de l'inverse. *Infans Misericordiarum.* Pardonnez à votre mère de n'avoir pas su en être une. Personne ne m'a jamais expliqué ce rôle. Dans tout le protocole de la société new-yorkaise bien-pensante, rien ne vous prépare à être mère. À vous occuper d'enfants, à les aimer vingt-quatre heures sur vingt-quatre, quand ils vomissent et ne comprennent pas, quand ils crient et font des taches sur les canapés du salon. Pas seulement quand ils posent en petites poupées de porcelaine pour la photo annuelle qui trône sur la commode de l'entrée. Les portes du sas s'ouvrent devant moi. Je suis saisie à la gorge par cette odeur d'hôpital, ce mélange unique de mort et d'aseptisant. Je suis là pour voir Ivy. (Vite !) Ivy von Braken. (Laissez-moi rejoindre ma fille.) Quelle chambre s'il-vous plait ? (Vite.) B.R.A.K.E.N. Ivy. Oui, c'est ça. (Pourquoi me le demandez-vous ? Ça se lit comme un nez au milieu de la figure, que nous sommes des inconnues l'une pour l'autre ?) Je suis sa mère. Non, c'est que nous ne sommes pas vraiment proches. C'est pour ça. (Le bel euphémisme.) Ah, d'accord. (NON NON.) Il va durer combien de temps, ce scanner ? Vous savez si son frère est là ? Ah, d'accord. (NON NON NON !) Je peux attendre ici ? Merci. (Non…) Merci.

Je m'assois sur l'un de ces petits fauteuils raides couleur carton mouillé et j'attends. Je regarde les gens passer, je regarde palpiter la vie qui s'écoule doucement de moi à chaque minute tiquant sur la grande horloge murale en face de la réception. J'ai pour seule compagnie une petite boule de porcelaine rosée dodelinant de la tête lentement, perdue dans un fauteuil bien trop large, un grand maigre à l'air souffreteux et torturé, son teint pâle s'assortissant avec les murs et une jeunette que la frange provocatrice et les tâches de rousseurs prédestinaient à autre chose qu'une salle d'attente d'hôpital. Ici, les portes s'ouvrent à toute vitesse mais ne claquent jamais. De larges bandes de caoutchouc mou les protègent et amortissent tous les chocs. Les impacts et les heurts, c'est pour les humains. Uniquement. Ici, les gens semblent courir sans vraiment courir, ils ne crient jamais. Ils murmurent pour ne pas effrayer les mourants. Le drame et ses bruitages entrent et se taisent, vaincus entre ses murs blancs sans fioriture aucune. Quelqu'un a forcé sur la sourdine du piano géant de la vie, et elle s'est bloquée. La dernière scène de l'opéra, celle où tout explose et sort enfin, a été censurée. La vie passe en catimini, feutrée, atténuée. Sans remous. Un courant de blouses vient parfois ponctuer cette eau stagnante. Une horde de mutants en invasion discrète derrière leurs masques chirurgicaux. Ils vérifient que tout est calme. Que la clarinette n'est pas prise d'une envie de solo vertigineux. Que le violon ne hurle pas à l'agonie. Que le violoncelle reste bien à sa place, sagement calé sur la pulsation adagio langoureuse. Que tout rentre bien dans les petites boîtes carrées de leur idée d'un tempo. Rien ne dépasse, l'usine est bien orchestrée par ces pantins en blouse, les mécanismes bien huilés par la pression sociale. J'attends, droite comme un « i » sur ma chaise, un « i » en forme de point d'interrogation. Un « i » suspendu. Mon teint cadavérique complète harmonieusement la pâleur du grand maigre. Je fais l'alto. Silencieusement. J'attends. Les pensées virevoltent à toute vitesse dans mon crâne, ce crâne qui me donne pourtant l'impression d'être vidé de tout. Un vide rempli d'inaction. Une infirmière me fait signe. Elle est revenue dans sa chambre. Le scanner est fini. Je me lève et je glisse dans des couloirs qui semblent plongés dans la pénombre malgré les néons qui les éclairent. Ma vision se rétrécit, deux points lumineux se forment devant mes yeux. Le reste n'est qu'un abîme de ténèbres. Je tourne à droite, à gauche, je traverse des sas désaffectés, je monte des escaliers lugubres dans le silence le plus total. Un silence qui rend fou. Je me sens la seule survivante d'un film de mauvais goût. Ma main arrive devant la poignée de la chambre B507. Je frappe en effleurant la porte et je me faufile dans la pièce comme une ombre. J'attends.

C'est à peine si je les entends respirer, ce fils et cette fille. Lui la tête basculée sur le coté et la bouche légèrement ouverte assis sur une chaise près du lit, elle si menue et transparente allongée dans ce grand lit blanc et branchée à toutes sortes de machines. Un étrange tableau lumineux empreint de pureté et d'innocence. Ce silence, c'est le calme avant la tempête. Il n'y a pas un son, pas un souffle d'air avant l'explosion. Le cours du monde s'est suspendu, planant en apnée, une pause en point d'orgue tenue par un chef d'orchestre invisible. Puis il abaisse ses mains, et là tous les instruments s'y mettent à la fois. Ils s'accordent péniblement. Il se réveille en sursaut et il regarde autour de lui, perdu et apeuré. Il se demande où il est et qui sont ces gens. Puis il se rappelle. Et il est de nouveau happé par son cauchemar.

Elle est dans le coma.

Je suis là

On se regarde. On la regarde. Sans rien prononcer. Pas un mot. Les mots n'existent pas. Il n'y a rien à dire. On reste là en silence. Lui vissé sur son fauteuil, vidé et moi maladroite debout au seuil de la pièce. On se tait. Il y aurait pourtant tant à se dire.

Elle est là.

Sa petite fille.

Sa petite sœur.

Avec son teint de nacre et sa chevelure de feu. Une petite poupée de porcelaine brûlée et roussie par les flammes de la vie. Ses bras sont bleus d'impact d'aiguilles nourricières. Ses lèvres sont desséchées de mots non-dits et de climatisation. Ses oreilles se font sourdes à toute prière. Il est trop tard. Elle est emmurée vivante. Comme jamais. Comme avant. Derrière des écrans globuleux aux reflets blafards et leurs bips-bips mécaniques d'une régularité oppressante. Un rappel constant de la forte probabilité qui les entache de risquer de s'arrêter pour ne jamais repartir.

Alors ils écoutent.

Ils sursautent

à chaque ralentissement, se pétrifient à chaque embardée. Leurs journées et leurs nuits sont ainsi ponctuées. Ils s'harmonisent sur le pas de ce métronome géant qu'est devenue la vie d'Ivy. Ils écoutent et ils commencent à entendre. Les plaintes enfouies et oppressées, les nuits où le sommeil fuit et les draps se froissent, les souvenirs qui affluent et les haines qui se dépassent, les jours qui se lèvent sans mettre fin à la nuit et l'obscurité qui éclaire les âmes. Leur silence s'entremêle peu à peu de mots. Des mots secs, brefs, cassants, craquants et se fendillant. Ce sont des secousses sismiques qui leur redessinent le cœur et leur remplissent les yeux de larmes. Des paroles de violence murmurée, de confrontations énoncées à voix basse, qui laissent les blessures à nu, pantelantes et sanguinolentes. C'est un ring de boxe sans issue, une joute de piques acerbes, un terrain miné de rejet et d'incompréhension. La terre s'effrite sous leurs certitudes, leurs mondes tremblent. Ils explosent, ils implosent. Ils voient voler en éclat pointu le confort qu'ils s'étaient construit en rempart. C'est une coquille d'œuf que l'oisillon a bien du mal à briser avant de pouvoir ne serait-ce que penser à voler. C'est une mère et son fils qui apprennent à se connaître et essayent de mettre derrière eux leurs déceptions et leurs manquements réciproques. Ils voudraient tant laisser le passé dormir, faire table rase. Chaque regard qu'ils se jettent le ramène pourtant sur le devant de la scène.

Alors tout ressort en gros bouillons confus d'incompréhension et de rancœur, pétris de souvenirs douloureux et d'instants ratés. Chaque miette de leur passé divergent ramenée brutalement à la surface.

– Si tu crois que j'avais le choix ! Tu ne sais rien de l'époque, de la société qui nous entourait, de ce qu'elle attendait de nous, de ce que faisait ton père, ni de qui il était !

– Je sais ce qu'il n'était pas : un père ! Et puis toi, tu ne valais pas mieux que lui ! Tu ne vaux toujours pas mieux que lui ! Alors ça ne sert à rien de rester là à prétendre remplir ton rôle et à te prendre pour ma mère ! Il s'en fout, le monde, de ce que tu fais ! Il n'y a plus personne à qui en mettre plein la vue, alors tu peux t'en aller tranquillement et continuer comme avant, et ça ne changera rien ! Pas la peine de jouer à l'hypocrite éplorée ! Tu t'en fous de nous, d'Ivy et moi, tu t'en es toujours foutue !

Et s'il sort furieux et claque la porte, cela ne lui apporte pas une quelconque satisfaction. Les caoutchoucs mous veillent au grain. Il s'agit de ne pas trop dramatiser, à l'hôpital. La colère, ça ne rebondit pas bien entre le blanc des murs et les prunelles des mourants.

Et si elle sent les larmes lui monter aux yeux, ce n'est pas cela qui lui fait prendre la place des caoutchoucs mous pour retenir la porte et courir après son fils. Elle le mérite bien, un tel traitement. Et puis le linge sale se lave ailleurs. Ici, tout doit être aseptisé et javellisé, microbes et émotions. Surtout les émotions.

– Tu n'étais pas obligée de tout accepter ! Tu aurais pu rester ! Tu aurais pu essayer de rectifier le tir, d'arranger les choses, au moins avec moi ! Et quand il est mort, hein, pourquoi es-tu partie ? Pourquoi as-tu disparue ? Tu étais bien contente de te débarrasser enfin de nous tous ! Juste toi et tes très précieux milliards ! Tu n'attendais que ça ! Alors dégage ! Vas te vautrer dans le luxe ailleurs ! Ce n'est pas une représentation théâtrale dernière mode ici ! Tu n'as rien à y faire !

– …

Et elle reste coite. Parce qu'il n'y a rien à ajouter. Il a raison. Elle n'était pas obligée. Elle ne l'avait jamais été. Mais le courage, elle ne l'avait jamais appris, elle n'en avait même jamais vu. Ce n'est pas dans des salons capitonnés et une coupe de champagne à la main qu'il se manifeste. Non. C'est là qu'il s'efface. Être civilisé consiste à détourner les yeux, à regarder de l'autre côté pour ne pas se brouiller le teint et en perdre son latin. Pourtant, elle le voit, elle s'en rend compte, que c'est bien au pied de ce lit, le lit de sa fille dans le coma, qu'il va falloir qu'elle apprenne du mieux possible. Et vite.

Et il n'attend qu'une chose, une seule, c'est qu'elle le contredise. Parce qu'il veut essayer de comprendre. Mais elle le regarde en silence, sans vraiment le voir. Elle se mure dans son passé, ses yeux s'en voilent, et tout ce qu'il comprend, c'est qu'elle n'a pas changé.

Et de la voir là, à s'afficher devant ce lit, le lit de sa sœur dans le coma, alors qu'elle n'en a que faire le révolte plus que tous leurs passés séparés réunis.

Ils se transforment eux-mêmes en hôpitaux, ils sont absorbés par ce bâtiment dans lequel ils passent désormais leurs jours et leurs nuits. Ils sentent sur eux l'odeur de la maladie, ils la sentent en eux. Elle flotte derrière les parfums d'aseptisante cohabitation dont ils essayent constamment de s'arroser dans l'intérêt d'Ivy. Cette odeur âcre, pernicieuse qui s'infiltre dans les replis de leur être et y gangrène son intolérance et son rejet. Une greffe familiale qui ne prend pas. Elle se couve en eux, elle macère, elle se délecte de leur psyché. Puis elle attaque chacune de leurs cellules, elle assaille chacune de leurs défenses. Constamment. Ils en perdent leur immunité. Et chaque jour qui passe, ils maigrissent un peu plus, ils pâlissent un peu plus, jusqu'à se fondre aux murs qui les enferment. Ils croupissent là. Ils se mettent à végéter. Ils rentrent dans une sorte de coma éveillé aux parois tranchantes comme des obus de verre.

Tous les matins, ils interrompent pourtant leur routine de mascarade et d'agression qu'ils se renvoient à grands coups de culpabilité mal dirigée. Tous les matins, un jeune médecin passe. Il leur fait vaguement un signe de tête sans bien même les regarder. Il soupèse le dossier accroché au pied du lit, le consulte, le repose, la regarde, met la main devant sa bouche, toussote, prend son pouls, hoche la tête et repart, toujours sans lever les yeux vers eux. Parfois, il les fait sortir de la chambre, avec un mouvement du poignet bien plus explicite que les trois mots qui l'accompagnent. Confidentialité patient/docteur. Pas de discussion, exécution. Lui, il sait. Lui, il est rempli de connaissances supérieures qui lui permettent de jouer à Dieu le père entre les quatre murs de l'hôpital. Parfois il y arrive, il fait illusion. Miraculeusement. Souvent il est bien conscient de ses limites, mais il repousse cette réalisation aussi loin que possible. Il faut y croire. Sinon il ne se lèverait plus le matin, sinon il n'enchaînerait pas les gardes de nuit qui le laissent hagard et brisé, sinon il partirait en courant devant le sang qui souille les brancards aux urgences, il se blottirait dans un coin sombre et redeviendrait un fœtus. Dans son esprit, il tempêterait contre l'injustice qui emporte les enfants, le sort qui s'acharne contre les personnes âgées, l'indifférence du monde après chaque départ. Il tourne toujours aussi rond. Alors il y croit. Il se voile les yeux, lobotomise ses émotions et branche ses neurones. Lui, il sait. Il peut sauver l'humanité entière sans parler. Chaque matin, il les prend de haut. Maladroitement. Plus que de l'arrogance, c'est de l'inaptitude sociale. Lui qui en sait tant, il ne sait pas comment se positionner par rapport à eux, ceux qui ne savent pas. Alors il les ignore. C'est le plus simple. De toute façon, au fond, une partie de lui est bien sûre qu'ils ne peuvent pas comprendre. C'est lui le médecin. S'il ne se convainquait pas d'en savoir plus, d'être au-dessus de tout ça, il ne trouverait jamais le courage d'arpenter les couloirs de son hôpital comme un ange de la mort et d'annoncer les condamnations et les décès aux familles éplorées. Chaque matin, il passe dans la chambre d'Ivy et griffonne des mots illisibles dans son dossier. Lui seul peut les déchiffrer, il détient toutes les clefs du savoir. Chaque matin, il s'imprègne des regards remplis de questions et d'espoir braqués sur lui et s'en retrouve grandi. Quand ils prononcent « docteur » d'un ton interrogatif, tout y est contenu. Les autres, ils attendent qu'il fasse marcher les miracles de la médecine moderne. Les autres, ils y croient dur comme fer, qu'il le peut. Alors pourquoi pas lui ?

Jusqu'au matin où elle se campe devant lui, lui arrache le dossier des mains, lui en fait perdre son crayon, jette un coup d'œil sur ses gribouillis, le fusille du regard, se met les poings sur les hanches, essaye son air le plus férocement non-maternel, ce qu'elle réussit à merveille, question d'habitude, et elle lui dit : « Bon. Assez. Maintenant, ça suffit, vos gamineries de médecin. On n'est pas des fantômes. Vous pouvez nous parler sans avoir l'air plus cinglé que vous ne l'êtes déjà. Quelles sont les chances qu'elle en sorte, de ce coma ? » Devant tant d'abordage frontal et d'honnêteté, il sent ses pieds en rétrécir et se recroqueviller dans ses chaussures. Elle en a, de ces questions, cette dame. Il n'en sait rien, lui. Comment le pourrait-il ? Les comateux, c'est sa bête noire, sa hantise. Il en deviendrait presque religieux. Avec un beau col blanc tout amidonné et une petite tonsure, il pourrait prendre des mains froides dans les siennes et les réchauffer de paroles optimistes. Le classique « Les voix du Seigneur sont impénétrables. » Bah oui tiens, quelle manière poétique de se débarrasser de toutes responsabilités. Polichinelle politicien de Dieu le père en personne. Et puis si ça foire, il aurait recours au pouvoir de consolation du simple « Son âme est en un endroit meilleur. » Entre les termites et les vers de terre, après tout, ce n'est pas si faux que ça. Son optimisme serait tradition avec « La médecine ne peut plus rien, mais les prières peuvent toujours être entendues. » Ou plutôt, il opterait pour le résolument fervent « Tout est possible pour ceux qui croient, ma sœur. » Sauf qu'il n'est pas moine, prêtre ou religieux en tout genre. Non, il est médecin. Un médecin aux pieds frileux, qui traite les maladies, qui les traite du mieux qu'il le peut, mais qui ne sait jamais quoi faire de ses malades et de leur famille. Surtout des familles. Si seulement le monde pouvait être orphelin ! Il arrête la contemplation de ses chaussures et lève les yeux vers cette mère qu'il voit vraiment pour la première fois. Un médecin doit s'en tenir aux faits. Il va lui dire : « Il est impossible de le savoir. Elle répond aux stimulations extérieures, ce qui est encourageant, mais quant au reste, nous n'en savons pas plus à l'heure actuelle. » Et puis il la regarde cinq secondes de plus et il en perd son latin. La mâchoire lui en tombe presque. Il n'avait pas réalisé. On ne peut pas faire ce genre de réponse à la femme qui se tient devant lui. Elle est tout. Elle représente tout à la fois. Si fragile et si altière, si vieille et si jeune, si pâle et effacée, et pourtant si rayonnante de vie brisée. Une femme comme ça, il lui faut des phrases qui méritent toutes d'être inscrites au panthéon de la grande littérature, il lui faut des mots chargés de beauté et de sens, il lui faut des tournures spirituelles, des paragraphes qui vous retournent l'âme et que l'on peut lire, et relire encore et toujours sans se lasser jamais, telle est leur profondeur et leur véracité. Parce que ses yeux creusent dans son épiderme et réclame la vie, la vraie. Parce que sa seule prestance appelle à plus que l'explication simpliste de la médecine, toute bête et soumise à la gravité terrestre. Elle respire le drame incarné, magnétique. Elle a le profil intemporel d'une *mater dolorosa* de tragédie. Et lui, toute cette machinerie opératique et divine, ça le dépasse complètement. Il n'est pas fait pour l'exceptionnel, lui, il vient du quotidien, il le représente. Le 7 h-21 h de présence au regard éteint, le weekend d'astreinte sans prétention, paisible et routinier avec sa garde de nuit organisée, planifiée des mois à l'avance. Les joyaux, les sabres étincelants dans la jungle et les soirées féériques et uniques, entachées de magie, de mets français et de soie, ce n'est pas pour lui. Alors il bredouille, il bafouille trois mots en rougissant du manque de signification de ces formules impersonnelles toutes faites. Sans inspiration mais malgré tout en y croyant presque lui-même sur l'impulsion du moment, il ajoute : « Parlez-lui, vous savez. Parlez-lui de choses heureuses. Il paraît que ça les aide à revenir. » Puis il prend ses jambes tremblotantes à son cou, franchit le seuil de la chambre et referme doucement la porte derrière lui. Il a peur que la claquer ne révèle sa présence et ne déchaîne les foudres du ciel sur sa tête pour avoir osé faire irruption dans un monde qui n'est pas le sien.

Gabriel, lui, il n'en revient pas. Il regarde le médecin et il n'en croit pas ses yeux. Ce qu'il lit dans le regard de l'autre, c'est ce qu'il n'a jamais réussi à percevoir chez sa mère. La tangibilité de sa présence, son omniscience, son courage, son amour pour ses enfants, encore un peu hésitant, par manque d'habitude, mais si fort. Il la regarde se matérialiser par médecin interposé avec méfiance. Son apparition prend forme, elle se précise, elle grossit. Il la découvre pour la première fois dans les prunelles ébahies du médecin. Il y lit la naissance d'une mère. Cette vision, elle déclenche une toute petite faille dans son rejet. Un petit interstice se profile dans la carapace qu'il a construite pour se protéger et il est ébloui. Il entrevoit des horizons nouveaux, des détails qui se dessinent lorsqu'il ne les teinte pas d'ombres. Une peine et un amour que ses blessures l'empêchaient de concevoir jusqu'à ce qu'il les lise dans le regard d'un autre.

Et ce petit médecin insignifiant, cet être de pantomime dans leur grand monde de drame, il déclenche la faille dans leur opposition. Avec ses trois lignes de texte bâclées, mal apprises et bafouillées, il marque le début d'un raccord possible, le début d'un long processus de réconciliation entre mère et fils. Parce que tous les deux ont maintenant un dénominateur commun, et ils sautent sur l'occasion de s'associer au travers d'une animosité qui raccommode les différends. Ils se braquent contre le manque d'humanité évident du corps médical et s'allient dans le rejet de sa personne dégoûtante de condescendance. Ils suivent néanmoins ses recommandations, mais comme le passé n'est pas bien gai, ils lui racontent le futur. Ils lui dessinent une vie nouvelle, tout en couleurs, leur vie à tous les trois quand elle sortira de son coma. Une vie si belle qu'elle donne envie de se lever et de courir vers elle quand elle entre dans la pièce. Ils s'unissent dans leur attente. Ils patientent ensemble, sans braquer des couteaux tirés sur l'autre. Et la seule chose qu'ils se renvoient à la figure, c'est un même espoir qui soutient mutuellement leurs pas hésitants de grands blessés. Pour la première fois, ils ont la même vision, ils fixent le même point. Ils apprennent à s'accepter en regardant le drap blanc se lever et s'abaisser sur la poitrine d'Ivy. Elle va se réveiller. Elle le fera. Elle le doit. Elle doit se réveiller.

Puis un matin, le miracle se produit. Ivy entrouvre un œil. Elle remue les lèvres. Elle articule trois mots indistincts. Le personnel médical accourt. Elle retombe dans le sommeil, exténuée. Mais ce sommeil-là n'est que réparateur. Elle en reviendra. Bientôt.

Dès qu'elle bouge un doigt, dès qu'un tressautement parcourt son front, mère et frère se précipitent à son chevet et la scrutent d'une attention inquiète. Elle tend lentement la main vers son verre d'eau et leur adresse un faible signe de tête. Ils se suspendent à ses moindres balbutiements de syllabes désordonnées. Ils dévisagent le plus petits de ses soupirs et souhaitent les expédier tous en enfer. Et lentement, tout lentement, elle revient à la vie. Ses hésitations se transforment en geste plus sûrs, en mots entiers, puis en phrases. Devant ce retour *largo*, mère et fils prennent un nouveau départ, sans bien même se concerter. S'ils manifestent des désaccords, ce n'est plus que pour l'ordre des phases du traitement d'Ivy. Et s'ils ne sortent plus des pièces en essayant vainement de claquer les portes, s'ils ne se claquemurent plus dans des silences sans fin, c'est qu'ils ont compris qu'il faut rester face-à-face, se regarder et parler pour trouver des solutions.

Le personnel soignant les coucoune de gentillesse et de bonne humeur, il les encercle dans une gaîté contagieuse. Un miracle, ils en ont tous besoin de temps en temps pour pouvoir continuer de croire en leur travail. Ils se sentent utiles, ils se sentent vivre. Et même le médecin tant immolé de critiques se déride et se laisse aller à quelques mots d'humour. Ce médecin qui ne savait jamais quoi dire s'apprivoise et fait de cette chambre de miraculée le point névralgique de ses visites, l'endroit où il épuise tout son vocabulaire et sa réserve de mots des trois années à venir. Et un jour, face à l'un de ses traits d'esprit particulièrement saugrenu, Ivy rit. Elle rit pour la première fois depuis son réveil. Un vrai rire qui fend le visage en deux et fait scintiller les yeux jusqu'au plus profond de leurs orbites. Et avec ce rire, la couleur revient enfin pleinement sur leurs joues à tous et éclaire la chambrée, elle se répand dans le couloir et rameute les autres, tous les autres, qui se sont occupés d'elle, de sa mère, de son frère, des centaines de milliers de blessés qui défilent incessamment devant leurs yeux fatigués. À cet instant précis, le soleil perce les nuages pour se faire témoin de la scène. Il se réverbère sur la mer que l'on aperçoit au loin et renvoie ses rayons sucrés-salés par la fenêtre entrouverte de la pièce. De minuscules anges tout droit descendus des cieux se joignent à eux, les prennent par la main et les emmènent doucement sur le chemin de l'immense arc-en-ciel qui se dessine et relie tous les horizons entre eux.

Ivy va tellement mieux qu'ils la laissent sortir de l'hôpital, et poussée par un vent glacial, elle se lève de son fauteuil et fait ses premiers pas chancelants dans le monde réel sur le sable gris et froid d'une plage de Dublin. Ils se tiennent tous les trois face à la mer, ils se tiennent par la main comme des naufragés ayant peur de se perdre en route, et ils laissent leurs pieds nus s'enraciner dans le sol mouvant sous les vagues qui le lèchent incessamment. Ils hument avec frénésie les algues et cette odeur de poisson pourri et de relents de pétrole qui flottent dans l'atmosphère, ferment les yeux et se font porter par les courants d'air comme si chaque goulée d'oxygène était la dernière. Ils réapprennent chaque sensation, le froid qui descend dans les bronches en halètements saccadés tellement il brûle, le vent qui fouette leur visage rougi par les embruns, décolle leurs pommettes et leur gerce les lèvres, l'eau qui engourdit leurs doigts de pieds et les enterre progressivement pour les ramener auprès du centre de la terre, de la source de la vie. Au loin, très loin résonne le son d'une cornemuse dissonante. Chaque note leur vrille le cœur, ils les sentent battre et taper contre leurs poitrines trop étroites. Ils renaissent. Ils se trouvent dans les ondes de musique qui se réverbèrent sur leurs peaux tendues.

« J'ai froid, j'ai si froid » leur dit Ivy.

« Mais je ne veux pas rentrer. Je veux rester dehors. Toujours. Je ne veux plus jamais rentrer. »

Ils partent donc en vacances loin des nuages du nord et de cette retenue si anglo-saxonne. Ils partent vivre en Grèce en ce début du joli mois de mai, parce qu'Ivy veut découvrir la senteur des feuilles d'oliviers et le goût de la poussière sur ses lèvres. Après un vol à deux escales bien trop longues pour rester en forme mais bien trop courtes pour dormir et se reposer un peu, ils atterrissent, puis ils arrivent par une nuit d'un noir d'encre sans lune et s'installent hâtivement à la lueur diffuse de la petite lampe du salon dans la maisonnette qu'ils ont louée aux abords d'Olympie. Ils tombent comme des masses, tous éreintés par les vols et la route qu'ils ont faite d'une traite, mère et fils se relayant péniblement depuis Athènes au volant de leur petite voiture de location.

**Mai**

Ce matin-là, leur premier matin en Grèce, un coulis de lumière se faufile par la fente des volets de la chambre de Gabriel. Il lui chatouille les orteils, puis les mollets, et le tire finalement d'un sommeil de plomb. Ça, c'était il y a dix minutes. Il a ouvert les yeux sans bien comprendre. Surprise ! Son cerveau a peiné pour établir une connexion matinale performante, un peu grippé sous l'emprise de la brume de cette fin de nuit. Il est resté allongé sans bouger pendant quelques minutes. Pour réaliser, pour bien y croire, pour se laisser imprégner de cette idée nouvelle et si agréable.

Il n'a pas de souvenir de sa nuit. Aucun. Rien. Néant. Zéro. Il a dormi, dormi pour de vrai. Son corps irradie de repos. Ces cellules grises se sont mises en veilleuse pendant quelques heures nocturnes, elles n'ont pas tourné en bourrique. Il n'est pas plus fatigué que la veille au soir, il n'a pas à trancher s'il a vraiment dormi ou pas. Il a dormi. Bingo. Tout court. Sans pollution cérébrale ni suractivité neuronale.

Et quand il ouvre ses volets, il se rend compte d'autre chose. L'air, ici, il n'a pas d'arrière-pensée. L'air, il est rempli d'oxygène et c'est tout. Sans regrets perfides ni remords cassants qui frôlent langoureusement ses oreilles. Sans fantômes agressifs ou non-dits sauvages, criant, qui lui brouillent la vue. L'air, il ne stagne pas, putride et amer. Il ne sent pas le renfermé. Non. Ici, il flotte doucement, sans ne rien peser sur sa poitrine. Il n'est rempli que de l'odeur du jour qui pointe timidement le bout de son nez. Il n'apporte que la senteur de la fraîcheur matinale, de la terre qui sort de la nuit, cette légère caresse de la rosée provisoirement prise au piège des rayons du soleil qui éveillent l'atmosphère et laissent pointer les auspices d'une belle journée. Une annonce douce et songeuse de la chaleur à venir. Un instant fugace où il apprécie le léger frisson et la chair de poule qui parcourt mes avant-bras en prévision du reste suant du jour qui se dessine. Double bingo.

Puis comme de coutume, il s'intéresse au mobilier de leur maisonnée. Il cultive savamment son manque pour ses meubles d'inspiration Art nouveau abandonnés au fin fond du Canada. Mais rien de sa nostalgie ne prend. Il doit s'en asseoir. Sur une chaise en paille toute droite. Ici, où il n'y a rien de superflu, ici, dans cet endroit qui n'a sans doute jamais entendu parler de décoration ni de design, il règne une simplicité charmante et déroutante. Et tout d'un coup, son univers entier, de beauté convolutée, d'intérieurs mûrement réfléchis et conçus, s'effrite, s'écroule. Cet univers, il est complètement dépassé, il ne peut plus s'ajuster, il le voit s'éloigner à toute vitesse comme une galaxie sous la lunette d'un télescope en mouvement perpétuel. Et dans les éboulis se dressent des fondations toutes naturelles et accueillantes, une harmonie qui amène le calme. La simplicité d'une vie heureuse sans histoires, sans drames.

> Serait-ce là la solution ? Comme pour les animaux, les propriétaires ressemblent-ils à leurs meubles ? Serait-ce aussi idiot que ça ? Suffirait-il d'enlever la laque et la dorure pour se débarrasser des intrigues de cour, des mascarades de courtisans et des coups de poignards dans le dos de frères ennemis ? Retrouver la ligne droite d'une petite commode en bois de merisier nourrie avec amour à la cire d'abeille pourrait-il nous ramener aux sources ?

Un blanc qui devient chaud, baigné dans une lumière préraphaélique berçante. Un cocon de douceur, protecteur. Dans un monde où la déception et le superflu n'existent pas. Dans un monde bâti sur des familles et du soleil. Et il fait ses adieux aux fondations bétonnées et aux poutrelles en acier. Il rentre dans ce monde nouveau pour le début d'une histoire écrite au pluriel.

## Juin

Le sud, c'est un tourbillon chaud de sensations et d'émotions qui laissent des arrière-goûts nostalgiques de grandes vacances et de famille. C'est la vie, la vraie. Toute simple. Ce grand air si intense où les émotions crues prennent leurs racines, profondes. Un bonheur paisible s'y construit de petites choses, de détails qui remplissent les âmes d'une satisfaction irradiante, balayant tous les doutes sur leur passage. De lumière et de couleurs vives, de rires francs, presque enfantins, et de senteurs enivrantes. De crêpes de grand-mères, de cerises juteuses et de confiture de melon d'Espagne qui dégoulinent des mentons. De liberté totale et d'éternité. Le temps n'a plus de prise, les heures ne se comptent pas, seul le rythme des envies s'écoute.

> Ivy, quand elle rit, elle est libre. Moi aussi, je voudrais pouvoir rire comme elle, comme ma fille. De tout et de rien. Peut-être qu'elle m'apprendra… Un jour… Peut-être que je comprendrai, que j'y arriverai. À m'oublier. À vivre avec mon passé, ce creux, ce vide dans ma mémoire qui dépose sans pitié son ombre sournoise sur mon présent.

Elle se croit dans un des films qu'elle regardait quand elle était enfant. Il y a si longtemps. Cette époque où tous les stéréotypes que l'on avait sur la vie dans le sud de l'Europe étaient encore tenaces. Et pas si loin de la réalité. Avec les habits qui sèchent sur leur fil, guirlandes colorées d'un Noël avant l'heure. Les gens qui parlent fort, les heures creuses de la sieste, quand même les mouches renoncent à voler par cette chaleur. Les peaux cuivrées. Les rires d'enfants et le clapotis de l'eau sur le baquet où ils se trempent dans le jardin voisin. Le jet d'eau et les bruits de piétinement. Les rires. Les rires encore. Et les cris quand le jet glacial touche sa cible en nage. La course dans les escaliers, la course pour arriver au sommet de la colline, la course pour atteindre la table. Les bousculades, de grands enfants. Les jeux de cache-cache pour bondir sur l'autre pour lui faire peur.

> Tout ça, dans un tourbillon. On est ivres de vie. D'enfance dont on a tous été privés. On se prend pour des explorateurs à plonger dans les anciennes tombes romaines qui sont taillées dans la falaise. Nos yeux sont remplis de la couleur de l'eau et de calme. De sérénité. Et de liberté. Rien ne peut nous arrêter. On est devenu les maîtres du monde. On a trouvé le paradis sur terre. Nous, juste nous. Nous trois. Et le reste, dont on se moque éperdument. On fait des roulades à en avoir le tournis, on fait la toupie, on a le mal de mer. Ça

en tangue sur terre et dans nos cœurs. On découvre l'autre, on le redécouvre. Cet autre si cher. Et dont on n'avait jamais réalisé l'importance jusque-là.

**Juillet**

Hier, ils ont fait les foins avec les voisins. Sous la chaleur de plomb, ça sentait bon la poussière et le pollen. Ivy, elle dansait dans une rafale de vie. Elle tournoyait en un ballet aérien géant au milieu des martinets qui plongeaient en piqué vers le sol en quête d'insectes désorientés. La terre se soulevait sous les roues des tracteurs et tentait de rejoindre le ciel. Les gamins couraient derrière pieds nus et disparaissaient dans les nuages. Sous les hautes herbes fauchées et déjà si bien alignées en belles rangées dodues, ils découvraient des chemins de terre battue rouge sang, comme autant de voies secrètes jusqu'à présent cachées. Et dans son exploration en vrille de feu follet, Ivy se heurtait à chaque monticule de foin. Ils la piquaient, ils la démangeaient, ils laissaient de grandes griffures et de petits boutons sur sa peau sèche, mais elle en riait, elle en redemandait. De cette liberté qui colore l'épiderme et élargit les pupilles. Ça leur a pris du temps, à tous. C'était fatiguant. Il faisait chaud. C'était bien.

Hier, l'odeur de la pluie qui arrivait lui a remué les papilles. L'air était lourd, pesant mais elle pouvait deviner la brise fraîche qui tombait tout doucement sous la couche de nuages épais et noir comme de la réglisse. Elle en est montée sur des ressorts électrisés sous le coup de l'excitation. Puis la pluie tant attendue s'est enfin invitée pour un instant. Elle est sortie et elle a tourné, tourné comme une toupie. Comme une folle, comme un chaman, en transe. Comme dans ses rêves d'avant. Elle a couru sous les trombes d'eau, elle a salué les éclairs. Elle a bravé le tonnerre et les bourrasques de vent. Pantelante. Épuisée. Vidée. Légère. Heureuse. Libre. Une petite ballerine aux pieds couleur glaise rouge, aux cheveux plaqués sur son crâne et au sourire triomphant. Et puis sa folle énergie s'est brusquement envolée. Soudain, plus rien. Comme le calme après l'orage. Elle est restée immobile et elle a levé les yeux vers le ciel. Elle a goûté cette eau qui ruisselait le long de son visage, elle a senti ces perles sur ses lèvres, elle les a laissées se glisser dans sa bouche et couler le long de sa gorge. Si plaisantes, si apaisantes. Ils l'ont trouvée comme ça. Trempée jusqu'aux os, riant comme une démente et contemplant le ciel, l'avalant tout entier. Ils la cherchaient, ils s'inquiétaient de son absence.

> Ils me traitent comme une petite fille de porcelaine. Non que ça me dérange vraiment. Je rattrape le temps perdu.

Ils la voient comme une enfant fragile prisonnière dans un corps d'adulte trop grand pour elle. Parfois, elle le lit dans leur regard, qu'elle se comporte bizarrement, qu'elle rit de rien, trop souvent, trop fort, trop simplement, trop ouvertement, trop honnêtement. Que son rire, il ne s'ancre pas assez dans la réalité, qu'il est trop dans le moment, sans arrière-pensées, sans pensées du tout. Qu'elle rit de l'instant sans se soucier du futur, comme si elle était hors d'elle à écouter le ruissellement en cascade de ses notes.

> Je vois bien que quand ils rient, eux, ils réfléchissent au pourquoi du comment de l'après des choses. Et qu'ils s'attendent à ce que je fasse pareil. Seulement moi, je sais bien que ce sont eux qui ont tort. Ils ne comprennent pas, ils ont oublié, le plaisir d'être libre et en vie, l'extase de pouvoir marcher dehors sous la pluie, de pouvoir avoir froid et chaud, faim et soif, de pouvoir toucher des pierres gorgées de soleil, de cracher par terre, de traîner les pieds sur les chemins de terre et de tousser, la gorge pleine de la poussière bêtement soulevée, de caresser des chats, de sentir l'odeur du pain frais, des citronniers et des lauriers roses en fleurs, de chercher le toucher coupant de l'herbe haute sur mes mollets nus puis de s'étonner de voir du sang couler, de croiser des inconnus et de leur imaginer une vie d'espions en rose bonbon, de sentir le vent fouetter mon visage quand on roule à trois cents à l'heure les vitres baissées en coupant les virages des petites routes de campagne, de

> pouvoir vivre. Vivre à cent à l'heure, comme dans une voiture. Pleinement. Parce que dans la vie, tout ne devrait être que célébration. Et si c'est enfantin, qu'il en soit ainsi. Que l'on soit tous de grands enfants, avec des yeux curieux et surpris aux pupilles dilatées remplies de découvertes, sans peur des rides sur ces fronts derrière lesquels bout une imagination trop féconde. S'ils ne s'en rendent pas compte, que c'est là, la vérité, et bien tant pis pour eux. Ils ne savent pas ce qu'ils perdent. Parce que c'est triste, de ne plus s'étonner de ce qui nous entoure, de ne plus savoir s'amuser. Je ne serai jamais comme eux. Je ne le serai plus jamais… À regarder les heures défiler assise sur un canapé, vidée de tout désir, de toute envie, une coquille d'escargot mort, un automate, une machine bien huilée dans ses petits rituels de survie monotones. S'ils y avaient vécu, s'ils avaient survécu, à mon étage quarante-huit, ils le verraient, que j'ai raison.

Mais petit à petit, elle déteint sur eux, elle et ses élans de folie. Ils commencent à la suivre. Et lorsqu'ils la reconduisent dûment à la maison, qu'elle ne peut pas résister aux grosses flaques d'eau débordantes et débonnaires, qu'elle y saute à pieds joints, pour mieux rire des éclaboussures sur leurs beaux habits si propres, et bien ils sautent derrière elle et l'engloutissent sous une vague de boue déferlante. Ils la regardent en rigolant, elle, son air ébahi et son apparence détrempée. Puis ils sautent tous ensemble dans la suivante. De plus belle dans celle d'après. Et encore. Ils font la course jusqu'à la maison de flaques en flaques, en s'assurant de ne pas mettre les pieds dans moins de cinq centimètres d'eau. Ils arrivent sur le seuil trempés et crottés des pieds à la tête. Ils en rient. Et encore. Leur mère leur dit : « On a l'air malins ! Allez, à la douche, tout le monde ! » Ils se douchent, ils se changent et ils passent le reste de la soirée autour de la table à se bâfrer et à rire comme des bossus. Puis tard, bien après le lever de la lune, ils se mettent enfin au lit, épuisés d'une bonne fatigue, physiquement vidés mais le ventre très bien rempli.

Aujourd'hui, ils se promènent rien que tous les trois. En famille, ils visitent des ruines autres que celles de leur passé. Partout, il règne cette odeur de mouillé, cette senteur enivrante et amère de la terre gorgée d'eau séchant lentement sous un timide soleil matinal de lendemain d'orage. Les fleurs des pruniers sont toutes trempées, leurs couleurs atténuées. Elles pendent tranquillement en se prenant pour des estampes japonaises un peu délavées. Les restes des temples paraissent plus blancs que jamais, un peu plus impressionnistes qu'avant, comme si la pluie avait lavé leur passé et effacé leurs rides. Ils sortent purifiés de la grosse averse d'hier. Et par le temps qui passe doucement comme un frisson sur la peau. Sans rien dire. Ils se sentent bien, dans cette dimension qui marche au ralenti flouté.

> Qui l'eût cru, que l'on puisse amasser tant de gribouillis sur des petites coupures de papier précieux, de coquilles d'escargot, de noyaux d'olive, de rubans colorés, de flacons de terre, de bouchons de vin et de fichus colorés en si peu de temps ? Maintenant que je peux les choisir, je collectionne les souvenirs de ma vie par valises entières.

Ils font leurs bagages, et ils les ferment en sautant dessus. Ils partent en Crête pour la fin de l'été. Ils veulent se baigner. Ils partent pour la Crête parce que Gabriel a promis à sa sœur qu'il lui apprendrait à nager dans les eaux turquoises de cette île. Ils veulent sentir sur leur peau l'air marin que la mer des oliviers, aussi mouvante soit-elle, ne peut pas leur apporter.

> Si elle croit que quelques gorgées d'eau de mer vont m'arrêter ! Je vais lui montrer, moi, à cette petite crique, de quel bois je me chauffe ! Je la ferai bouillir ! Elle capitulera !

Demain, Ivy va reprendre le volant pour la deuxième fois de sa vie. Conduire, elle a adoré. Appuyer sur l'accélérateur et sentir le vent qui lui fouette le visage. À chaque tournant, se sentir s'envoler enfin pour de vrai. Elle voudrait devenir pilote, et amener son avion à jouer à cache-cache dans les nuages. Parce que voler, c'est encore mieux que de faire l'étoile de mer et de dériver gentiment pour admirer les poissons multicolores sans effort aucun. Encore mieux que de boire un chocolat chaud au coin du feu par une pluvieuse journée d'hiver et d'écouter le crépitement de l'eau qui rebondit sur les fenêtres. Parce qu'en volant, elle pourrait parcourir le monde d'une traite et rattraper le temps perdu. Elle pourrait survoler les terres et le retrouver lui. D'un tir d'ailes. Elle le verrait. Et elle fondrait en piqué sur lui. Elle lui volerait dans le chou pour lui demander des comptes. Pour comprendre où il a disparu toutes ces années, pourquoi il l'a laissée seule en haut de sa tour d'ivoire, pourquoi il n'est jamais revenu, pourquoi il ne s'est jamais souvenu. Jamais. La nuit, elle rêve parfois de ce qu'elle lui dirait. Si elle le retrouvait, si elle se retrouvait face-à-face avec lui. Elle ne sait pas. Les mots se bousculent dans sa tête. Ils ne sortent pas, ils sortent tous à la fois, dans le désordre. Une pagaille sans queue ni tête. Des piaillements de bébés moineaux. Mais elle sait une chose : elle le retrouvera. Parce qu'elle veut les organiser, tous ces mots. Dans chacun de ses sourires, dans chacun de ses gestes, elle le ressent, ce besoin vital d'y mettre de l'ordre, dans son chantier. Et de trouver son pays, celui où les licornes paissent tranquillement au bord de grands lacs rosés et où le soleil ne disparaît jamais.

**<u>Août</u>**

Ils campent. Bingo. Gabriel a encore du mal à y croire, qu'il se trouve dans un petit camping, sous des pins, au bord de la plage, au bord de la falaise qui surplombe la crique. Dehors tout le temps. Paumé au fin fond d'une île où il fait une chaleur étouffante, dès huit heures du matin dans les tentes, avec sa mère… Et sa sœur.

> Comme quoi, tout peut arriver !

Et sa mère, sa mère, il ne la reconnaît pas.

> Peut-être que je ne l'avais jamais vraiment regardée, en fait.

Elle respire, et elle rit. Elle a les cheveux longs et noirs. Elle s'habille avec ce qui lui tombe sous la main et elle les couve d'un regard incrédule et béat d'admiration. Ça lui va bien. On dirait une mère. Sa mère. Leur mère. On dirait une famille. Frère et sœur, lui brun, elle rousse, lui calme, elle d'un enthousiasme débordant pour tout. Il veut lire, s'allonger et absorber calmement l'atmosphère qui les entoure, s'en imprégner et disparaître dans les particules d'été qui volettent joyeusement autour d'eux. Il veut prendre son temps et profiter de chaque seconde de plénitude. Elle veut toujours tout voir, tout faire, tout comprendre, tout toucher, tout demander. Parfois, elle le vide. Tant d'énergie, ça l'épuise dès le lever du jour.

> Mais je ne peux pas lui en vouloir. Entre les plus de vingt ans qu'elle a passés cloîtrée au quarante-huitième étage et ses six mois dans le coma, elle a de la marge pour découvrir le monde.

Mais s'ils se sentent si différents sous leurs hâles de vacanciers, lui et son air grave, elle et son allure de petite fée mutine, ils sont pourtant similaires aux yeux du reste du monde. Aux yeux de leur mère qui apprend à les connaître, et de tous les habitants du village. Ils détonnent au milieu de cette réalité si terre-à-terre. Lorsqu'ils se regardent avec circonspection la plante des pieds, jamais très propre, avant de rentrer dans leur tente, lorsqu'ils font la vaisselle au jet d'eau dans la bassine et s'arrosent plus que les verres, lorsqu'ils mangent dépareillés avec leurs doigts dans des assiettes, parlent la bouche pleine, se brossent les dents en s'envoyant des coups de coudes dans les côtes et recrachent la moitié du dentifrice à chaque fois, ils sont pareils. Au fond de leurs pupilles brûlent la même soif. Ils veulent voir des licornes. Ivy l'a contaminé. Parce que s'ils se sont découverts une famille, pourquoi ne les trouveraient-ils pas elles aussi ?

Sa sœur le lui a expliqué, à Gabriel. Dans son coma, c'est la seule chose qu'elle entendait. Constamment. Cette petite voix qui la harcelait, qui l'implorait de se lever. De continuer. Qui l'exhortait de revenir à la vie et de le retrouver lui, pour qu'il la conduise aux licornes. Et quand elle est revenue, elle s'est découvert une mère en plus d'un frère. Elle a voulu en profiter un peu, elle a voulu découvrir le monde. Ça l'a occupé pendant un temps. Mais au fond, ça n'a rien changé. Maintenant qu'elle est parfaitement remise, que sa convalescence est achevée, maintenant qu'elle sait conduire, qu'elle sait nager, qu'elle a dansé sous la pluie et vu des arcs-en-ciel, l'unique chose qui lui importe encore, c'est de le revoir. Même sans la voix, c'est ce qu'elle a toujours voulu, c'est toujours ce qu'elle veut. Le voir. Elle n'a plus que cette idée en tête. Et Gabriel le sent bien, que sa sœur en a besoin. Elle doit le retrouver lui, pour que ses rêves se réalisent. Parce qu'il n'y a que de cette manière qu'elle pourra mettre cette obsession derrière elle, tourner sereinement la page de son passé et repartir en chantonnant dans le soleil couchant. Et c'est surtout pour ça qu'il y croit lui aussi, de plus en plus, alors que petit à petit, la plage se vide. En septembre, elle devient même déserte. Il ne reste plus que trois touristes qui prolongent leur saison estivale et tentent sans succès de remplir autant de chaises qu'il y a d'absents au bar. Les oiseaux reviennent et les yeux d'Ivy se perdent de plus en plus à l'horizon, à les suivre avec envie dès qu'ils s'envolent loin de leur crique. À les dessiner qui le rejoignent lui et nichent aux pieds des licornes. Gabriel suit son regard et se laisse perdre dans la même direction. Elle se coupe progressivement de la réalité et ses yeux ne font plus que flotter au loin. Elle se replie sur elle-même, elle dépérit comme un papillon qui se dessèche dans son cocon à trop avoir attendu l'été. Jusqu'au matin où leur mère arrive en secouant une petite feuille de papier soigneusement pliée en quatre. C'est normal qu'ils n'aient jamais trouvé Vassili. C'est parce qu'il ne s'appelle plus Vassili. Devant les yeux vagues de ses deux enfants, elle a engagé des professionnels. Et ils l'ont retrouvé. Vassili, ce Vassili qui a disparu, ce Vassili rayé de la carte à quatorze ans et vingt-trois jours. Ce Vassili qu'Ivy cherche depuis ce matin gris et pluvieux où il a cessé de correspondre avec elle, la prisonnière du quarante-huitième étage de l'immeuble familial.

Parce que si Vassili a bien disparu à l'heure de son incarcération dans un centre pour délinquants juvéniles, avec son dossier sous scellé, puis en endossant de nouvelles identités après sa mise en liberté conditionnelle, les licornes ne se sont pas volatilisées dans les airs avec lui. Non. Elles survivent dans le nom d'Espérance, un nom qui émerge régulièrement à droite et à gauche depuis ce jour-là. Dans les colonnes révolutionnaires d'une revue sud-américaine. Sur le site internet d'un ancien ermite suédois. Et aux dernières nouvelles, il se serait même échappé de la bouche du nouveau gourou de la mafia new-yorkaise domicilié en Australie. Et la grande coïncidence, c'est que le journaliste utopiste du Paraguay, le lunatique paumé de Suède et le devin tout puissant de la mafia de New York vieillissent ensemble et se ressemblent étrangement. Qu'ils ressemblent étrangement au petit garçon de treize ans accusé par ses parents d'avoir tué sa sœur, à l'adolescent qui a passé sa jeunesse en prison, au délinquant sans foi ni loi, sans père ni mère, qui en est ressorti à dix-huit ans et trois jours. Qu'ils s'appellent Alexandre ou Pierre, ils ressemblent surtout étrangement à Vassili. Et où qu'il passe, quel que soit son nom, le mythe des licornes le suit tenacement et lui donne même parfois des ailes.

Dans ce petit bout de papier à l'apparence innocente se cache la dernière adresse de celui qu'ils ont identifié comme étant bien Vassili.

Il habite en Australie. Il se prétend devin, oracle et guérisseur en tout genre, âme et corps pour le même prix exorbitant. Il reçoit sur rendez-vous uniquement. Il est protégé par sa mafia, sa clique de gorilles en costume et aux chaussures cirées.

Début décembre, Gabriel, Ivy et leur mère font donc leurs valises. Ils immigrent au pays des chanceux. Ils partent rencontrer Vassili, ils partent au-devant des licornes.

# Cinquième Partie

## *Arianne*

*Ses tripes lui susurrent de partir à sa recherche vers le nord, de balayer les étendues sauvages jusqu'à ce que les rayons de la lune fassent briller son royaume et conduisent ses pas jusqu'à sa porte. Elle entend une petite voix à son oreille, une voix de petite fille qui lui montre le chemin.*

Ivy, à propos de Vassili

En direct d'Australie, nous voici enfin tous joyeusement réunis autour d'une tablée infinie à engloutir les litres d'huile incognito contenus dans les assortiments de produits frits qui nous sont présentés en surnombre. Fin de l'histoire autour de cocktails. Tout est bien qui finit bien. Alléluia. Absolument étonnant, ce que l'on arriverait presque à faire pour atteindre Espérance.

Comment en sommes-nous arrivés là ? Oh, c'est tout simple. Je vais vous expliquer.

Concrètement, tout a recommencé, vraiment recommencé je veux dire, quand j'ai retrouvé la mémoire. Enfin… Quand j'ai prétendu que je me rappelais de tout, à défaut du reste. Je reprends pour les retardataires. Épisode dix-huit, troisième prise, bande son trois cent soixante-sept : le commissariat, les vraies retrouvailles de la petite Arianne Emilia Jouliette Pacotille avec ses parents légitimes. En avant-première, je vous livre ici la bande-annonce. Émotions et révélations garanties. Lumière, série d'images s'enchaînant à toute vitesse, musique forte, explosion de couleurs, écran noir. Ça promet déjà, de mon avis de cinéphile avertie. Et là s'affiche la phrase, parce qu'il faut bien s'en assurer tout de même, « Êtes-vous sûrs d'être prêts à entendre la vérité ? » et ensuite, en touts petits caractères blancs laiteux sur gris pâle, pendant un dixième de seconde en version subliminale, « âmes sensibles s'abstenir ». Je ne suis pas un monstre, il s'agit tout de même de protéger les plus jeunes de la violence de la scène à venir.

On (des figurants sans importance en uniforme de policiers) amène Arianne dans une salle de réunion. On la fait s'asseoir sur une chaise au dossier bien dur, il ne faut pas qu'elle s'endorme, pelotonnée dans un fauteuil douillet et molletonné, comme dans un rêve. Là, on est dans le réel, il faut bien le lui rappeler brutalement au détriment de son confort fessier. On lui dit d'attendre. Elle le fait. Elle ne va quand même pas s'échapper par la fenêtre du premier étage du poste de police et redevenir une fugitive alors qu'elle est sur le point de retrouver officiellement sa liberté. Donc elle obéit, pour une fois. Elle se tient bien droite, croise les mains sur la table, les jambes sous la table, et elle attend en regardant ses pouces qu'elle tourne presque machinalement. Les parents d'Arianne rentrent dans la pièce. Elle lève son regard vers eux. Ils ont l'air inquiet. Et fatigués, avec de grandes cernes noires qui leur enfoncent le regard dans les orbites. Faut dire que l'Australie, ce n'est pas la porte à côté. En fait, si l'on enfonce une aiguille à tricoter dans un globe terrestre, une extrémité sera en France quand l'autre touchera les terres australiennes. Les antipodes, ça vient de là, comme dénomination. Petit flash culture. Jingle, et l'on reprend. Le père est plutôt grand, brun avec des lunettes à montures grises. La mère est châtain clair, cheveux courts et petites lunettes vertes. Tous deux la cinquantaine. Ils ont l'air très sympathiques. Ils semblent attendre quelque chose, ils ont cette gestuelle en point d'interrogation plein d'espoir. Ils dévisagent Arianne. Leurs regards s'éclairent, c'est bien elle, leur fille adorée, ils l'ont retrouvée, quel soulagement. Ils se détendent, ils cessent d'envoyer des ondes d'énergie inquiète à travers la pièce. Heureusement, parce que tant de rayonnement, c'est très fatigant pour l'entourage, surtout de bon matin. Elle les regarde. Et là, précisément à ce moment, juste quand leurs corps à eux se relâchent, elle sent ses tripes s'écraser lourdement au fond de ses pieds, sa colonne vertébrale se tordre dans un beau mouvement de vis et elle se dit : « Et flûte… ». Le bon Dieu là-haut, il a saisi son plus beau tournevis et il s'amuse avec la barre de métal qui lui sert de soutien et toutes les jolies pièces montées autour grâce à une soudure discrète. Et il resserre tout ça, et comme c'est déjà serré à fond, le métal se froisse lamentablement et toutes les magnifiques formes arrondies s'aplatissent pitoyablement. Adieu bombé de ses rêves. Bonjour scoliose. Elle sent ses yeux lui sortir de la tête, son crâne devient trop petit pour contenir toute la noble matière grise parfaitement reformatée de son puissant cervelet. Elle est soudain écrasée par un bloc de béton de plusieurs tonnes, elle a le souffle court, elle ne peut plus en respirer, elle se sent doucement suffoquer. Elle est terrassée par une migraine si intense qu'elle lui descend dans la mâchoire et lui donne l'impression que ses dents vont se déchausser. Il est bien précisé dans le script que le stress ne lui a jamais réussi. Et là, Arianne stresse. Parce qu'elle était certaine qu'en les voyant, la mémoire lui reviendrait. Et que ses prévisions n'étaient pas bonnes. Et qu'elle n'aime pas ça, quand elle se trompe de tout au tout dans la prédiction de son avenir pourtant si clair dans sa tête. Elle ne se rappelle toujours de rien. Rien du tout. Elle les regarde avec le même regard vitreux et vide de reconnaissance qu'un poisson rouge dans un bocal.

Voilà pour les premières minutes de cet épisode dix-huit. Le petit interlude à la troisième personne, c'est parce qu'il s'agit de se distancier un peu d'une telle révélation. Je ne me rappelle de rien. Sous la pression du regard psychiatrique aiguisé assis à ma gauche, je me reprends. Il me faut passer outre si je veux continuer. J'ai vu *Vol au-dessus d'un nid de Coucou*, moi, et je tiens à conserver mon lobe frontal. Il est un peu vide en ce moment, mais je l'aime bien quand même. Je suis sûre que l'on a passé de très bons moments ensemble. Je suis sans doute trop sentimentale, trop nostalgique d'un bon vieux temps hypothétique, mais c'est ainsi, j'y tiens, à ce petit morceau de moi. Je ne veux pas me retrouver à l'asile et le laisser à la merci totale de savants fous et autres mégalomanes tout puissants. J'ai pitié de lui, il est si fragile depuis qu'il a reçu un coup. Alors je me lève, je souris, je cours vers eux pour faire vrai. J'esquisse les deux foulées qui me séparent de l'autre côté de la table en un éclair d'enthousiasme savamment calculé. Je verse même une petite larme, histoire de rajouter une touche de dramatisme et un soupçon de romantisme. On dilue le tout dans un beau paysage post-psychédélique et le tour est joué. Pour la grande comédienne que je suis, voilà enfin le rôle de ma vie, celui qui va me valoir l'oscar et la gloire intersidérale. Le rôle ? Moi. Joué par moi, mais un moi amnésique. Une magnifique représentation subconsciente, frôlant un univers déjanté entre le Freudien et le Lacanien. Fantastique.

Mais bien sûr. *Bullshit.* Ce n'est pas pour rien qu'ils ne développent pas le genre à Hollywood. C'est trop compliqué, trop tarabiscoté, trop visionnaire. Le citoyen lambda s'y perdrait. Et perdre le peuple, et bien ce n'est pas franchement rentable. Petit rappel marketing pour débutant.

Donc l'histoire de ma vie restera un film d'auteur diffusé à mes frais dans des salles obscures et mal aérées qui sentent le popcorn rancis et les pieds. Sans strass ni paillettes. Pas de défilé de stars sur le tapis rouge ni de robes de soirées indécentes à en faire tourner les têtes. Juste moi, et quelques paumés qui cherchaient un endroit chaud et calme pour passer une nuit qui s'annonce fraîche à l'abri des intempéries. Tant pis. Je repasserai pour le jackpot. Je me contenterai du premier étage du commissariat, avec des acteurs amateurs qui ne font que leur métier. Après tout, c'est à la mode, ce genre réaliste. Sait-on jamais. Peut-être que ce chef d'œuvre sera redécouvert à titre posthume et que l'on exhumera mon corps à grand coup de publicité pour enfin plaquer ma paume de main desséchée sur le mur des étoiles. Pour leur faciliter la tâche, à la postérité, peut-être que je me ferai cryogéniser… Ça fera plus réel, pour le rendu. Il s'agit de préserver mes petites menottes et leurs empreintes digitales regroupées en un, et un seul, cercle concentrique parfait. La beauté jusqu'au bout des doigts, je sais. Ce n'est pas pour rien que je me permets de prétendre au statut de star universelle interplanétaire ! Et je tiens à me présenter au monde sous mon meilleur profil.

Sauf que dans la vie réelle, je fais moins la maligne. Je ne me rappelle de rien. De face, de trois-quarts, de profil, de dos, en contre-plongée, aucune différence. Rien. Le vide intergalactique, le trou noir, le néant. Même sous mon meilleur jour, je suis un gouffre. Ma mémoire à court terme confirme à ma mémoire à long terme qu'elle a bel et bien disparue et qu'elle continue de se carapater toujours plus profondément dans mon cortex, même en la présence pourtant aimante, stimulante et encourageante de ses géniteurs. Elle lance un avis de recherche. Quelques cellules grises ont-elles entraperçu un filet de souvenir qui ramait vigoureusement en sens inverse dans le liquide céphalo-rachidien ? Non ? Rien de tel ? Dommage… Ça m'aurait pourtant bien arrangée, moi, de lui mettre le grappin dessus en cet instant crucial et décisif de mes retrouvailles avec mes parents. Mais bon, qu'il en soit ainsi, je ferai sans, puisque je n'ai pas le choix.

Alors je les serre dans mes bras et on sanglote en harmonie. Concerto en pleurs majeurs pour éternuements venteux et mouchoirs en papier recyclé. Avec quelques splendides modulations et une percée extraordinaire dans une tonalité mineure indéfinie quand je prends le thème. Parce qu'après tout, je ne me souviens de rien. Ne l'oublions pas. C'est la scène de l'opéra où l'héroïne ment et vend son âme pour sauver les apparences. Et le gars qui menace de finir en se balançant au bout d'une corde, accessoirement. Moi, je mise tout sur les apparences. La façade, c'est ce qui compte par-dessus tout lorsque l'on essaye de vendre une ruine pour la modique somme de son hypothalamus ou de toute autre partie du cerveau affublé d'un nom barbare. Dieu qu'ils parlent vite pour me raconter le pourquoi du comment j'en suis arrivée là, kidnappée et subrepticement infiltrée au bout du monde contre leur volonté parentale. Puis les questions fatidiques commencent à pleuvoir. Vais-je bien ? Ai-je froid ? Chaud ? Faim ? Sommeil ? J'ai l'air éreinté, pauvre bichette de moi… Je me rappelle d'eux, donc ? La mémoire m'est revenue ? Depuis quand ? Ai-je mal à la tête ? C'est vrai qu'il ne faudrait pas qu'une tumeur maligne me mange l'intérieur du crâne alors que je lutte déjà si durement pour prendre des souvenirs dans mes filets. En fait, je n'ai pas le temps d'en placer une, entre les inquiétudes paternelles et l'aspect pratique maternel. Je leur souris pauvrement, je hoche la caboche de-ci de-là. Au final, heureusement que le psychiatre est présent. Il fait s'asseoir tout le monde bien tranquillement et me soustrait gentiment des griffes de l'interrogatoire en règle que j'étais en train de subir. « Alors comme ça, la mémoire t'es revenue ? » Mince, autant en revenir à l'ouragan de questions précédant si c'est pour me demander un truc pareil. Il en a des bonnes, lui et son regard suspicieux ! Bien sûr que je me rappelle. De tout !... J'ai reconnu mes parents, hein ?! (Attention, terrain glissant, vite, déviation…) Enfin, de beaucoup. Et c'est déjà ça ! Non ?! Si ça commence à revenir, dans deux jours top, je me retrouve complètement !

Le champagne coulera à flots et l'on pourra tous célébrer ensemble la grande renaissance d'Arianne. Ce n'est pas tous les jours que l'on peut boire du champagne à sa naissance. Le concept me plaît. Il ne va pas m'encombrer de ses pronostics pessimistes dans l'espoir d'arriver à me délester de mes beaux dollars de Monopoly rutilants. Non mais oh ! On ne me la fait pas, à moi ! Mais il n'en a rien à cirer. Plus je m'indigne, plus il insiste. « Tu te souviens de quoi, exactement, Arianne ? » Allez, Arianne, direct, que c'est anglo-saxon ça, d'abuser du prénom des gens ! On n'a pas gardé les oies ensemble, que je sache ?! Je monte sur mes grands chevaux pour l'occasion. Moi, c'est Miss Pacotille ! Voilà, tiens, une chose dont je me souviens : je n'ai jamais vu ce type avant aujourd'hui. Voilà qui devrait lui clore le bec. Il revient à la charge. Lui, il est plutôt perché sur un cheval de trait qu'un fringant coursier, avec tant de lourdeur. Quand une jeune fille de bonne famille (c'est moi, hein, j'en suis sûre) ne veut pas parler de quelque chose, la moindre des bienséances, c'est de subtilement laisser couler l'affaire. Si l'on continue dans cette lignée, il va bientôt me demander si j'ai mémoire de mon poids et de mon indice de masse corporelle ! Quelle indécence, je vous jure ! Contrarier ainsi une pauvre malade qui sort tout juste de son amnésie ! « Tu te rappelles de ton enfance donc ? Tu peux m'en dire un peu plus ? » Oh que oui, que je le peux. Mais je ne veux pas. Nuance. Tiens, je suis têtue. Voilà. Je me rappelle. L'un de mes traits de caractère les plus marqués ! Je suis même une vraie tête de mule. Prends ça, canasson de labour ! Et ce n'est pas la carotte qu'il me tend qui va me faire avancer plus vite. « Si tu me parles, tu pourras sortir d'ici, tu sais… ». Mais bien sûr. Il pense peut-être me les faire avaler, des sornettes pareilles ! J'en ai marre, plus de scrupules possibles, je me lève et je m'en vais. Tout simplement. Mais voilà qu'à peine ai-je commencé à lever mon derrière ankylosé de la planche en bois sur lequel il se trémousse depuis bientôt une demi-heure, que je remarque les regards terrorisés de mes parents. Aïe. Ils savent. Peut-être qu'au fond, je n'ai jamais été têtue. Si ça se trouve, c'est le choc sur la caboche qui a mis en marche ce trait de caractère très particulier. *Hop*, d'un coup de planche, on sort tout ce qu'il y avait avant, on aère, on aspire la poussière et on remplace par de beaux nouveaux programmes tout frais. Et là, il s'est passé quelque chose d'extrêmement étrange. Alors que je me dandinais d'une fesse sur l'autre, j'ai entraperçu un petit bout de foulard rose qui dépassait du sac-à-main de celle se disant être ma mère. *Mon* foulard rose. Mon préféré entre tous. J'ai eu l'impression de recevoir un coup de massue sur la tête. Un autre. Et les images se sont mises à défiler à toute vitesse, toujours plus vite, à tournoyer dans le réduit crânien, à culbuter les unes dans les autres. Ma vie en avance rapide. Et puis ma vision s'est enfin stabilisée sur un passage. Heureusement, parce que je commençais sérieusement à avoir le tournis. Et la nausée aussi. Et j'ai vu, précisément, comme si la scène se déroulait devant moi. Puis une autre. Et une autre. Et plein d'autres, des milliers d'autres.

*Paf.* Je me vois, moi, toute petite, petite. Blottie dans un trou avec des coussins, un trou où l'on peut disparaître dans les livres. Je suis dans mon coin bibliothèque. On ne peut voir que ma toison brune et bouclée qui dépasse. Je suis vraiment mignonne, tout de même, avec mon air de concentration profonde et mon beau livre illustré, bercée dans des effluves de papier frais et de moquette râpée mais douillette. À trois mètres de là, Myosotis et Aurore, mes deux sœurs, des jumelles parfaites aux airs angéliques et aux tendances diaboliques, refont leur monde et créent un cyclone tropical autour de la table où elles se sont presque assises pour dessiner. Avec leur peinture, elles vont à la charge du papier avec des attitudes de chevalier. Elles appliquent les couleurs comme des coups de lance, elles cherchent à transpercer l'obstacle. Elles n'ont vraiment aucun sens artistique. Plus il y a de taches, de coulées, de bavures et de mélange marron caca boudin, plus elles rigolent. Ma mère rattrape les feuilles qui volent et les pinceaux missiles avec l'efficacité d'une habituée versée dans les situations d'extrême urgence. Elle contient la tornade dans la zone protégée par les bâches en plastique d'une calme main de maître absolu. Moi, je continue de lire tranquillement en prétendant que je ne les connais pas. Les liens du sang, faut pas exagérer. Il y a des fois où elles me donnent envie de disparaître six pieds sous terre, avec leurs manies de remuer ciel et terre dès qu'elles ouvrent un œil. Toute la journée, sous leurs airs de saintes, ça court, ça saute, ça rampe, ça piaille, pour finalement s'endormir comme des masses dès qu'elles se retrouvent en position allongée. Des poupées d'un bout à l'autre.

*Paf.* Je patauge les pieds dans l'eau avec des sandales en plastique vert fluo. Je cherche de l'or dans la rivière. Mes deux sœurs sont en pleine construction de barrage, elles éclaboussent partout. Et puis comme leurs techniques de construction laissent à désirer, on ne peut pas tous être ingénieurs, elles colmatent les trous avec des lambeaux d'algues fleuries. Moi, je préfère regarder tranquillement les reflets mordorés des gros cailloux mouillés que je sors de l'eau. Et puis tout à coup, un gros chien surgit. Mon chien. Je le sais. Il est magnifique. Et puis devant lui, il y a un pauvre canard qui peine à pédaler assez vite pour échapper aux crocs acérés qui le poursuivent. Et on se met toutes les trois à crier pour qu'il revienne vers nous et le laisse en paix. Il fait la sourde oreille. C'est facile à voir, ses oreilles, elles bougent vers l'arrière, il n'a jamais été très bon à faire semblant. Et puis si l'on était en train de se noyer, il ne peut pas rater un seul de nos cris. Il entend très bien, mais il fait mine de rien. Il continue de s'éloigner de nous. L'espace entre lui et le pauvre canard se rétrécit rapidement. Pourquoi est-ce qu'il ne s'envole pas aussi, celui-là. Il est bien bête ! La peur doit le clouer à l'eau, enfin au sol, quoi. Voilà l'origine de l'expression : la chasse aux canards. Enfin, enfin, il étend ses ailes et frappe l'eau en cercles concentriques. Il prend son envol au moment même où Patou allait lui saisir l'arrière-train. De justesse, qu'il échappe à la casserole. Le confit pour chien sera pour un autre jour.

*Paf.* On est tous à table, les cousins, nous, les adultes. C'est l'été, on rentre de la piscine, ça parle fort, dans tous les sens, sur des odeurs proprettes de chlore et de fruits chauds. Chacun veut faire entendre les merveilles de son salto arrière, de son saut du plus haut des plongeoirs, de son fantastique dos crawlé presque aérien. On mange du pain à la tomate avec du jambon du pays pour le goûter. Je le savais bien que je me sentais un peu latine ! On tartine nos tranches de tourte en écrabouillant consciencieusement les tomates dessus, un peu de gros sel, un filet d'huile d'olive du *citril*, et c'est le meilleur casse-croûte du monde. Les rires fusent, le jambon résiste à nos petites dents de lait, les tomates dégoulinent, et ce jus qui gicle de partout, c'est celui du bonheur. L'herbe est fraîche sous nos pieds, les pieds de la table en fer forgé chauds. Ce sont les vacances. Je suis plongée dans une grande discussion avec mes sœurs. Sérieuses comme des ministres sur le taux de la bourse, on essaye de débattre avec objectivité pour décider laquelle d'entre nous a passé le plus de temps au sommet du grand plongeoir avant de se jeter dans le vide, en fermant les yeux, les poings serrés bien fort tout en retenant sa respiration. Et puis laquelle d'entre nous a donné le plus de force au ballant, dans un élan de courage au bord du gouffre et à l'article d'une mort certaine. On admire les grands, eux qui sautent au moins deux fois dessus de tout leur poids et le font bouger d'au moins un mètre avant de sauter dans le vide tête la première. Ils sont complètement fous, n'empêche. Quelle inconscience ! On en arrive à un bon compromis : on a toutes les trois mis beaucoup moins de temps que notre cousine de treize ans. Après tout, c'est ce qui compte le plus. Entre sœurs, la gloire nous revient de toute manière !

Pour en revenir à nos moutons, je crois que même le psychiatre réalise, de par-dessus tous ses bouts de papiers, que la mémoire m'est vraiment revenue. Comme ça. En un petit instant de miracle. Mes souvenirs se sont lancés à la cordée et sont tous sortis de leurs tombeaux grotesques en même temps. Parfait. Ils auraient difficilement pu choisir un moment plus approprié. Un grand merci pour leur ponctualité face à l'adversité. Mais bon, comme je m'en doutais bien, c'était du baratin, son histoire de me laisser partir plus vite si je me rappelais. Non, maintenant, Monsieur et ses acolytes en uniforme veulent que je leur explique toute l'histoire. On repart au chapitre du début et l'on rabâche. Ça finira bien par rentrer un jour. Je me sens de retour sur les bancs de l'école. Même manque de confort et de soutien lombaire, même impression de tourner en rond, à réciter pour la millième fois la table de sept et la conjugaison du verbe « prendre » au subjonctif plus-que-parfait. Des choses utiles, en un mot. Alors je me lance, je récapitule dans une grande leçon de soutien pour ceux qui n'ont toujours pas compris, ceux qui avaient l'oreille qui traînait du mauvais côté du débit vocal les vingt fois précédentes et ceux qui, de toute manière, n'en ont, avec beaucoup de justesse, toujours rien à faire. Chapitre un, bien centré. On souligne en rouge, on saute une ligne, on compte trois carreaux et l'on écrit : « 1.1.1.a – Les premiers mots d'Arianne quand la mémoire lui est revenue ». On souligne en vert, et l'on continue. La présentation, ça fait vraiment tout, dans la vie. Au moins un truc qui est rentré à coups de règles, d'équerres et de rapporteurs. L'art d'éviter l'essentiel et de diluer ce qui reste dans un jargon pseudo-branché à la mode, une paperasse de dix centimètres, le tout bien trié dans des classeurs colorés, pour plus de clarté. Il s'agit de consigner les choses, ce serait tout de même dommage de perdre ne serait-ce qu'un instant de mon passé. Maintenant, si je me lance un jour très lointain dans ma biographie, quand je serai vieille et que ma gloire aura besoin d'être ravivée à grands coups de révélations spectaculaires, je sais que les premières années cruciales de ma vingtaine n'auront qu'à être retirées des archives d'un commissariat paumé au fin fond de l'Australie rurale. Ils ont déjà tout documenté. Voilà qui m'épargnera les frais d'une plume fantôme. Ils sont vraiment serviables, par ici. C'est donc vrai que les Australiens sont gentils, on ne se doute juste pas à quel point.

Bref, de très longues heures plus tard, nous sortons enfin du poste. Juste à temps pour assister au coucher du soleil. Une belle journée d'emmagasinée dans ma petite mémoire sans faille, pleine d'enseignements et de connaissances. Heureusement que je peux me souvenir de chaque précieuse seconde maintenant ! De plus, j'ai le privilège d'être poliment conviée à une rediffusion intégrale et à l'avant-première de l'épisode suivant demain matin, dès la première heure. Juste le temps d'engloutir un bœuf, de me recentrer mes yeux en face des trous et je remets donc ça. Encore mieux que de se prévoir un visionnage intégral du *Seigneur des Anneaux* en version longue. Joie, bonheur. Parce que maintenant que l'on a éclairci la situation autour de mon enlèvement, et on se croirait même sur un terrain de golf, tellement chaque brin d'herbe est à sa place, nous nous devons de débroussailler les tenants et les aboutissants de mon infraction. Devant le récent chaos de ma vie, ils m'ont malgré tout accordé une nuit en ville. Magnanime. Au programme, dîner sans chaperon en tête à tête avec les parents et sommeil récupérateur dans un lit bien douillet sans caméra de surveillance à infrarouge pour vérifier que je ne me fais pas lâchement la malle en commettant un arrêt cardiaque au milieu de la nuit alors que je repose du sommeil du juste. Quand je dis qu'ils ont du cœur, ces Australiens.

Deux jours plus tard, j'enchaîne enfin sur le tournage de l'épisode dix-neuf. Petite ellipse temporelle pour éviter à l'audience de s'endormir devant l'histoire de ma vie et sa routine de convocations au commissariat. On a pris un peu de retard, mais tout va bien. C'est le résultat qui compte : je suis libre ! Et sans casier judiciaire puisque ma tentative ratée d'infiltration discrète chez l'ennemi est passée sous couvert de « réactions psychologiques démesurées entraînées par une situation de stress extrême ». Ou un truc du genre. Ma traduction ne rend pas fidèlement la subtilité de l'anglais. Il faut dire que la tâche me fut ardue, je n'ai compris qu'un terme sur cinq lors de l'énoncé tant attendu de l'avis clinique de mon cher psychiatre. Bref, en un mot, j'ai été déclarée non-responsable de mes actes (la blague !) et comme j'ai un sourire attendrissant, un passé irréprochable et une mère très bavarde en toutes langues, je m'en suis sortie indemne. *Ouf.*

Avec mes parents, nous avons droit à un rapatriement sur Melbourne aux frais du contribuable australien une fois la situation réglée à Warrnambool. Et maintenant que la tête m'est revenue à l'endroit, je rentre à la maison pour parfaire l'irrigation de mon cerveau dans le bon sens. Parce que depuis que j'ai retrouvé mes esprits, j'ai décidé que je n'en avais plus rien à faire des licornes. J'ai relégué la petite voix qui trottait dans ma tête au placard, toutes les pièces de ma maison du souvenir sont bien assez encombrées comme ça, pas besoin de plus de bazar. Dorénavant, mon seul rêve est de retrouver mes petits poissons rouges, qui tournent bien sagement en rond dans leur bocal, et de ne plus sortir de mon cagibi à balais parisien qu'en cas d'extrême urgence, c'est-à-dire pour le réapprovisionnement de survie de mon congélateur en glaces, au chocolat et aux spéculos pour être très précise. La découverte du vaste monde, j'ai assez donné. Entre mes engelures suédoises, mon amnésie internationale, mon enlèvement français et l'épuisant retour australien de ma mémoire, je suis exténuée de voyage, de neige, de sable blanc et de vols en avion. Et comme je travaille de chez moi, mon nouveau plan de vie va pouvoir fonctionner à la perfection. Je vais devenir une ermite en plein cœur de Paris. Moi aussi. Y'a pas de raison !

Mes parents sont géniaux. Notamment parce qu'à n'en pas douter vu la merveille pour mes papilles gustatives qui se trouve dans l'assiette en face de moi, ils ont réussi à découvrir le meilleur restaurant de Melbourne en moins d'une demi-heure. Que c'est beau, l'instinct français tout de même. J'ai l'estomac dans les talons suite à l'après-midi que nous avons passé à flâner sur la plage à Saint-Kilda. Donc là, en ce moment, nous mangeons colombien et j'atteins le septième ciel en léchant la sauce au fromage qui reste dans mon plat de noix de Saint-Jacques gentiment englouti avec une fantastique sangria parfumée à la cannelle. Une petite suggestion tout de même, ils devraient mettre du pain, dans ce genre d'endroit. J'aurais ainsi pu conserver le peu de dignité qui me restait en léchant le fond des assiettes de manière un peu plus civilisée qu'en y trempant mes gros doigts. Enfin, ce n'est pas grave, mes cinq sens me pardonnent et m'accordent la grâce divine, parce qu'ils ont même du boudin noir, dans ce lieu magique. Et puis, ils parlent espagnol, ce qui vraiment me donne l'impression totale d'être en vacances au paradis. Repue jusqu'aux prunelles de mes yeux, je pousse enfin un grand soupir de satisfaction et je m'intéresse un peu aux alentours.

Je prête rapidement l'oreille aux groupes de jeunes assis à notre droite. Juste histoire de répertorier leur accent, non que je m'abaisse à écouter les conversations de parfaits inconnus sans raison quelconque. Tout en tong, et des diphtongues comme s'il en pleuvait, nous sommes bien en Australie. Puis à la famille à notre gauche. Des Américains, assurément, vu leur horrible accent. Quoique, j'ai un doute. La fille sonne presque anglaise. Elle articule, un bonheur pour les étrangers curieux et non-anglophones comme moi. Et puis elle est rousse. Ma couleur capillaire préférée, alors j'approfondis mon étude. Elle a vraiment une chevelure de rêve, des bouclettes enflammées partout qui lui descendent jusqu'au milieu du dos. Elle serait un peu moins bronzée, je jurerais qu'elle est Irlandaise… Dans ce grand moment de détente, je me laisse aller à mon passe-temps favori dès que je me retrouve dans un lieu public : imaginer la vie des gens. Et elle, ma rouquine, je suis sûre qu'elle n'a pas eu une vie ordinaire, elle rayonne d'un je-ne-sais-quoi presque enfantin. D'après ma grande expérience de créatrice de vies en tous genres taillées sur mesure, je dirai qu'elle est sauveuse d'ours ou de tigres dans la jungle colombienne. Bon, disons plutôt en Mongolie. La Colombie, c'est l'influence des relents de nourriture qui me sortent presque par les narines mais il faut bien se rendre compte de l'évidence, il n'y a pas tant d'ours et de tigres que ça à craindre dans la nature. Simplement des paramilitaires goupillés jusqu'aux dents avec leur manque total d'humanité. Elle, je ne la vois pas en guerre au milieu de plants de cannabis. Non, je sens une fervente défenseuse des droits des animaux sous sa crinière de feu. Et le tempérament qui va avec. Je dirai même qu'elle a fait partie de la première équipe de scientifiques qui a réintroduit les chevaux de Prjevalski dans les plaines mongoliennes. Avant, elle avait réussi de brillantes études vétérinaires avec ensuite une spécialisation en ethnologie. Petite fille, elle soignait déjà tous les animaux boiteux de passage dans les jardins du manoir où elle a grandi. Et c'est là, toujours dans les mêmes plaines, qu'elle a découvert le calvaire des ours, et elle a décidé de se dévouer à leur cause. Je me l'imagine dans sa chambre, à dessiner soigneusement le petit moineau qui se repose dans sa boîte à chaussures, emmitouflé de coton sur le rebord de sa fenêtre. Elle en tire la langue de concentration. Depuis toute petite, elle voyage beaucoup. C'est pour ça qu'elle a un accent neutre. C'est qu'en plus de sa vie au manoir, ses parents lui ont offert une enfance à la Yourcenar. Elle descend d'une vieille famille fortunée, une qui a su le rester parce qu'elle n'a jamais accordé trop d'importance à l'argent. Elle parle l'anglais, le grec, le français, l'italien, l'espagnol et elle vient juste de se mettre à l'arabe. Pour la calligraphie, qu'elle trouve plus belle qu'une œuvre d'art. Et puis aujourd'hui, elle est en Australie pour visiter sa tante et son cousin qui ont immigré des États-Unis juste avant la crise pour ouvrir un sanctuaire pour les koalas et se lancer dans une plantation de choux-fleurs. Toute la famille s'est mise au vert et ses parents ne devraient pas tarder à la rejoindre pour passer Noël ensemble et surtout au soleil. Et puis, peut-être aussi son petit frère, s'il peut se libérer de ses engagements. Il est en retard sur son prochain manuscrit, ses éditeurs le harcèlent. Il s'est engagé pour le finir avant la nouvelle année. Ce qui fait qu'il va sans doute devoir faire une croix sur son voyage en Australie pour les fêtes et rester cloîtré chez lui à San Francisco, devant son ordinateur qui bourdonne, sa page blanche qui ne se remplira pas toute seule et sa tasse de thé russe qui fait de la buée sur la vitre. Heureusement que la vue est belle, il peut laisser son regard et son imagination se perdre pendant des heures dans les reliefs de la ville nageant dans une brume hivernale et éviter ainsi toute confrontation inconfortable avec son document Word qui ne prend pas beaucoup de mégaoctets par jour et qui lui réverbère méchamment son manque d'inspiration en pleine tête. Et soudain, voilà que j'entends un mot qui m'interrompt brutalement dans l'exposé de son parcours et de ses relations familiales. Un mot qui capte mon attention et change la donne. « Espérance ». Subtil décalage vers la gauche grâce à un gracieux glissement de mon postérieur. Je tends l'oreille plus fort pour recevoir la confirmation que j'ai bien mal entendu. Ce n'est pas possible. Mais non. Espérance, ils se répètent. Et ils en parlent à tort-et-à-travers dans leur accent américain à fautes d'orthographe qui en fait se retourner Shakespeare dans sa tombe.

Et c'est à ce moment précis que je re-disjoncte. Ça doit être une insolation. Passer ainsi du chaud au froid, du chauffage à la clim à la plage, c'est dur pour l'organisme. Quand je les entends prononcer pour la septième fois ce mot, « Espérance », la petite voix dans ma tête envoie valdinguer les murs du placard dans lequel je l'avais remisée *manu militari* et elle se met à hurler à pleins poumons. Elle dessine les yeux de mon ermite dans mon esprit et ces derniers m'appellent à l'aide. Ils me demandent d'arriver à croire en lui malgré toutes les apparences, à voir au-delà de la laideur intérieure qui l'a envahi, dont on l'a gavé. Et la petite voix, elle a tellement de coffre, elle crie tellement fort, que je suis convaincue. Oui, ces gens ont besoin de moi. Non, sans moi, ils n'y arriveront pas. Je dois les aider à trouver les licornes. Je dois le faire. Je suis la seule à pouvoir le faire. Je suis le mécanisme. C'est écrit, un stratagème esquissé dans les étoiles qui s'imprime en lettres de feu dans chacune des cellules de mon corps. Ma présence est indispensable. Alors je m'incline, parce que je ne tiens pas non plus à voir ma cervelle éparpillée aux quatre coins de la pièce sous la véhémence des cris qui rebondissent gaiment entre mes tempes comme des boules de bowling en furie. Déjà que je viens juste de retrouver la mémoire, j'aimerais pouvoir en profiter un peu, de tous mes souvenirs. Je passe donc un pacte. Et entre parenthèses, qu'il soit dit que j'avais bien raison, il s'agit assurément de la mafia russe. Ou en tout cas, les méthodes sont similaires. Le marché est simple : j'y vais, en Espérance, avec eux, et elle se tait. À jamais. Je ne veux plus l'entendre résonner entre mes tympans. Parce que non seulement le nombre de décibels est vidant, mais qu'en plus, il est extrêmement fatigant de déchiffrer son accent russe à un tel volume. Je ne peux pas résister une seconde de plus aux hurlements, je cède donc sans autre condition et je m'invite directement dans leur conversation, sans avoir vraiment bien réfléchi à quoi que ce soit, si ce n'est que je veux du silence, enfin du silence, à l'intérieur de ma tête, parce que je tiens quand même un peu à conserver ce qui me reste de raison.

Une belle introduction un peu maladroite de ma part, parce que personne ne m'a jamais appris comment annoncer à de parfaits inconnus que je veux dorénavant voyager avec eux (et que, bien sûr, cela ne se discute pas), et nous sommes lancés dans une conversation à bâtons rompus. En fait, ils sont très comme il faut, pour des Américains. Fantaisistes à souhait et d'une logique imparable : si je connais l'existence des licornes, je me dois de m'associer à eux pour que l'on s'aide mutuellement dans cette grande quête. « *Wonderful, Dear.* » *Wonderful indeed.* Ils se proposent même de financer notre expédition, et qui serait assez fou pour refuser un voyage aux frais de la princesse ?

Mes parents, apparemment ! C'est qu'ils ont des engagements à tenir en France, et n'ont pu se libérer qu'une petite dizaine de jours pour venir me récupérer. Situation d'urgence entraîne mesures d'urgence ! Et du coup, il faut que je comprenne que je dois les accompagner à l'aéroport pour leur vol le lendemain. Ils partent.

Mais nous autres, nous partons aussi, oui. Nous partons pour ce magnifique pays rempli de licornes qu'est Espérance. Au fond, ça me fait plaisir, je n'aime pas laisser ma curiosité sur sa faim. Mon retour en France attendra. Finalement, ces bestioles féériques reviennent à l'ordre du jour. Et puis, j'avais bien senti qu'elle aimait les animaux, cette fille. Je n'arrive pas à croire qu'elle connaisse mon ermite. Enfin, son ermite, du coup. Je viens de me trouver un accès V.I.P. gratuit et instantané à destination d'Espérance. Si elle n'est pas belle, la vie. Comme quoi, tout vient à point à qui sait traverser le monde entier sur une lubie d'amnésique. Fantastique. Quel plaisir de voir ainsi se confirmer l'adage ! Blague à part, j'ai tout de même de la chance. En règle générale.

Mais bien sûr. *Bullshit*, comme ils diraient là-bas, d'où ils viennent, eux. Parce que la suite du voyage est loin d'être la sinécure tant espérée.

Dès mon retour à Warrnambool, je vois bien qu'il y a quelque chose qui cloche et qui coince comme un chambranle de porte grinçant. L'endroit est méconnaissable. Des camions de journalistes sont garés en travers de la route, des camions de pompiers aux gyrophares fatigués sous la suie se faufilent lentement entre eux, des hélicoptères survolent la zone en pointant leurs grosses caméras sur les humains qui fourmillent au-dessous d'eux et la colonne de cendres qui s'élève au loin. Et la police. Partout. Plus l'on se rapproche de là où vit notre ermite, plus l'étau se resserre autour de nous et la fumée se fait plus compacte. Elle devient dense, palpable. Respirer devient douloureux, les yeux piquent, les bronches crachotent et les poumons appellent à l'aide. La foule se presse, se compresse et se dandine devant chez lui. Les cris fusent comme autant de missiles qui explosent à nos oreilles. On se croirait en pleine guerre civile tellement ça s'interpelle de toute part. À force de coups de coudes et de contorsions, je découvre stupéfaite que là où se tenait sa forteresse il y a quelques jours, qu'à cet endroit précis, il n'y a plus que poussière et ruine. Et de jolis cordons fluorescents de la police qui délimitent les dégâts. Ils sont tous morts. Incendies criminels, disent-ils. Cela ne les surprend pas, ajoutent-ils même. Quand on voit à qui l'on avait affaire… Et ils replient leurs brassards en silence.

Mais Ivy ne l'accepte pas.

Ivy refuse de l'admettre.

Elle ne le sent pas.

Si les mots enrayent ses espoirs et entaillent ses chairs, son cœur, son cœur lui dit autre chose. Son cœur lui dit que s'il était mort, elle le saurait. Elle le verrait au fond d'elle, dans le vide que sa disparition définitive laisserait dans ses boyaux. Et que pour le moment, ses tripes lui disent autre chose. Elles lui murmurent qu'il est simplement parti, qu'il a tout laissé derrière lui, une fois de plus, pour aller construire son monde sous un ciel plus clément. Elles lui susurrent de partir à sa recherche vers le nord, de balayer les étendues sauvages jusqu'à ce que les rayons de la lune fassent briller son royaume et conduisent ses pas jusqu'à sa porte. Elle entend une petite voix à son oreille, une voix de petite fille qui lui montre le chemin. Alors nous la suivons. Nous tournons le dos au carnage et nous engageons sur le sentier qui se dévoile devant nos pieds ébahis.

Pendant des heures, pendant des jours, nous parcourons des distances infinies des yeux. Nous alignons un pas après l'autre en écoutant les directions que cette voix doucement déverse dans le crâne d'Ivy. Et un beau jour, le murmure lui dit « au revoir » puis se tait. Il nous laisse là, seuls aux pieds de falaises battues par les vents, sans nulle hésitation ni habitation à des kilomètres à la ronde, sans rien. Si ce n'est la lumière d'un phare qui brille au loin et tranche les ténèbres des orages qui nous poursuivent au grand galop. Alors péniblement, nous nous y dirigeons.

# Sixième Partie

## *Vassili*

*Elle dit que sous ses couches et ses couches d'ombre brille une lune sans faille.*

Arianne, à propos de Vassili

On recommence de plus loin, parce que là, je suis à court d'inspiration bien comme il faut. Mon petit esprit d'habitude si prolixe coince lamentablement quant à la suite possible des évènements. Je ne sais plus comment gérer la situation. Je me retrouve au pied du mur et je ne trouve plus l'échelle. C'était pourtant mon rêve… La preuve par huit que l'on ne désire pas toujours ce qu'il nous faut. Dommage.

Alors j'attends. Patiemment. Qu'un autre abruti de mon espèce se prenne les pieds dans ses lacets et tombe brutalement nez-à-nez avec mon mur. Et qu'avec un peu plus de jugeote que moi, et s'il est moins myope, il la sorte, cette échelle. Et je monterai après lui, puis je la remettrai à sa place. Je range toujours derrière moi.

Alors j'attends. Bêtement. Planté là comme une pomme de terre oubliée au sarclage, à trois pieds sous terre. Et il y en a beaucoup d'autres autour de moi, des légumes sans cervelle. Des poireaux qui se tiennent si droit dans leur méditation qu'ils en toucheraient presque le ciel, pour peu que ce dernier décide de venir s'écraser sur le sol. Des carottes aux touffes fanées qui se font griller sous un soleil de plomb au nom de la préservation de leur bronzage. Des artichauts montés en graine qui éparpillent avec insouciance leurs étamines aux quatre vents sans réaliser qu'un jour prochain, il ne leur en restera plus aucune. Et puis quelques tomates, qui passent du vert, au rouge, au rouge foncé et qui vont pourrir là, sur pied, à force de concentration. Il y aurait presque de quoi en faire une soupe. Assurément, ils ont déjà sorti le mixeur de toute manière, alors autant en profiter.

D'accord. J'attends. Galamment. Comme si j'avais le choix. Je joue au bon prince qui distribue ses faveurs aux plus fidèles de ses courtisans de pacotille. Ah, qu'ils sont loin, mes cocktails dans des noix de coco que j'aurais bus du haut de ma toute puissance sous la douce brise de mes feuilles de palme. Je n'en ai vu la couleur qu'en mirage.

D'accord.

J'ai dit d'accord. Ce n'est pas la peine de s'énerver. Vous pouvez ranger la tronçonneuse. Elle aurait grand besoin d'être aiguisée, soit dit en passant. La dernière fois, elle a fait des craquements et des déchirures atroces. Un manque de professionnalisme impardonnable. Mes orteils en tremblent encore. Et c'est bien la dernière chose qu'il vous faut, un oracle courbaturé par la tremblote. Ça ne ferait pas très crédible, de me voir souffreteux alors que je suis sensé savoir amener sur un plateau d'argent les solutions à tous les maux de la terre et autres petits bobos.

Je dis d'accord. Je fais. Mais j'attends malgré tout. Au fond de moi. J'attends toujours.

Le jour où je les tiendrai enfin, ensanglantés, tétanisés dans un coin de mon ring de boxe, à implorer la pitié alors qu'ils ne connaissaient même pas ce mot la veille.

Le jour où je pourrai leur écraser leurs sales têtes de mafioso sous mes semelles cloutées exprès pour l'occasion et regarder le sang frais couler sur leurs tempes.

Le jour où ils se tortilleront à mes pieds comme une armée de fourmis vaincue par la fureur d'un cafard.

Le jour où je pourrai brûler les lambeaux de ma vie et m'éloigner dos à la chaleur du brasier pour recommencer ailleurs. Seul.

Un jour, je prendrai mon envol et je disparaîtrai à l'horizon.

Et il n'y aura plus personne derrière moi pour lancer des avis de recherche et de gros bras musclés à ma poursuite.

Un jour, j'y arriverai.

Je les enverrai tous au diable pour récupérer la souveraineté absolue de mon coin d'enfer personnel. Ils se tordront dans les flammes comme les brindilles qu'ils sont. Et je les regarderai dans le blanc des yeux pour imprégner mes rétines de leur simagrée de contorsions. Ils ne m'échapperont pas. Mon courroux sera bien plus grand que les sept plaies d'Égypte. Moïse, c'était un tendre rigolo à côté de moi, un mec tout juste bon à faire joujou avec de l'eau pour impressionner la galerie et se rafraîchir par une chaude nuit d'été dans le désert. Il n'était que dans les bons livres du Seigneur. Moi, moi, je suis dans ceux de Satan. Et Satan, il en a un peu ras-le-bol de voir les hommes s'attribuer toutes les horreurs qu'il envoie sur la terre pour se divertir. Satan, il veut que son nom s'imprime au fer rouge dans les esprits. Le mal, c'est lui. Et nul autre. Moi, moi, je ne suis que son bras droit. Mais être le bras droit du diable, c'est être Dieu sur terre. Et moi, moi, ça me va. Je ne suis pas désespérément mégalomane non plus. Juste ce qu'il faut pour faire de moi le fléau dont l'humanité ne se relèvera plus jamais.

Alors j'attends. J'attends mon heure et le jour où, tous, ils regretteront d'être nés sur cette planète où ils n'ont jamais su me reconnaître.

Bientôt, il sera trop tard pour eux. Je le sens. Mon jour arrive.

Au sommet d'un pic rocheux,

balayé par les eaux à chaque orage,

se trouve un minuscule phare abandonné aux éléments. Tout au bout de la côte, dans un coin si désert que seules de petites barques et de bons navigateurs y ont accès par beau temps et marée haute, en serpentant dangereusement entre les récifs et la mort, se jouant des courants. Stoïque, il endure le battement incessant des vagues, les cris perçants des mouettes et les intempéries qui forment de grandes rigoles le long de ses murs. Il n'y a pas un bruit humain à l'horizon. Le *tap* régulier d'une fuite d'eau qui s'écoule dans une vieille casserole en fer blanchi résonne comme un mantra usé à l'intérieur. Les hommes l'ont oublié, ils ont cédé, ils ont rendu son territoire à la nature. Les murs suintent, le crépi se détache lentement par énormes lambeaux lépreux. Il y a déjà longtemps que la peinture a disparu, complètement lavée à grandes eaux par les bourrasques de pluie qui s'infiltrent constamment dans les trous laissés par les plaques de béton brutalement arrachées par les vents et dispersées dans les eaux tourbillonnantes. Ces vents qui fouettent sans répit l'édifice, jour et nuit, été comme hiver. Suivant les saisons, ils portent tous leurs petits noms. De la petite brise marine rafraîchissante qui reste néanmoins capable d'en décorner les bœufs à la belle bourrasque de tempête qui soulève les vagues à des dizaines de mètres du sol avant de les laisser retomber pour qu'elles fracassent la terre à grand renfort d'un tintamarre assourdissant qui en déchire les tympans. Le sel ronge tout ce qu'il touche. Doucement, subrepticement, il s'incruste et commence son lent travail d'érosion. Il dépose au cœur des pierres une odeur dont même le plus coriace des produits ménagers ne viendrait à bout. Une senteur océane. Mais pas celle vendue dans le commerce pour se détendre et donner un air de vacances à son intérieur. Non. Une si forte qu'elle prend les narines, désinfecte les bronches et rend chaque inspiration douloureuse, comme si les sinus étaient passés au papier de verre. Elle engorge les sens, et même lorsque l'on est parti depuis quelques jours, elle reste présente, toujours aussi insidieuse, imprégnée au plus profond de chaque cellule olfactive. Elle laisse un arrière-goût de poisson pas frais et d'algues stagnantes dans le palais. Elle offre une exfoliation bon marché, corps et âme pour le même prix. Braderie générale. Il y en a tellement, de sel… Il suinte par tous les pores de l'océan.

Cet endroit, c'est le vrai bout du monde. Celui que seuls les plus désespérés peuvent imaginer. Quant à l'atteindre… Pourtant, il y arrive, un triste jour de crachin. Clopin-clopant tant bien que mal parmi les débris de sa vie. Et il s'y installe, une ruine de plus parmi les autres. Personne ne le remarquera.

Son heure est arrivée.

Il l'a saisie.

Il l'a déchiquetée à pleines dents, en recrachant avec fureur les lambeaux qu'il arrivait à arracher avec cette mâchoire qu'il est même allé jusqu'à luxer dans l'action. Il a piétiné les restes, il leur a sauté dessus à pieds joints, de toute ses forces, de tout son poids, de toute sa volonté. Ils se sont éparpillés au vent, dilapidés. Il a mis le feu à ceux qui restaient, trop indécis pour réagir rapidement, trop lourds pour s'envoler. Dans les flammes, il a enfin contemplé sa liberté. Son destin lui tendait les mains. Alors il lui a tourné le dos, il a senti sa chaleur le parcourir comme un frisson et il s'est éloigné lentement. Sa transe s'est estompée. Il a arrêté de trembler, progressivement. Il est redescendu sur terre. Comme une feuille morte dans un doux mouvement de balancier léger. Il a regagné son enveloppe charnelle. Il a regardé ses mains couvertes de sang et il a soupiré. De plénitude. Il l'a fait. Enfin. Le plomb dans ses tripes a disparu. La culpabilité sur ses épaules s'est allégée, presque dissipée. La bruine coule le long de son dos, elle le lave calmement, méthodiquement. Le sang versé lui échappe et se dilue en un pâle filet rosé. Le passé s'y noie. Il est libre. Libre de repartir de rien et d'y construire son empire. Il va pouvoir se retrouver. Redevenir lui-même, et beaucoup plus. Il va pouvoir renaître dans toute sa gloire, bondir de ses cendres comme un phénix et s'élever plus haut, toujours plus haut dans un tourbillon d'étincelles et de feux d'artifices. Mais d'abord, il lui faut lécher ses plaies, panser son ego, disparaître à jamais. Un chat qui se cache pour mourir. Parce que celui qu'il va devenir n'a aucun passé. Il se doit d'être intemporel. Il n'existera que dans l'instant. Celui qu'il va devenir, il n'apparaîtra que dans sa gloire la plus intense. Il va enfin devenir Dieu. Ce Dieu de chair et de sang, celui de ses prémonitions d'enfant négligé. Ce Dieu si puissant que nul ne pourra jamais plus l'ignorer, lui. Un Dieu qui fera définitivement résonner son nom à lui, un Dieu qui le fera basculer hors de l'oubli et occupera tous les projecteurs. Sa destinée, celle qu'il va enfin pouvoir embrasser. Avec un chemin d'or et d'argent tracé à ses pieds pour le guider sur la route. Et au loin, tout à l'horizon, ce temple qui scintille au soleil et dont les diamants renvoient une lumière si vive, éblouissant le monde entier. Il le voit enfin. Il a fait le premier pas dans sa direction. C'est beau. Si beau. Il entend les chœurs qui chantent sur son passage. Le regard perdu dans la brume pailletée, il en oublie qu'il boîte, qu'il a mal partout, surtout au cœur, qu'il lui manque quelques doigts et beaucoup d'amour.

Sa première tâche, c'est de réparer la lumière du phare. Celle qui guidera les brebis égarées de l'humanité à sa porte. Un jet de lumière plus tranchant que l'étoile du Nord. Un faisceau qui les rassemblera tous, en suspension dans sa chaleur confortable, loin du froid obscur du reste du monde qui tombera peu à peu dans un oubli d'un noir d'encre le plus profond. Alors, il bidouille les fils électriques. Il réveille son âme endormie de bricoleur et il s'affaire à raccorder les grandes lignes entre elles. Il choisit les plus beaux chênes pour sa charpente, le cuivre le plus pur pour ses gouttières. Il arrondit toutes ses ardoises avec soin pour leur donner la forme de l'histoire de sa vie. Il badigeonne les murs à la chaux, il purifie son intérieur, puis il le recouvre d'or, d'argent et de laque. Sa demeure se doit de scintiller. On s'y voit dans chaque surface comme un miroir. Il reflète l'espoir d'un monde qui se veut meilleur. Même toute lumière éteinte, son phare perce les ténèbres de la nuit et continue de renvoyer la lumière du jour dans l'espace. Il luit comme les yeux d'un chat à l'affut.

Mais une fois encore, cela ne se passe pas comme il avait prédit. Pas comme dans ses rêves.

Tout cet amas de travail qui n'arrivera jamais à maturation. Si près du but, et pourtant plus loin que jamais de l'atteindre. Personne ne vient. Je

> n'en peux plus. Mon phare reste un désert. Je ne peux plus aller plus loin. Toujours, toujours, toujours, toujours. Plus loin. J'en suis réduit à ramper, ramper sur ce chemin qui aurait dû être à ma gloire. À me traîner dans la poussière dorée d'une destinée qui aurait pu être mienne.

Il se ratatine comme un cloporte, il régresse à un état cafardeux. Il n'entend même plus la voix de sa sœur à ses oreilles. Elle l'a délaissé, elle aussi. Elle est partie avec lui mais ne l'a pas suivi plus loin qu'hors des limites de la forteresse mafieuse. Il pourrit comme une larve exposée à la lumière. Il se délite de l'intérieur, le mal le ronge. Le mal le consume. Il le réalise doucement, presque tendrement. Il n'y arrivera pas. Cette assurance le détruit à petit feu. Elle lui ronge les tripes et lui coupe les ailes. Elle le cloue sur place et l'enterre encore vivant. Il sent le sol qui cède sous le poids de son destin irréalisé. Il s'enlise dans les sables mouvants de la vie. Il ne deviendra jamais Dieu. Il ne lui manque pourtant que les croyants. Mais c'est plus qu'il ne peut convoquer. Il se retrouve à contempler seul, tout seul, les miracles de ses capacités. Il peut être autant Dieu qu'il le veut. Sans témoin, ça ne compte pas. Dieu ne prend sa vraie forme, n'acquiert son vrai pouvoir que dans le regard plein de candeur de ses fidèles. Parce que si l'on ne croit pas, on ne voit pas. Si ça lui chantait, il pourrait changer l'eau en vin et le vin en scotch, que personne ne s'en apercevrait. Et puis il pourrait le boire, seul, tout seul, à prêcher sa grandeur. Même des adolescents pré-pubères sans talent aucun, outre leur capacité à déclencher des envies de meurtres, arrivent à rassembler plus de foule que lui. C'est à croire qu'il est trop tard, pour sauver le monde. Qu'il a déjà basculé de l'autre côté. Toucher la lumière, ça n'intéresse plus personne. Tout ce qui lui importe, au monde, c'est de se déhancher à moitié nu sur des glapissements hystériques en répétant des paroles vides de sens, des opinions tranchées sans importance et en jugeant si la couleur des lacets de son voisin cautionne que l'on daigne lui adresser la parole. Il faut être au bord de l'épilepsie visuelle. Il faut être futile. Facile à retenir, mais surtout facile à oublier. De la glace à l'eau hyper-sucrée et édulcorée par une journée de canicule à faire la crêpe sur une plage huppée. C'est ça, la vie maintenant. S'avachir dans un canapé et ne jamais réfléchir. Surtout pas. Au grand jamais. Ne jamais créer, ne jamais penser. Gober. Tout simplement. De gros crapauds, des crapauds de plus en plus gros, aux regards vides et aux doigts palmés atrophiés. Et il commence à s'en rapprocher. Plutôt mourir.

Mesquins, c'est comme ça qu'il les appelait du haut de ses dix ans. De petits êtres mesquins et racornis. Il se demandait même innocemment comment ils avaient pu en arriver là. Si bas. Et y être à l'aise. Comme chez eux. Comme si c'était le milieu naturel de l'humain, que d'être en bas de l'échelle. Comme si toute cette histoire des sept jours pour faire le monde et l'homme à son image, de l'évolution de Darwin, comme si tout cela n'avait en fait jamais existé. Comme si l'homme, il était arrivé là par hasard, un coup de pot génétique grandiloquent et qu'il fallait qu'il se fasse discret pour passer. Un manque de chance intersidéral pour l'avancement de l'espèce, une régression néandertalienne.

Enfin, il parle, il parle et fait de beaux discours, mais il se rend bien compte qu'il est en fait exactement comme eux maintenant. Dépourvu de ses pouvoirs et des masses qui devraient le suivre aveuglément. Lui aussi, il devient un petit être mesquin qui passe ses journées les fesses posées sur son trône, le regard perdu dans la brume à l'horizon et l'esprit vide de toute pensée cohérente, si ce n'est de l'heure de ses repas en conserves. Il se laisse bercer par le bruit de l'océan qui va et vient. Passivement. Il laisse chaque connexion neuronale s'éteindre doucement. En silence. Pas de remous, surtout pas de remous. Il s'érode lentement sous la caresse des vagues qui s'échouent avec la régularité d'une horloge sur son bout de rêve. *Tic-tac*. Une parcelle de savoir en plus qui s'éloigne à la dérive au lointain. *Tic-tac*. Un petit coin d'espoir qui est entraîné par une lame de fond et disparaît. *Tic-tac*. *Tic-tac*, *tic-tac*. Les secondes de sa vie désormais inutile s'écoulent lentement. Elles se dispersent dans l'immensité de la galaxie, perdues à jamais. Hors de sa portée. Il lève parfois les bras au ciel et tente de les retenir un instant de plus. Mais elles continuent de lui filer entre les doigts pour aller se perdre au firmament des possibles. Des voies lactées nébuleuses qui lui chatouillent les paumes des mains avant de s'évanouir dans l'espace. Il les regarde scintiller là-bas. Loin, au loin, si loin. Si loin qu'elles en perdent peu à peu leur éclat. Elles ne restent éblouissantes que devant les paupières de ses yeux fermés. Comme une empreinte lumineuse tatouée à l'encre fluorescente. Un mirage. Alors par habitude, il continue de polir chaque surface de son intérieur pour qu'elles ne s'évaporent pas tout à fait complètement, qu'elles restent au moins un instant de plus à se refléter sur ses couverts.

Une heure, deux heures, trois heures. Il compte les mouettes. Il attend. Que s'égouttent les longues minutes de sa vie et qu'il puisse rejoindre Espérance en paix. Enfin.

> J'attends que le monde s'obscurcisse autour de moi, que mes paupières arrêtent de clignoter sans cesse et que je puisse voir. Les derniers pas sur le chemin qui y mène. Et puis je les ferai, ces derniers pas. Je franchirai la porte de mon jardin d'Éden personnel, je la barricaderai bien derrière moi, quitte à y rajouter quelques tonneaux de dynamite, et je serai là. Enfin chez moi. À jamais. Et alors je serai vraiment Dieu. Avec mes palmes, mes noix de coco et tout le tralala. Avec mes lois, mes décrets et mes caprices. Je régnerai sur le monde. Quand j'atteindrai enfin Espérance. Parce que même s'ils ne viennent pas, ils ne peuvent pas m'empêcher d'y arriver. Un jour. Ça prendra juste un peu plus de temps mais le résultat sera le même. Je m'élèverai au-delà de toutes les limites connues par ces hommes insignifiants et je deviendrai Lui. J'embrasserai mon destin. Je brûlerai de flammes éternelles.

Il en est là de ses réflexions, de sa vie quand il l'entend le prononcer.

Vassili.

Son nom. Son nom à lui. À lui tout seul. Son vrai nom. Celui qu'il a bien consciencieusement enfoui sous des couches de désillusions et de corruption, des épaisseurs de crasse et de malchance. Celui qu'il a renié et abandonné suivant le modèle parental, et qu'il a tant maudit au début, entre deux sanglots et trois promesses de vengeance, tout seul et terrifié dans le noir de sa cellule. Celui qu'il n'a pas entendu depuis plus de dix ans.

Il en tombe tout droit de son trône. Et il en redevient le petit garçon aux yeux rêveurs qu'il a été à cette époque lointaine. Celui qui ne voulait être Dieu que pour boire des cocktails dans des coupes d'argent en veillant sur ses brebis. Celui qui voyait des châteaux poussant comme du chiendent dans sa basse-cour. Celui qui avait encore ses dix doigts et tout son ego pour imaginer ses matchs de boxe et contrôler son armée d'insectes.

Son nom, il le reçoit en pleine tête, comme une douche froide brutale et un doux rayon de soleil.

Ivy…

D'abord parce qu'il y entraperçoit la profondeur de sa chute. Et puis parce que ce nom prononcé, c'est son élastique personnel. Le début de la cordée qui va le faire rebondir directement au sommet de la falaise, avant qu'il ne bascule dans le vide en entraînant sa vie à sa suite. Lui disloquant les articulations des chevilles à force de le tenir suspendu dans le néant, accroché aux touffes qui dépassent des rochers dans l'espoir futile d'arriver à le ralentir dans sa perdition et à adoucir son atterrissage. Parce que ce nom, il n'y a bien plus qu'elle pour l'utiliser de cette manière. Comme avant qu'il ne la perde en disparaissant derrière les barreaux du plus noir cauchemar de son enfance détruite.

Ivy.

Alors qu'il le lui avait promis. Un jour, de venir la sauver. De l'emporter loin de sa tour et de la regarder danser sous la pluie. Et voilà que c'est elle qui débarque sans crier gare.

Alors qu'il l'avait depuis longtemps enterrée au fin fond du tréfonds de sa mémoire. Loin, loin, sous des couches épaisses de déprime et de mégalomanie. Si on lui avait donné un revolver à l'époque, il l'aurait même anéantie avec plus d'efficacité. Mais dans ses deux mètres carrés d'espace, il a fait ce qu'il pouvait avec les moyens du bord. Il s'est seulement entraîné à oublier. Tout. Surtout elle. Cette petite lumière à l'horizon qui lui laissait presque espérer qu'il y avait une fin à son couloir sans fenêtre. Un espoir incertain et intenable. Pour survivre, il l'a tuée. Et puis il naquit à nouveau. Frais et sans scrupule. Sans passé ni personne. Lui contre le monde entier. Lui seul au monde. Sans comptes à rendre. Surtout pas à sa conscience.

Et voilà qu'elle se tient dans l'embrassure de sa porte, les cheveux comme les flammes de la justice venues lui rappeler ses impayés dans le contre-jour.

Il la regarde sans bien y croire. Il ne la voit pas vraiment. Devant ses rétines, il ne reste que l'image de cette pâle petite fille, celle qui était prisonnière de sa tour comme lui de sa famille. Il ne voit que sa correspondante assidue d'il y a plus de dix ans.

Ivy von Braken.

Sa confidente.

Il la regarde avec les yeux ronds d'un poisson éberlué, d'un merlan frit. Il sent des feux d'artifices qui explosent dans sa cage thoracique, de petites étincelles qui dansent devant ses yeux. Une machine à laver qui se met en marche dans son estomac, et le linge sale tourne, tourne, tourne à toute vitesse. Il se récure en mode rapide. Dommage pour les quelques tissus délicats qui se retrouvent mélangés par mégarde au gros de la lessive.

Ivy Ivy Ivy.

Il n'y croit pas.

Alors il répète son nom pour se convaincre de la tangibilité de son apparition.

Ivy Ivy Ivy Ivy Ivy.

Elle est là. Elle se tient devant lui.

Et elle lui sourit. Comme un agneau innocent qui regarde avec curiosité et bienveillance le loup qui a déjà mis en pièce le reste du troupeau de la prairie voisine. Et le loup qui se convertit. Qui enfile une toison en laine blanche pour cacher sa noirceur. Qui se lime les dents sur des chardons drus. Qui en redevient un petit louveteau d'une blancheur immaculée. Un petit louveteau qui joue avec tous les autres animaux de la forêt, comme dans les dessins animés les plus logiques de notre univers. Il en redevient un petit garçon, à qui on vient juste de tendre la plus belle, la meilleure glace au chocolat du monde, celle que l'on savoure lentement, petite bouchée par petite bouchée. Et si seulement le cornet pouvait être sans fin... Si l'on pouvait en mourir avant d'atteindre son bout pointu…

Et il lui rend son sourire. Au centuple. Et il la serre dans ses bras. À lui en faire sortir les yeux des orbites. Pour être sûr de ne plus la perdre. Pas encore. Pas une fois de plus. Il la serre dans ses bras, la soulève, la fait tournoyer dans les airs comme une plume.

Et ils rient. Pour s'assurer que ce n'est pas qu'un rêve. Ils rient doucement, prudemment, comme deux enfants qui viennent d'enterrer le portable de Papa endormi dans leur bac à sable. La bonne blague. Mais encore faut-il ne pas le crier sur les toits. Il n'est pas dit que Papa approuve cet humour à trois cents euros par grains de sable. Pour vraiment profiter du moment, il s'agit d'être discret dans son hilarité.

Il a l'impression d'être délirant. D'avoir avalé une grosse bouffée d'hélium par erreur et de se retrouver à gonfler, gonfler et s'envoler parmi les nuages, tout rebondi et arrondi pour toucher le soleil.

Et puis une petite aiguille le transperce et le renvoie sur terre en vitesse express. Il vient juste de le remarquer. Derrière Ivy se tiennent trois personnes. Trois êtres humains qui le regardent avec sévérité. Et dans leurs yeux, il y lit ce qu'il est devenu, ce qu'il est maintenant. Il y redécouvre ses fautes et ses manques. Il y voit l'horreur de ses phalanges manquantes, la répulsion de ses brûlures. Mais surtout ils lui renvoient la noirceur de son âme en pleine tête. Et Ivy suivant son regard les lui présente avec des gestes enthousiastes, comme si c'était naturel. Comme s'il appartenait au même monde qu'eux.

« Voici mon frère, Gabriel, et ma mère. Et Arianne, une amie. »

Ils ne me tendent pas la main pour me la serrer. Qui voudrait se retrouver pris au piège dans une pince marronnasse et pelée à laquelle il manque deux doigts ? Non, ils ébauchent des signes avec maladresse, ils secouent faiblement leur poignet et m'offrent des sourires crispés. Je ne leur en veux pas. J'y suis habitué. Il n'y a qu'Ivy qui ne remarque rien, qui continue de me regarder avec tendresse et contentement, fière d'avoir enfin réussi à retrouver le Vassili de sa mémoire. Elle ne se rend pas compte qu'il n'existe plus, qu'il est mort entre les murs de sa cellule alors qu'il avait à peine quatorze ans.

Il n'a pas le choix. Il prend son ton le plus agressif, celui de son passé de mafioso et de ses heures les plus sombres. Il lui demande avec rudesse : « Qu'est-ce que tu me veux ? ». Et il voit les lunettes roses avec lesquelles elle le regardait qui tombent par terre et se fracassent en mille morceaux. Et pour être sûr qu'elle ne les ramasse pas pour les recoller, il saute dessus. Il ajoute : « Je te croyais encore dans ta tour de princesse, de toute façon ». Et le crissement du verre brisé contre la pierre lui vrille les tympans. Une cascade d'éclats lui perfore les semelles des chaussures et le cœur en des millions de petites lames lumineuses et acérées. Il voit sa chute comme en suspension dans ses yeux écarquillés.

Et sa beauté.

Elle n'est plus la petite fille pâle de son enfance. Il aimerait presque se rattraper, pour rester une seconde de plus au centre de ses grands yeux mordorés. Il en aurait presque envie de redevenir comme avant. Mais c'est trop tard. Et il le sait. Il faut qu'elle parte et reste Ivy. Une Ivy qui brille de mille feux et dont le sourire éclaire les pièces dans lesquelles elle rentre. Il ne peut rien lui apporter de bon. Il ne veut surtout pas qu'elle se ternisse, prise au piège, imprudente, à l'ombre de son aura maléfique. Il se pousse à rire de son air déconfit. Il doit s'assurer qu'elle ne se retournera pas, qu'elle ne le surprendra pas à pleurer lorsqu'elle partira. Chaque « *ha* » lui brûle la gorge, chaque respiration rétrécit sa vision. Un voile noir se déploie lentement devant son regard.

Et il se sent partir.

Doucement.

Comme dans un songe.

Il sent ses jambes qui fléchissent, qui ne peuvent plus le supporter, et son corps qui tombe au ralenti.

Puis il ne sent plus rien du tout.

La première sensation que j'ai en me réveillant, avant même de sentir le jour poindre derrière mes paupières, c'est le son du roulement du tambour. Celui qui va me mener à l'échafaud. Cette fois-ci, je n'y couperai pas. J'ai déjà la corde autour du cou. Je la sens qui se resserre lentement, un nœud coulissant qui assure que je reste fidèle à mes engagements de pendu. Alors j'ouvre les yeux, parce que cela ne sert à rien de jouer à l'autruche. La mort, je la regarderai en face, et je lui ferai baisser les yeux. Elle en perdra de sa superbe. Elle s'inclinera un peu, un tout petit peu, devant mon arrogance et ma désinvolture. Et cette courbure de genoux, ce ridicule fléchissement, je l'emporterai avec moi. Dans l'au-delà, je sourirai au souvenir de la mort, et son respect me drapera d'une impression de manteau d'or qui fera de moi un roi au sein des déchus et des maudits.

Mais lorsque j'ouvre les yeux, je me rends vite compte que je suis complètement à côté de la plaque. Ma fin glorieuse attendra. Je suis tout simplement allongé dans un lit et l'orage qui fait rage dehors rend les fenêtres toutes tremblotantes. Mon tambour n'est que tonnerre, mon jour qu'une succession infinie et ininterrompue d'éclairs zébrant le ciel de cicatrices qui restent accrochées à ma rétine avant qu'elles ne soient tranchées tellement elles sont vives. Avec le bruit de l'océan qui rugit et des vagues qui s'écrasent, l'apocalypse semble se rapprocher. Finalement, je n'avais peut-être pas tout faux.

Ébloui, tous les sens saturés, je ne la remarque pas tout de suite. Mais elle est là. Elle est restée. Blottie contre le haut dossier d'un grand fauteuil velouté vert bouteille dans un recoin de la pièce. Elle n'est pas partie. Et tout me revient.

Ivy.

Son arrivée impromptue, son retour à la vie, son retour dans ma vie après tant d'années.

Elle est là, dans ce fauteuil, la tête reposée contre ses oreilles veloutées. Indifférente au boucan autour d'elle. Calme, sereine. Elle dort.

Ivy.

Et moi, je n'en reviens toujours pas. De la voir là, devant moi. Comme si l'on pouvait gommer les dix dernières années de ma vie. Ou plutôt en détruire les bas-reliefs au burin, parce que mon destin n'a rien eu de la douce caresse du pinceau sur le papier. Non, il s'est fait à coups de gouges, de maillets et de tronçonneuses.

Et juste au moment où j'espère à nouveau pouvoir contempler un mur blanc, je me rappelle qu'il faut qu'elle parte. Qu'elle ne peut pas rester ici. Parce que ce n'est finalement même pas un burin qu'il faut pour me réformer, c'est de la dynamite. Et de l'acide. Et des flammes. Des cris. Du sang. Et sans doute du sel. Beaucoup de sel. Comme à Carthage. Pour s'assurer que rien ne repoussera derrière. Que moi, l'artiste complètement allumé qui s'est pris pour Dieu, je ne récidiverai pas. Que le génie ne se relèvera pas pour porter un dernier coup à l'humanité, y apporter sa dernière petite touche de couleurs, son dernier petit coup de pinceau qui recouvrira le soleil de noir. Et Ivy, c'est comme le soleil. Elle brille et il faut qu'elle s'en aille.

Je suis là, allongé sur le dos dans le noir à dévisager l'obscurité qui me mange et à me rejouer la scène de son arrivée. Ce que j'ai dit, ce que j'aurais dû dire, ce que j'aurais pu dire, ce que j'aurais voulu dire… À nouveau, je sens mon champ de vision qui se rétrécit et mon cœur qui bat des charades en chamade. Mon pouls qui palpite et les sons qui disparaissent progressivement. Qui s'éteignent comme une radio dont on baisserait tout doucement le volume. Et je sombre. Encore. Pour la deuxième fois depuis qu'elle est apparue sur le seuil de mon phare. Je m'englue dans un magma couleur ébène qui me retient comme un chewing-gum fondu. Et plus je me débats, plus je m'en fous partout. Plus je l'étale autour de moi. Une vraie marée noire. Et elle monte. Et je m'enfonce.

Lorsque je reprends connaissance, on se croirait dans un autre univers. Le soleil tape gentiment aux carreaux et les oiseaux chantent timidement. La mer est lisse comme un miroir, et le ciel plus bleu que jamais, comme purifié par l'orage. Et tout me revient plus vite. Une gifle en pleine tronche. Bonjour, j'espère que vous avez bien dormi ? Et *Paf*. Voilà qui va vous aider à vous remettre les idées en place. Ça va mieux ? Tout est là ? Oui… Oui, merci. Tout est bien là. La vie peut être la pire des garces, et violente avec ça.

Tout est là donc. Y compris Ivy. Surtout Ivy. Ivy qui doit partir. Il faut qu'elle parte. Et voilà qu'au lieu de ça, elle pousse la porte avec son dos et s'avance vers mon lit en souriant, un plateau débordant de nourriture dans les mains. Et voilà qu'elle me scrute de ses grands yeux qu'elle a remplis d'inquiétude, de compassion et de tendresse. Et voilà qu'elle me coupe la parole avant même que je n'ouvre la bouche, qu'elle me pose de force le plateau sur les genoux, qu'elle me met d'autorité les couverts dans les mains et qu'elle sort en un tourbillon virevoltant, soulevant des rayons de poussière qui dansent avec elle dans la lumière.

Je n'ai même pas le temps de reprendre mes esprits que mon estomac se met à gronder dangereusement. Je meurs de faim. Alors j'attaque ce qui se trouve devant moi à grands coups de fourchettes.

Je m'excuse en raisonnant qu'il va me falloir des forces pour ce qui reste à venir. Faire qu'Ivy s'en aille. J'en reprends deux fois plus que je ne peux avaler pour me donner du courage. Ça dégouline de partout, ça gicle et ça saute de mon assiette. C'est délicieux. Mes papilles se comportent comme si elles redécouvraient le vrai goût des aliments, et leur vraie consistance. La manière dont certains fondent sur la langue alors que d'autres s'accrochent aux dents et lacèrent les gencives plutôt que de se laisser préparer à la digestion. Une explosion de saveurs subliminales comme des tâches de peinture sur une toile de Pollock géante.

J'en suis à la moitié lorsqu'elle réapparait dans ma chambre. Elle tire le fauteuil sur lequel je l'ai vu endormie plus tôt pour l'amener à côté du lit, elle s'assoit, me regarde d'un air sévère en croisant les bras comme une maîtresse d'école sur le point d'envoyer un petit rigolo au coin et elle me dit : « Il faut que l'on parle, Vassili. » Sauf que parler, moi, c'est bien la dernière chose dont j'ai envie. Elle ne peut pas comprendre. Et il faut qu'elle s'en aille. Avant qu'une catastrophe ne se produise, avant que je n'arrive à faire blanchir ses boucles rousses et faire disparaître les paillettes de ses yeux. Je veux le lui dire. « Pas intéressé. Je veux que tu partes. » Je tente d'articuler le concept mais elle m'interrompt aussitôt : « En fait, il faut surtout que tu m'écoutes… » Je me retrouve pris au piège, complètement immobilisé par le poids du plateau qui se trouve sur mes genoux. Et je ne peux pas mastiquer assez fort pour couvrir le son de sa voix. Je peux encore moins me lever en courant, claquer la porte derrière moi et m'enfuir à nouveau. Non, je suis obligé de rester là, hypnotisé, à regarder ses lèvres bouger pendant qu'elle m'explique sa version de la suite des événements.

– Que tu ne veuilles pas que l'on reste, je m'en fous. Que tu aies tout oublié de notre passé, de tes promesses et de notre amitié, c'est ton problème. Et je ne veux pas savoir pourquoi. J'en ai marre des excuses. J'en ai assez entendu pour le reste de mes jours, entre ma mère et mon frère. Si t'es devenu un con, tant pis. C'est dommage, parce que le Vassili de mes souvenirs, et bien c'est mon meilleur ami. Mais j'en ai fait le deuil il y a des années. Toute seule au sommet de ma tour. Et s'il n'y a pas de miracles et qu'il ne ressuscite pas devant mes yeux, et bien ce n'est pas grave, je peux vivre avec. Ça fait longtemps que j'y arrive. Le pincement de mon cœur, il passera, comme tout. Et toi, tu resteras le type qui aurait pu être lui, mais qui au final s'est trompé de direction au dernier embranchement. Par contre, il y a une chose que tu me dois. Parce que tu m'as laissée tomber il y a plus de dix ans, que tu as disparu et que tu as brisé mes rêves. Parce que tu m'avais promis des licornes et qu'au final, je n'ai eu que des larmes. Parce que j'ai passé plus de dix ans de ma vie à me demander si je ne t'avais pas rêvé. Et non, je ne veux pas savoir le comment du pourquoi. Je m'en moque. Dix ans dans une tour à attendre, ça permet de relativiser. Alors voilà le programme : tu nous aides à trouver Espérance, et ton aide achète ta paix. On atteint Espérance puis on disparaît de ton existence. Simple comme bonjour. Et tu pourras retourner dans ton monde, à rire de la douleur des autres et à polir l'argent de tes poignées de porte. Ce n'est pas mes oignons si ta vie, c'est de la merde.

Tous ces mots, ces mots qui blessent, chacun plus tranchant que le précédent. Ce n'est pas que j'ai voulu la laisser toute seule au sommet de sa tour. Non ! Oh non… Non… C'est que l'on m'a enfermé, que l'on m'a détruit, que l'on m'a volé mes rêves, à moi aussi. Et qu'on les a même piétinés, déchirés, brûlés. Que l'on a fait de moi un monstre, et que je m'y suis complu, dans ce rôle. Parce que les monstres, ça ne pleure pas la nuit. Parce que les monstres, ça n'a pas peur des ténèbres. J'ai choisi la voie de la facilité, je me suis hissé au sommet de la pyramide, si haut, aussi haut que possible, pour ne plus jamais, même en m'agenouillant, n'avoir à en contempler le bas et la misère qui grouille dans les fanges de la tristesse et des peurs. Ce n'est pas de ma faute, si je suis né orphelin. Et sans réfléchir, je me lève d'un coup. J'envoie le plateau en l'air, et tout se catapulte autour de nous pour nous retomber dessus en une pluie gluante. Et en la regardant, si belle malgré sa couverture de pamplemousse et d'œuf brouillé, et bouche-bée, et furieuse, j'entraperçois comment faire pour que nos deux plans se rejoignent. On se dresse l'un face à l'autre, on se toise comme des coqs de combats qui s'apprêtent à se jeter dessus tous ergots dressés. Et je vois, avec autant de précision que lorsque je lui écrivais enfant. Je vois comment la sortir de là, comment la protéger et l'éloigner de mon influence. Et reconstruire le château de cartes que j'ai malencontreusement renversé en soufflant un peu trop fort il y a plus de dix ans. Et pour la première fois de ma vie, il va m'en falloir, du courage. Parce que rien qu'en y pensant, à mon idée, une couche de givre me tombe sur le cœur comme une chape de béton. Et l'enserre. Et j'ai mal. Mais je n'ai pas le choix. Ivy, elle le mérite. Que pour une fois, je sois là pour elle. Que quelqu'un soit là pour elle. Qu'elle ne se retrouve plus jamais à se débattre toute seule entre les craquements du plancher et les câbles de l'ascenseur. Alors je la regarde froidement, avec dédain, et je mets tout le poids du monde dans mes mots :

– Et après, on ne se revoit plus jamais, tu ne cherches plus jamais à me retrouver. Ni même à me contacter. Tu t'éloignes de moi.

– Marché conclu.

– Deal.

Son regard me lance des éclairs une dernière fois, puis elle tourne les talons et sort de la pièce. Et c'est comme ça que je passe un pacte avec le diable pour la protéger. S'il me garde moi, il ne l'aura jamais elle. Jamais. Et si j'en meurs, de la perdre une deuxième fois, et bien au moins je mourrai en paix cette fois-ci. Parce que je ne l'abandonnerai que lorsqu'elle aura les pieds dans un cours d'eau rose en Espérance. Je m'en fais la promesse. Je trouverai et je le lui montrerai. Et puis je disparaîtrai et elle sera heureuse. Comme dans nos courriers d'enfants lorsque l'on parlait du futur.

Respire. Respire un grand coup. Prends une grande gorgée d'air. La première. Enlève ta main de la poignée. Doucement. Et puis descends. Rejoins les autres. Éloigne-toi de cette porte. De cette maudite porte. Oh que je le déteste, d'avoir autant changé. Et moi d'avoir espéré pendant tout ce temps. Ce trajet où je le voyais comme avant. Et les premières minutes de nos retrouvailles, si conformes à mes attentes. J'y ai cru, comme une enfant.

Respire. Respire un grand coup. Prends une grande gorgée d'air. La première. Enfile ton pantalon. Ramasse les déchets de ton petit déjeuner. Et puis descends. Rejoins les autres. Oh que je me déteste, d'avoir autant changé. Et de ne pas l'avoir oubliée assez pour n'en avoir rien à faire. Et les premières minutes de nos retrouvailles, où je me suis laissé aller à être celui que j'étais avant, à lui donner de l'espoir pour rien, à me donner de l'espoir pour rien. À y croire, comme un enfant.

Dans la cuisine, le monde se retourne lorsque j'entre. Ils se tiennent tous derrière la grande table de ma cuisine, aussi raides et droits qu'un jury s'apprêtant à rendre son verdict. Ils me dévisagent comme l'on me dévisage depuis la première minute du procès après que ceux qui auraient dû être mes parents m'ont renié pour le pseudo-meurtre de ma sœur. La routine. Rien d'extraordinaire. Il y a un gouffre entre le reste de la société et moi. Dans ce cas particulier, il s'est matérialisé. Il a pris la forme d'une grande table dorée aux pieds en forme de serres d'aigle. Et l'oiseau de proie, il fond sur moi. À toute vitesse. Comme un projectile divin. Il ouvre ses serres et se prépare à percer mes os, à m'emporter loin de là, à me transformer en chair à pâté pour petits aiglons affamés et piaillants. Le cercle de la vie. La loi de la nature. C'est toujours mieux que de finir calciné sans but dans un précipice rempli de flammes.

Je m'assois sur la première chaise que je vois, parce que je ne suis pas sûr que mes jambes puissent me porter plus loin. Je me redresse, je me fais aussi grand que je peux, je puise quelques centimètres en plus dans ma respiration. Je pose mes mains sur mes genoux. Comme un grand seigneur, comme un roi sur le point d'écouter d'une oreille distraite les doléances de son bon peuple.

La mère d'Ivy est la première à prendre la parole. Elle s'avance et cache ses enfants dans son ombre protectrice. Elle me lance avec dédain : « Ma fille nous a dit que vous acceptiez de nous conduire en Espérance. Nous avons fait nos valises. Nous partons cet après-midi. » Il n'y a pas de point d'interrogation. Non. Elle veut se débarrasser de moi le plus vite possible. Ça me convient. J'acquiesce. Nous partons cet après-midi. Je n'ai besoin de rien, de toute manière. Mon seul bagage, c'est mon passé. Il est pratique pour voyager, il ne prend pas beaucoup de place et il est toujours déjà emballé, bien soigneusement protégé des soubresauts par des couches de déni et de culpabilité. Ce n'est pas ça qui va nous retarder. Nous partirons à l'heure dite.

Les provisions sont prêtes. Il y a longtemps que j'attends ce départ, en fait. Je me rends compte que tout au fond de moi, j'avais déjà tout organisé d'avance. Les vivres sont chargés sur le bateau. Assez pour nous cinq. Il faudra se serrer un peu, mais la traversée n'est pas bien longue de toute manière. Alors nous partons. Nous marchons péniblement, tous en file indienne au milieu des longues touffes d'herbe jaunie et de la terre balayée par les vents. Nous cheminons en silence. Chaque pas occupe toute notre énergie. Ils me suivent. L'air qui nous fouette en plein visage est glacial. Il rend nos yeux brillants et fait couler nos larmes. Ils ne m'ont même pas demandé où l'on allait. Je les sens qui s'entraident dans mon dos. Qui se tendent des mains encourageantes au-dessus des rigoles creusées par la pluie et font tourner leurs fardeaux. L'humanité en action. Et moi, je survole le monde en dieu maudit. Je ne me retourne pas. Je marche à pas égal. Je garde les yeux au sol, mais dans le ciel couvert, je sens déjà se dessiner mon étoile, lentement. Celle qui pourra me guider jusqu'en Espérance. Et sa présence me réconforte un peu. Si je suis seul, ce n'est que dans ce monde. Dans mon cœur, elle éclaire le chemin.

Je les sens tous un peu surpris lorsqu'on atteint l'embarcation. Ils la découvrent d'un seul coup au détour d'un tournant. Elle tangue déjà gentiment dans les flots de la petite crique où je l'amarre. Elle se laisse bercer par une lente invitation à l'aborder. Elle a hâte de s'élancer dans un voyage. Ils ne s'attendaient pas à prendre le large. Mais ils ne protestent pas. Les uns après les autres, ils me suivent sur le ponton de fortune que j'ai aménagé pour pouvoir la rejoindre sans trop se mouiller les pieds. Peine perdue. Les embruns arrachés aux vagues se battent sur la grève et ils ont déjà transpercé nos os avant même que l'on ne soit à bord. Ils nous pénètrent comme des dagues de métal congelées, ils nous assaillent de toutes parts. Je rentre la tête dans mes épaules. Je suis habitué au mauvais temps et au mauvais traitement. Je les regarde qui se contorsionnent pour tenter de se faufiler entre les lames. Tous ces efforts, tout ce mouvement. Pour rien. Ils ressemblent à de grands pantins se lançant dans une danse macabre pour essayer d'échapper à une nature toute puissante. Moi, je fais exactement l'inverse. Je ferme les yeux, je me tiens face à la mer et j'inspire profondément à chaque coup de poignard en moi. Si je le peux, si je les sens, c'est que je suis encore en vie. Et chaque nouveau choc me rappelle pourquoi je me tiens là, devant eux, sur ce bateau. Mon destin s'inscrit en lettres glacées dans les tréfonds de mon âme. Plus clairement que jamais.

Je ne suis pas Dieu. Non. Je suis bien plus. Je suis un ange gardien. Ivy, je la protégerai. Du monde et de moi-même. Ivy, je vais la conduire en Espérance et lui écrire la fin heureuse qu'elle a toujours méritée. Et dans son salut, je trouverai enfin ma perte. Cette perte tant attendue, celle que j'ai désespérément tout fait pour entraîner depuis que la société m'a jugé coupable malgré mon innocence. Je la regarderai partir au paradis et j'en mourrai de bonheur.

Dans mon esprit, tout se transforme. Le ciel d'orage est d'un noir d'encre, le tonnerre semble venir des profondeurs de la terre, comme le roulement de tambours tribaux annonçant la fin imminente du monde, le sol tremble et des éclairs zèbrent le ciel. Ça sent le soufre et la dynamite mouillée. Le vacarme est infernal. Et je me tiens, stoïque, au milieu de cet enfer. Je grandis. Je n'arrête pas de grandir. Je deviens si grand. Je domine les éléments. Et lorsque je lève les bras pour les exhorter de faire encore plus de bruit, ils me répondent. Ils se déchaînent de plus belle. Je tiens l'apocalypse au bout de mes doigts. Alors je serre les poings et je l'enferme dans la paume de mes mains. Je la garde bien au chaud et je la laisse mitonner pour après. Lorsqu'Ivy sera en Espérance et que le monde n'aura plus rien à me donner.

En attendant, nous embarquons et larguons les amarres. Avant même la sortie de la crique, ils ont tous pâli de trois teintes. Leurs visages tirant déjà sur le vert de mer virent blancs comme des linges. Ça tangue. Très fort. Ils disparaissent tous dans la profondeur des cales en trébuchant. Ils ne vont pas être déçus, il n'y a qu'une seule toilette. Enfin, ça leur évitera au moins de passer par-dessus bord ou de traîner dans mes pieds. Il n'y a bien que le frère d'Ivy qui résiste, calme, silencieux. Il se tient derrière moi, droit comme un piquet et immobile. Il ne semble pas sentir le roulis. Il me dit avoir fait une école militaire où ils lui ont appris à naviguer. Tant mieux. On ne sera pas trop de deux pour fendre les eaux et nous diriger au milieu du brouillard et des esquifs. Je lui laisse la barre et je me concentre sur mes compas. Plein Est. On devrait en avoir pour une petite vingtaine de jours. Le bateau n'est pas très rapide et le vent joue contre nous. Les falaises austères de mon île de Roi se découpent parfois à notre droite, entre deux nappes de brouillard. Des murailles noires dignes de la plus pure tradition Edwardienne, sa palette de gris foncé et ses blocs de granit sombres. On s'éloigne du pénitencier. De l'Angleterre au sud de l'Australie, la vue est la même. Les Anglais n'ont jamais eu aucun sens du style. Je regarde la terre qui fond dans la brume comme un glaçon géant. Et je me dis que le réchauffement climatique de mon cervelet n'attaque vraiment pas les roches que je crois. Les amarres sont larguées, il est déjà trop tard pour reculer, de toute manière. Alors je reste planté là, à regarder mes dernières illusions s'éloigner doucement pendant que le bastingage me laboure les reins.

Voilà maintenant trois jours que nous sommes partis. Le temps ne s'est pas vraiment amélioré mais ils semblent s'habituer aux roulis. Ils sont moins pâles qu'au départ et il y a quelques heures, Arianne a même pointé le bout de son nez sur le pont supérieur pour s'installer tant bien que mal sur un transat. On dirait un pantin, avec ses jambes encore flageolantes et ses grands yeux qui sortent de son visage émacié par le jeûne forcé de son intolérance au grand large. L'air frais semble lui faire du bien. Elle reprend des couleurs de minute en minute. Gabriel lui tient compagnie. Elle parvient même à lui sourire de temps en temps. C'est un peu comme de voir une esquisse qui se précise et s'anime doucement sous la plume d'un dessinateur talentueux. Elle revient à la vie. Presque trop colorée pour être contenue dans les limites de mon monde. Elle déborde, elle explose d'entrain et de détermination. Et ça ne rate pas. Elle se lève et se dirige vers moi. Elle envahit mon périmètre de sécurité avec son feu de questions incessantes. Je reste muet comme une tombe. Un mort vivant ne se soumet pas. Jamais. Elle me regarde vivement de travers, en inclinant même la tête pour accompagner ses yeux. Puis elle s'assoit calmement à côté de moi et commence à me raconter sa vie, le regard perdu à l'horizon. Comment elle en est arrivée là, sur ce bateau qui tangue, qui virevolte et qui danse avec les vagues tout près, si près des précipices du bout du monde.

Elle me parle de ses sœurs jumelles et de ses poissons rouges, de ses dix mètres carrés parisiens qui lui ont servi d'incubateur et de sa soif de grands espaces, de son marché avec la petite voix dans sa tête et de son silence absolu depuis, de la couleur du ciel hier et de celle des cheveux d'Ivy.

Elle s'arrête soudainement et me dévisage à nouveau. Je sens le rouge qui me monte aux joues. Aussi sûrement que si l'on m'immergeait lentement dans un pot de sauce tomate. Il gagne mon front et la racine de mes cheveux. Je détourne la tête. J'ai conscience qu'elle m'observe toujours et qu'elle se rend très bien compte de mon changement de couleur malgré mon hâle. Et je sens une irrépressible envie de parler qui me montent des boyaux. Je suis submergé par un besoin de me confier. Ma volonté est complètement dépassée par cette pulsion toute nouvelle. Elle, elle continue de me regarder, tranquillement, comme si tout était normal. Elle attend, elle a tout le temps du monde à passer là, à me fixer dans le blanc des yeux jusqu'à ce que les mots se bousculent sur mes lèvres et trébuchent hors de ma bouche. Et c'est ce qui se passe.

Alors je lui raconte ma vie moi aussi. De la disparition de ma sœur à nos grandes retrouvailles cosmiques, de ma quête de pouvoir à ma prison dorée mafieuse. Du seul point lumineux de mon existence au milieu de tout ce merdier, de Ivy, à ma décision de lui faire un dernier cadeau, comme lorsque l'on était petit, et parce que je ne me suis jamais pardonné de l'avoir abandonnée dans sa tour de verre, même si ce n'était pas entièrement ma faute, mais beaucoup quand même. Tout ça. D'un trait. Un seul. Vingt-trois ans d'une existence pathétique mis à nu. Elle ne m'interrompt pas une seule fois, elle ne demande de précisions ou d'éclaircissements sur rien. Elle m'écoute tout simplement. Attentivement. Et quand je finis, elle ne dit rien. Pas un mot. Seulement, comme guidée par une impulsion intérieure, elle se lève et elle fait quelque chose que jamais personne n'a fait avant elle.

Elle me serre dans ses bras.

Et tous ces mots, tous ces récits des jours de ma vie maintenant hors de ma poitrine, eux tous qui sont enfin sortis, ils ne reviennent pas me hanter. Je les vois qui se bousculent autour de nous, mais ils butent sur ses bras, sur sa tête, sur son aura. Ils reviennent à l'assaut mais rien n'y fait, je les sens qui vacillent et qui chancèlent comme des Don Quichotte de fétus de paille. Elle ne relâche pas son étreinte et je les surprends à flancher, à hésiter, à se débiner en bandes. Puis ça devient une débandade en masse. Leur chevelure de feu s'éteint d'un coup et ils ne peuvent plus raviver leurs tisons. Leurs incrustations et leurs reliefs se gomment de mon âme, et il n'en reste plus que de banales cicatrices de chair. Ils jettent les armes, me tournent le dos et s'éloignent en maugréant dans leur barbes boueuses. Je ne suis plus un homme marqué. Je ne porte plus le monde à bout de bras et de souffle. Je me sens plus léger que jamais, comme transparent. Je fixe mes doigts et je m'attends presque à les voir disparaître sous mes yeux incrédules. Les lignes de mes mains n'ont jamais été aussi rectilignes. Elles en semblent presque tracées à l'équerre, avec un de ces nouveaux feutres qui ne font jamais de bavure.

Une amie. Pour la première fois, je viens de me faire une amie.

Pour la première fois, quelqu'un pose sur moi un regard qui ne me juge pas, un regard qui ne se veut pas méprisant, ni méchant, ni intimidant. Un regard de compréhension et de pardon. Un regard qui en dit long. Qui dit qu'il n'est jamais trop tard pour revenir. Que vingt-trois ans, ce n'est même pas le temps que Nelson Mandela a passé en prison et à peine celui qu'Aung San Suu Kyi a passé cloîtrée chez elle. Que vingt-trois ans, ce n'est pas si long que ça. Et que si ces gens-là y sont parvenus, à surmonter leur passé, il n'y a aucune raison que je ne puisse le faire aussi. Parce qu'après tout, le pire ne m'est jamais arrivé.

Elle me regarde encore, et elle me dit : « Tu sais quoi ? Espérance, je vais t'aider à l'atteindre. Et à nous deux, on devrait bien arriver à y amener Ivy. » Elle me fixe toujours avec la même intensité et la houle s'agite de plus belle pour ponctuer sa certitude. Puis son regard s'atterre lentement et se perd dans le vide. Son visage reprend des teintes verdâtres sous les assauts de son mal de mer qui revient au galop. À toute vitesse, elle file et zigzague vers les tréfonds du bateau. Elle y disparaît en me laissant en proie à mes propres raz de marée, tout retourné et propre comme un sou neuf récuré au sel sur le ponton. Je me dis qu'en naissant, j'ai dû avoir la même sensation, de débarquer sans fanfare ni trompette dans un monde inconnu et gigantesque. Tout au fond de mon subconscient, je ressens encore des relents de cette première peau offerte au monde sans peur et pleine d'espoir, pour y être mieux sacrifiée. Mais cette fois-ci, je me fais une promesse. Personne, plus jamais personne, ne ternira son éclat. Cette nouvelle enveloppe charnelle, elle gardera ses illusions. Je la protégerai. Envers et contre tout et tous. Et je l'élèverai comme promis. J'en ferai une incarnation divine.

Les côtes se découpent de plus en plus clairement à l'horizon, comme si on jouait avec le zoom d'un appareil photo. On commence à distinguer des collines verdoyantes qui se forment derrière les falaises, couvertes de leurs troupeaux de moutons paissant paisiblement. Tout est si vert, si vallonné de petites buttes et clôturé avec tant de précision que l'on se croirait presque en Angleterre. Mais en plus ensoleillé. Et plus sauvage. Parce que même si les barrières sont neuves et rutilantes, les piquets rapprochés et les fils tendus, il n'y a pas une seule habitation, aussi loin que se porte le regard. Pas une seule âme qui vive. Simplement nous, et quelques milliers d'ovins avec des toisons d'une blancheur de carte postale.

Nous accostons périlleusement dans une petite crique miniature, complètement éblouis par les cristaux de lumière diaphane qui se réverbèrent sur le sable et les roches blanches. Et si le soleil brille fort, ce n'est pas pour autant qu'il fait chaud. Le vent, toujours ce même vent de violence, nous pousse les uns vers les autres et nous malmène de toute son intransigeante splendeur. Il lui faut du noir, ou du blanc, et il s'acharne à tenter de séparer les reflets de gris qui obscurcissent sa vision des cieux immenses, son terrain de jeu. Gabriel et sa mère veulent savoir où l'on est et où l'on va. Ils l'exigent. Ils s'y mettent à deux pour bien me le faire comprendre, m'encadrant de tout côté comme un troupeau de hyènes affamées encerclant sans pitié leur proie, babines retroussées par leurs hurlements et yeux affamés brillants de fièvre et de folie. Rien ne les fait taire, pas même Arianne et ses grandes tirades dramatiques. Mais elle parvient au moins à les éloigner de ma carcasse. S'ils m'épargnent, ce n'est que parce que ses yeux noirs de colère ressemblent à des mitraillettes et les fustigent sur place. Ils continuent d'aboyer mais rétractent au moins leurs griffes. Cette paix provisoire me suffit. Ils ne savent pas que les agressions verbales ne me font plus peur depuis bien longtemps. Je suis presque né immunisé. La présence de ma sœur jumelle a fait office de vaccin. Il me suffit de m'enfermer dans mon cocon de mutisme et elles disparaissent dans le même bruit que les bulles de savon qui explosent lorsque de gros doigts poisseux d'enfants les touchent. Ce n'est pas à l'usure qu'ils m'auront, je suis déjà rongé jusqu'à la moelle.

Quand même, je crois bien que jamais je ne m'habituerai à ce terre-à-terre déroutant des gens. Pourquoi avoir besoin de savoir pour profiter du voyage et du paysage ? C'est d'ailleurs ce que je préconise. Vainement. Comme s'il y avait une carte avec des noms et une échelle pour rejoindre Espérance, de toute manière. Ils ne peuvent pas comprendre la magie d'avancer les yeux bandés en croyant fermement au reste du monde, comme des enfants impatients la veille de Noël. Non, au lieu de ça, ils sont tous à se demander quel métier exercent les parents des amis de leur progéniture, et combien ils pèsent, comme si cela définissait les gens et voulait dire quelque chose dans la grande logique cosmique de l'univers. Ils ne sauront rien. Nous ne leur diront rien. Parce qu'avec Vassili, on a un plan. On en a beaucoup discuté sur le bateau et j'ai trouvé comment faire pour sauver Ivy et la conduire à bon port. Ils arriveront tous en Espérance les yeux fermés, et s'ils traînent des pieds et renâclent en chemin, et bien tant pis pour eux s'ils trébuchent sur les pierres et les racines qui jonchent le parcours.

Alors on se met en marche, parce que même sans savoir où l'on va, ils se rendent bien compte que nous sommes encore loin d'être arrivés. Et Arianne veut y aller, et Ivy est encore plus déterminée qu'elle à atteindre Espérance, donc sa mère et son frère suivent. Finalement, c'est facile. Je ne suis juste pas habitué à tant de cohésion familiale. Sans doute un reste d'instinct grégaire de survie. Restez groupés et tout ira bien. Surtout ne vous éloignez pas du troupeau. *Béé-éé*. Enfin, tant que cela sert mes intentions, je ne vais pas trop en médire.

Je n'ai pas fait tout ce chemin pour rester plantée là à écouter les gens se disputer et débattre de la distance qui nous reste à parcourir. On dirait un lynchage en règle, et je n'aime pas la violence et l'injustice. Deux contre un, ce n'est pas très beau à voir. Vassili, il a dit qu'il nous conduirait en Espérance, et s'il a bien une chose, une seule, sur laquelle je lui fais confiance, c'est ça. Il me le doit. Il s'y est engagé bien avant de devenir l'être arrogant et mutilé qui nous fait maintenant face. Et le passé, on ne peut pas le renier. Il est là, flottant comme une ombre liquide, sinueuse et insidieuse, un énorme nuage de poussière en suspension arraché par la vie aux coulées de larmes qui nous entourent, et il a plein pouvoir sur le présent. Parce que l'on n'a pas le droit de mentir à un enfant pour lui faire du mal. Et il m'a dit qu'il m'y emmènerait, qu'il me sauverait de ma prison de verre doré et qu'il me transporterait en Espérance pour que j'y vive enfin heureuse au milieu des licornes. Donc on y va. Il n'a pas le choix. Alors quant au chemin que l'on emprunte, je n'en ai pas grand-chose à faire. Et comme notre présence l'insupporte, je suis bien sûre qu'il s'abstiendra de tout détour, contrairement aux taxis qui promènent allégrement les touristes dans les grandes villes.

Là-dessus, je suis tranquille, on peut dormir sur nos deux oreilles. Ce qui, soit dit en passant, est techniquement impossible. Encore une de ces expressions débiles. Bref, on y va. Lorsqu'il part en courbant l'échine, Arianne le suit. Et moi aussi. Les autres se mettent en route derrière nous, parce qu'ils doivent bien se rendre compte qu'on ne les attendra pas. On veut caresser des licornes. Et une telle raison, ça ne souffre d'aucun retardement.

On marche en file indienne. On suit Vassili aveuglément. Un bon petit cheptel qui se laisse guider par son berger. J'essaye d'oublier ses canines qui luisent derrière ses lèvres, de faire abstraction du goût du sang qui brille dans la prunelle de ses yeux, de cette lueur carnivore qui se dessine dans sa silhouette. Parce que j'en ai trop vu, des comme lui. De ceux qui vendraient père et mère pour une minute de pouvoir absolu. Ou pour un dollar. Parce qu'il me rappelle mon mari décédé. Il est l'un des leurs. Un de ceux qui ne voient le monde que comme un bras de fer géant et une succession de zéros. Et ces chiffres qui défilent, ils masquent l'humanité, ils la détruisent lentement à coup de pourcentages et de rentabilité. Mais ils ne s'en rendent jamais compte. Pas tant que les zéros continuent de s'empiler dans leurs comptes en banque. Et puis un jour, il sera trop tard. Il n'y aura plus rien derrière les chiffres. Chaque pièce tintera sans fin dans le vide laissé par le monde. Et eux, eux, ils souriront avec contentement. Une dernière fois. Puis ils partiront avec ce rictus aux lèvres. Parce que le bruit de l'argent est la plus douce des mélodies à leurs oreilles. Et je le sens. Je le sens que lui, lui qui se prend pour Dieu le Père, il n'hésitera pas. À la première occasion, il sortira la calculette et la machette. Côte à côte. Comme il se doit aux royaumes des hommes. Il y a des traditions qui ne se perdent jamais. Et il est hors de question que je le laisse faire, que je laisse les zéros gouverner ma conduite et mes rapports avec mes enfants. Comme avant.

Plus jamais comme avant.

Alors je le surveille. J'épie chacun de ses mouvements. Je suis la souris aux aguets du chat zieutant sa portée. S'il lui vient des vues de viande fraîche pour le dessert, il devra se contenter de saliver devant. Mais je le laisse faire. Je le suis. Parce qu'Ivy semble lui faire confiance. Et qu'elle a sans doute ses raisons. Que de mon côté, je fais confiance à ma fille. Et quoi qu'il advienne, je serai là. Prête.

Nous longeons la côte, traînant nos pieds déjà rompus de fatigue sur des chemins de castine blanche, durs comme de la pierre. Sur les bas-côtés se dressent difficilement de petits arbres rabougris, qui semblent avoir été dessinés avec un pinceau tremblotant. À chaque épingle de nos sentiers, des blocs de pierres sont posés là, sculptés par la nature. Ils nous regardent, silencieux et cherchent à nous transmettre un message. Ils nous jugent dans leur immobilité, mais nous n'en avons rien à faire. Nous regardons le sol, parce qu'avancer demande toute notre énergie. À perte de vue s'étendent des vallons de prairie, comme une immense mer verte qui rejoint la mer bleue. Et le bleu du ciel et de l'eau contraste joliment avec le vert des feuillages et de l'herbe. Les nuages se découpent dans le ciel comme des traces de tracteurs qui nous indiquent la marche à suivre. Nous les suivons, et à mesure que nous tournons le dos à la mer, les plantes grandissent et s'habillent de mousse. Même les fougères se transforment en arbres. Et sans vraiment les regarder, nous emmagasinons tous ces paysages en nous.

Ce soir-là,
le premier soir,

ils s'arrêtent exténués dans une petite auberge de jeunesse aux volets arc-en-ciel. Ils ont déjà toute une journée de marche derrière eux, et après quinze jours cloîtrés sur un petit bateau, ça fait beaucoup dans les jambes. Surtout en sachant que le lendemain matin, il faudra repartir. Ivy et sa mère tombent d'ailleurs comme des masses sur le premier lit vide qu'elles rencontrent. Il ne reste que les deux garçons et Arianne qui se regardent dans le blanc des yeux sans bien savoir quoi faire. Ils finissent par opter pour un petit verre à l'abri sous les arbres du patio. Ils ont besoin de se détendre mentalement après cette longue journée physique. Des liens se sont tissés et resserrés lors de la traversée où ils étaient les seuls à pouvoir mettre les pieds sur le ponton. Ils ont appris à se tolérer, et même à s'apprécier, Arianne en rouge vif, Gabriel en bleu-outremer et Vassili en noir d'ébène. Et finalement, ces trois couleurs forment un joli tableau. Elles se complaisent à passer du temps ensemble, elles se complètent agréablement.

Les jours suivants,
ils passent des lacs.

Et des flaques, partout, qui transforment le peu de terre restant en marées. Des lacs qui se prennent pour des océans, avec leurs vaguelettes qui viennent se briser sur la grève et leurs eaux qui se perdent jusqu'à l'horizon. Des lacs verts, des bleu-turquoise, des lacs miroirs, des lacs de diamants, des gris argentés et des marrons boueux par jour de crachin. Des lacs plus que des terres, des lacs à perte de vue. Des lacs, si beaux.

Et ceux qui prennent des allures de bain de boue lorsqu'il pleut, c'est que des torrents secouent leurs rivages et leur déversent des litres de poussière arrachée aux montagnes. Ils en tremblent, ils en frémissent et enfouissent ces grands lambeaux de peau et de sang séché dans leurs flots. Ils les solubilisent. Ils tentent d'atténuer toute cette douleur en la diluant. Et loin, bien loin au-dessus, à une distance sécurisante, le ciel blanc laiteux de l'indifférence contemple le tout. Il se sent si loin qu'il se permet de se détacher. La sueur des hommes et la souffrance du reste, ce n'est pas son problème. Si d'immenses tractopelles sans conscience creusent dans les flancs de la terre sans anesthésie, ça contribue à enrichir et diversifier son patrimoine moléculaire. Et ce ciel blanc, il est plat. Comme une crêpe. Il se tient là, sans bouger, sans émotions et sans aléas. Il ne passe pas, il ne sent pas le vent qui essaye désespérément de le pousser ailleurs. Il ne sent plus le vent. Il ne sent plus rien. C'est parce qu'il en a trop vu. C'est pour ça qu'il est blanc. Toutes les couleurs du monde se sont retrouvées là, elles se sont mélangées, et elles se sont tellement tapées dessus qu'elles sont passées du solide au gazeux. Elles se sont transformées en lumière. Cette lumière blanchâtre et opaque qui se moque de tout, et surtout des autres. Mais de toute manière, l'eau est si sombre, que même si elle le voulait vraiment, la lumière ne pourrait en percer les ténèbres. Elle se réverbère simplement de sa surface avec indifférence et ricoche sur ce qu'elle peut, jetant son voile diffus et sourd sur tout ce qui l'entoure.

Et moi, je me suis senti pendant si longtemps comme ces grands lacs. On a déversé des litres et des tonnes de haine passive et d'indifférence meurtrière dans mes entrailles. On a tout fermé, pour que ça mijote bien. Parce que les eaux croupissent si elles ne peuvent pas courir. Et toute cette boue, cette mixture infâme, je me la suis accaparée, je l'ai faite mienne. Puis il y a eu cette lumière diaphane tout autour de moi, elle me bandait les yeux, et tout ce que je voyais, c'était l'intérieur de moi-même, et une telle confrontation quotidienne est rarement plaisante. Alors je m'en suis pris aux autres. Avec violence. Avec tant de violence. Pour mieux me fuir moi-même, et noyer ma misère dans une misère plus grande encore. Pour me sentir fort, parce que la misère, on la sent moins lorsque l'on se plonge dans le regard d'autres plus miséreux que soi. Et là, devant ces lacs, à me perdre dans leurs profondeurs ensanglantées, complètement baigné dans ce monde que la lumière découpe en deux dimensions, je me sens encore un peu comme ça. Tout ce que je vois en moi, je le déteste. Je me trouve abject. Je l'ai été. Pour de vrai. Je veux le cacher, l'éloigner de moi, enfouir cette noirceur sous des litres de blancheur. La diluer. La faire disparaître. J'ai commencé. Arianne m'aide. Pas plus tard que ce matin, alors que je m'enlisais dans mes eaux troubles, elle m'a envoyé une claque. Une vraie de vraie, de celle qui laisse cinq grosses traînées de doigts rouges sur la figure. « Ça, c'est ce qui t'arrivera chaque fois que tu te prendras pour ton passé », m'a-t-elle froidement annoncé. Et même si elle a raison, je ne sais pas encore trop comment me comporter autrement. J'essaye. Mais ça prend du temps. Et du courage. Parce que ce qui surnage surtout en ce moment, ce sont des torrents de culpabilité et d'accusations marronnasses qui se déversent autour de notre table de fortune. Les tomates à la croque-au-sel font monter les larmes aux yeux tellement elles sont amères. Les coups d'œil de président du jury que me jette la mère d'Ivy ne font que raviver les plaies. Chacune de

> ses minuscules piques pénètre en moi comme un couperet géant et taillade mes artères. Mes veines coulent rouge-foncé et forment de grands lacs de sang. Comme ceux que l'on passe lentement, en silence. On campe sur nos positions. Elle se redresse pour mieux me signifier ma déchéance, et je me courbe pour recevoir son jugement sans pitié. Je me tais. Parce que je sais que tous les péchés du monde se dissimulent dans leurs profondeurs, et que ces regards chargés, je les mérite. Accepter son mépris sans flancher ni dénier sa justesse est une façon comme une autre de porter ma croix et de me hisser vers la rédemption. Et si le fardeau est lourd, j'ai au moins la chance d'avoir une amie qui m'épaule comme elle peut, qui pointe son doigt vers l'horizon et me montre qu'il n'est pas aussi loin que je ne le pense. Qui me rappelle à quel point il brille dans les yeux d'Ivy, et que l'on se doit de l'atteindre, si ce n'est que pour elle. Alors je continue. Et j'espère. Qu'un jour elle s'en rendra compte. Que mélangée à tout ce marron, il y a de l'eau claire. Une eau pure, si pure, qui ne demande qu'à se filtrer. Et qui a déjà commencé à s'éclaircir, parce qu'un torrent transparent coule vers son cœur. Au loin se dessine un petit coin de ciel bleu comme l'espoir. Un rayon de soleil perce timidement ce voile blanc. Parce qu'après la pluie vient enfin le beau temps, et que la boue charriée par les affluents commence à s'assécher et que bientôt, elle restera à sa place, là-haut, perdue dans les montagnes, et qu'esseulée, délaissée, elle se desséchera, disparaîtra sans bruit et retournera sous forme de poussière.

Arriver au lac de diamants, c'est se baigner dans la fortune du monde. Et elle danse pour nous, comme jamais personne n'a dansé avant. Elle joue à cache-cache avec la lumière et les cieux. Elle se promène entre les gouttes d'eau et surfe sur l'écume des flots. On entend les grelots des anges qui frémissent dans ses pas. La harpe des poètes qui s'extasie devant ses yeux brillants de nacre, captivée. Toujours changeante, toujours mouvante. Des milliers et des milliards de pierres précieuses qui scintillent de tous leurs feux. Il n'y a pas besoin de creuser, de faire sauter la terre et d'enterrer les pauvres dans la fange avec des fouets. Il suffit simplement de se tenir au bord de l'eau, de sentir le soleil dans son dos et de se laisser éblouir par la richesse des fonds marins.

C'est ce que je fais. Je m'accroupis au bord de l'eau et je fais couler les perles entre mes doigts. Et tout se ferme autour de moi. Je revois les bulles de champagne qui montent dans ma flûte, les paillettes d'argent qui recouvrent le sol, les confettis d'or qui flottent dans l'atmosphère, et les parures qui brillent partout, à mon cou, à mes poignets, à mes oreilles, à mes chevilles. Je revois les rivières de diamants qui couvraient mon corps et je me rends compte à quel point j'étais pauvre. De me vautrer dans des fleuves quand il existe des océans. D'avoir créé des barrages pour les agrandir et leur donner des allures d'infini, d'avoir peiné à nager à contre-courant, quand tout ce qu'il m'aurait suffi de faire était de me laisser gentiment emporter par les flots pour atteindre ce que je voulais vraiment. C'est devant ce lac que je me rends vraiment compte de la dimension démente de ma totale folie passée, de la taille de mon aveuglement inconditionnel face aux pépites d'or concrètes qui brillaient devant moi, de l'obésité de mon éblouissement cultivé. Devant ce lac, je me rends compte de l'étendue de ma stupidité. Du temps qu'il m'a fallu pour comprendre que la vraie richesse ne peut se compter, qu'elle file, liquide, entre les doigts comme l'eau de ce grand lac, que l'on ne peut pas la retenir infiniment, que l'on n'a aucune prise sur elle. Tout ce que l'on peut faire, c'est mettre ses mains en coupe et la boire jusqu'à plus soif, y mettre les pieds, courir le plus vite possible pour créer des éclaboussures de joie tout autour de nous. Mais surtout, ne pas la gaspiller, parce qu'elle est précieuse et que chacune de ses gouttes éclaire la vie de ses rayons de bonheur. Devant ce lac, je me rends compte de la grandeur de mes enfants. Je réalise la force qu'il leur a fallu pour m'accorder leur pardon. Mais aussi que sans leur aide et leur soutien, je n'aurais jamais trouvé ma propre force, celle qu'il m'a fallu pour arrêter de ruminer le passé et me culpabiliser. Je réalise que l'un va avec l'autre, et que sans béquilles, on ne peut pas réapprendre à marcher correctement. Lorsque l'on se regarde maintenant, tout ce qu'on lit dans nos yeux, c'est que l'on irait au bout du monde les uns pour les autres. Sans arrière-pensées, sans calculs. Et devant ce lac dont je caresse l'eau du bout des doigts, avec le soleil dans le dos, je me rends compte que s'ils ont pu le faire pour leur mère, lui pardonner la pire des fautes, celle de n'avoir pas été une mère, la moindre des choses, c'est que j'essaye pour les autres. Parce que l'on fait tous des erreurs, certaines plus grosses que d'autres, mais que ça ne nous enlève pas le droit d'essayer de nous racheter. Devant ce lac, je me dis que je devrais peut-être laisser sa chance à Vassili. Lorsque je vois Arianne, mes doutes font de grosses bulles au fond de moi. Parce qu'elle s'entend bien avec lui. Elle semble penser qu'il peut changer, qu'il y a une chance. Elle dit que sous ses couches et ses couches d'ombre brille une lune sans faille. Elle lui sourit, et elle est loin de manquer de jugement. Alors je devrais peut-être agir de la même manière, quelques tentatives de compréhension ne peuvent pas nous faire de mal. D'autant plus qu'après tout, il ne m'a rien fait. Et que depuis que nous sommes partis, il n'a pas esquissé un pas ni dit quoi que ce soit qui puisse justifier mon comportement. C'est remplie de cette résolution que je rejoins le reste du groupe. Ils s'installent autour d'une table en bois et se préparent à manger. Vassili nous tourne le dos, il se tient seul, debout au sommet d'une petite butte à côté de l'aire de pique-nique. Il semble dominer les éléments du haut de sa dune et tenir à distance les gros nuages noirs qui se profilent à l'horizon. Au final, je ne l'ai jamais vu s'asseoir avec nous pour le repas. Au départ, les autres l'invitaient pourtant à se joindre à nous à chaque pause. Mais à chaque fois, il lisait dans la froideur de mon regard qu'il ne valait mieux pas qu'il s'approche trop près. Depuis quelques jours, il s'éloigne avant même qu'ils ne puissent lui poser la question. Et tout d'un coup, je me sens vraiment coupable de cet isolement que je lui impose… Ainsi lorsqu'il redescend à la fin du repas, alors que nous nous apprêtons à repartir en file indienne derrière lui, je lui adresse pour la première fois une parole anodine, sans mordant, parce que je suis sans doute un peu inquiète et très coupable au fond de moi. Je lui demande : « Tu n'as pas faim ? » Il me regarde bizarrement, interloqué. La surprise se lit dans ses yeux, et la crainte. Il a peur que ce soit une nouvelle technique d'assaut de ma part, comme un chat qui joue avec sa proie pour mieux la tuer ensuite. Il finit par me répondre « Non… Non, merci, ça va. » Puis il se détourne rapidement, comme embarrassé, et commence à marcher. Mais pas assez vite pour que je n'aperçoive pas la lueur d'espoir, toute petite, toute vacillante et tremblotante, qui luit au fond de ses yeux et me laisse entrevoir que j'aurais dû me comporter depuis longtemps en être humain à son égard. Devant ce lac auquel je tourne maintenant le dos, je me rends compte que mes vingt ans d'absence maternelle ne me donnent pas le droit de surprotéger les enfants que je me suis découverts. Tenter de rattraper et combler mes manquements en une journée, pour compenser, est ridicule. Et que dans ma volonté d'être enfin leur mère, je ne suis devenue qu'une masse dénudée de toute tolérance. Moi qui en ai tant reçu de leur part, voilà que je ne suis pas capable d'en donner un gramme. C'est finalement ceux qui en ont reçu le plus qui en ont le moins à distribuer. Ils ont peur. Nous avons peur, peur que celle dont on nous a graciés nous soit reprise s'il y en a trop qui flotte dans l'air. On ne réalise pas qu'en fait, il n'y a aucun quota dans le cœur des gens. C'est tout ça que je découvre dans ses yeux avant qu'il ne fuie mon regard. Alors je m'éloigne rapidement de lui et vient me placer au bout de notre file indienne. Parce qu'autant d'introspection douloureuse, c'est assez d'effort pour un début.

Et celui qui est vert se reflète dans le ciel et transforme les nuages en une nuée aux couleurs atomiques. Il est entouré de cyprès vert-foncé qui pointent sans fin vers cet étrange plafond vert pâle et tranchent dans la masse. Seule la grève de galets gris semble réelle, bien qu'elle finisse par se perdre sous ces flots extraterrestres. L'endroit est désert, et même le vent semble avoir renoncé à envahir l'espace.

Je ne peux pas m'empêcher d'humer l'air, à la recherche d'une odeur de soufre ou de toute autre substance chimique qui nous transformerait en corps cadavériques à la couleur de peau assortie au décor. Mais il n'y a rien, dans l'air, si ce n'est une vague odeur de conifères et d'eau stagnante. Le clapotis des vagues sur la berge est serein, presque trop calme et docile pour paraître naturel. Elles bougent comme si elles étaient domestiquées, avec la lenteur régulière d'un métronome figé sur une pulsation de deuil. Même l'herbe est trop précise, trop droite, comme tondue au scalpel par une horde d'anglais pour un concours de pelouse de golf. Et si tout était déjà désert avant, ici c'est différent. Le désert ne bouge pas. Il n'est pas égayé d'un petit coup de vent, ou d'une mouette planant. Non, il est figé. Silencieux. Oppressant. J'ai l'impression d'être entrée par mégarde dans une dimension alternative. L'une de celle où il ne serait finalement pas si surprenant que ça de voir descendre une soucoupe volante du ciel et qu'en sortent des petits hommes plissés. Ou des licornes… Mais je voyais Espérance plus accueillante, avec une palette plus chaude que celle du vert métallique et froid qui nous encercle. Enfin… De toute manière, il dit que nous ne sommes pas encore arrivés. Que nous n'avons fait qu'une petite moitié du chemin. Il faut dire que notre rythme a changé. Il n'est plus fait de grandes enjambées saccadées, entrecoupées de sautes d'humeurs, de celles qui vous font presser le pas. Non. Maintenant nous marchons sur des œufs. Et ça prend beaucoup plus de temps. Lui et moi, on se regarde constamment en chien de faïence. Et maman n'aide pas. Elle est même pire que moi, à le regarder sans trop savoir quoi faire, quoi lui dire, ni comment le lui dire. On se croirait dans un mauvais téléfilm. Un de ceux aux dialogues maladroits et aux grands silences pesants et inconfortables. Chaque fois que l'on se parle, on enfile des gants. Et le naturel, il est chassé au galop, avec toutes les précautions que l'on prend les uns envers les autres. Maintenant qu'il se joint à nous pour les repas, après que maman ait insisté avec les autres, chaque arrêt se transforme en une succession de situations délicates, et même lui passer le sel sans embarras ou prononcer son prénom sans rougir relève de l'exploit. D'ailleurs j'ai arrêté, parce que lorsque nos doigts se touchent par accident, ou lorsqu'il lève les yeux vers moi, j'ai l'impression de subir un séisme intérieur. Chaque organe veut soudainement prendre la place de l'autre. Puis ils veulent tous voler. Puis ils s'écrasent de concert, parce que voler dans du vide, ce n'est pas possible. Alors le plus infime des détails, la plus anodine des scènes se teinte de gaucherie. J'ai l'impression de ne plus savoir mâcher la bouche fermée, de ne plus savoir déglutir en silence, de ne plus savoir aligner trois mots. Nous trois, on ne sait plus sur quel pied danser, entre maman et son désir soudain de deuxième chance, moi et mes souvenirs qui ne cessent de remonter à la surface et se heurtent à un mur, et lui, lui, son mutisme monosyllabique et ses regards gênants, ses regards qui sont trop profonds. Enfin, lui, il sait. Lui, il ne danse pas, en fait. Il se tient là, et il attend que ça passe. Que la musique se taise et que l'on rentre tous chez nous. Et qu'on le laisse seul. Enfin. Lui, c'est un observateur. Et moi, j'ai l'impression de faire de la figuration dans la pièce la plus incompréhensible de ma vie. Je ne sais même pas quel rôle je suis censée incarner. Le metteur en scène, il ne me donne aucune indication. C'était mon ami. Mon seul ami. Là-haut, quand je vivais dans ma tour de verre. Et s'il a changé, s'il m'a oubliée et abandonnée, puis s'il a piétiné notre amitié en me rejetant quand je l'ai retrouvé, je n'arrive pas à m'expliquer pourquoi il m'aide quand même. Je n'arrive pas non plus à lire ses regards dont je sens le poids dès que je lui tourne le dos. Je me sens omniprésente dans ses pensées, puis transparente dans la seconde qui suit. Je l'attire comme un aimant, comme une amie, et je le repousse, je lui fais peur. À ses yeux, je suis une aberration de la nature. Et puis de toute façon, n'en est-il pas une aussi aux miens ? Il est trop tard. Il n'y a aucun espoir. Jamais je ne retrouverai le petit garçon qu'il était dans l'adulte qu'il est devenu. Parce que même s'il ne l'avait pas tué et étouffé, même s'il était encore comme avant, je ne le verrai de toute façon pas. Il m'a laissée. Il m'a menti. Rien ne pourra jamais redevenir comme avant. Et les phalanges qui lui manquent, et les brûlures qui marquent sa peau sont là pour me le montrer. Elles sont autant de preuves de son mépris des autres, de son inhumanité complète. Ce qu'il faut que je fasse, c'est que j'oublie notre passé. Que j'arrête de voir en lui mon confident d'enfance, et cette lueur qui me donnait des ailes pour sortir de ma prison sans bouger. Mais parfois, je sens son regard qui vacille et c'est tout ce que j'y lis. J'ai l'impression d'avoir de nouveau dix ans, et que rien n'a changé. Qu'il est là pour moi, et qu'il me protégera, quoiqu'il advienne. Et du haut de son piédestal, il est tout-puissant. Il est beau. Dans sa grandeur. Comme un dieu. Il est Dieu. Mon dieu. Il dégage cette aura qui entraîne les masses au bout du monde, jusqu'aux précipices de la terre. Quand il me regarde comme ça, je le suivrais. N'importe où. Puis ses prunelles s'altèrent et se durcissent. Il redescend sur terre. Je me retrouve seule à planer dans mes rêves d'enfant, encombrée de cette naïveté qui fait mal, celle qui à chaque fois s'ouvre comme une montgolfière et me pousse à croire qu'il n'est pas encore trop tard. Mais c'est le cas. Alors elle me projette à terre sans parachute lorsqu'elle explose de douleur, percée par l'aiguille de son regard distant. Il est trop tard. Chaque jour, j'essaye de me l'imprimer au fer rouge dans le cerveau. Chaque jour, j'échoue. Lamentablement. Il se décalque toujours en double devant mes paupières. Le bien et le mal qui se côtoient tranquillement. Le bien qui prime sur le mal pour un instant, puis le mal qui transparaît derrière le bien pour une seconde.

Cette farandole s'accompagne de la ronde folle de mes pensées qui ne veut pas se décider à descendre du manège des grands. Et là par exemple, alors que j'attrape la bouteille d'eau au milieu de la table, je sens son regard sur mes doigts comme la caresse d'un nuage. Comme si l'on était encore tous les deux des enfants. Je ne sais pas quoi faire, comment me comporter pour ne pas lui montrer ce qui vient de s'imprimer dans ma rétine. Je détourne la tête et pose mon regard sur la chose la plus éloignée de lui à cette table. Je fixe Gabriel qui se tient cuillère levée devant un énorme bol rempli d'une montagne de nourriture et qui s'apprête à plonger dedans pour l'engloutir. Sur ses traits est peinte cette expression qu'ont tous les gourmands du monde devant un bon plat copieux. J'explose alors de rire et sans réfléchir, je me tourne vers lui pour croiser son regard. Parce que c'est exactement ce genre de petits détails qui nous faisaient rire aux larmes quand nous étions enfants et lisions *City Hunter*. Et à ma plus grande surprise, je vois un sourire qui se dessine sur son visage. Le premier depuis que l'on s'est retrouvé. Je vois qu'il essaye de le retenir, et il baisse rapidement les yeux pour garder ses distances. Mais il ne peut pas s'en empêcher, il relève la tête pour un bref instant, et lorsque son regard rencontre le mien, encore hilare, il éclate carrément de rire avec moi. Il s'en tient les côtes. Et de le voir ainsi, j'en ris de plus belle. Nous rions de concert, à nous en rouler par terre. C'est un cercle infernal où chaque hoquet de l'autre nous fait repartir pour un tour. Le bonheur nous martèle les tempes et nous coupe le souffle. Plus rien n'existe à part lui et moi qui sommes pliés en dix. Nous deux dans notre bulle. Je perçois vaguement les autres qui nous dévisagent, perplexes, et qui s'interrogent sur la cause de notre fou-rire soudain. Mais ils ne peuvent rien voir de comique dans la situation, si ce n'est nous deux qui rions à en perdre haleine et sans aucune raison apparente. Et dans notre univers souriant, nous nous regardons. Intensément. Nous nous mangeons le visage des yeux. Pour la première fois depuis nos retrouvailles. Il y a une urgence dans l'air euphorisant qui nous encercle. Nous sommes affamés, avides de dévorer l'autre du regard, d'écrire ses traits dans notre mémoire, de les graver à jamais dans nos rétines, de lire en lui ce qui émane de nous-mêmes. Et malgré la distance physique entre nous, j'ai tout d'un coup l'impression de sentir sa respiration haletante sur ma peau, dans mon cou, que son visage se trouve à moins de trois centimètres du mien, comme sous l'effet d'un sortilège, d'un objectif télescopique qui nous rapproche soudainement. Presque trop vite, et tout devient un peu flou et étourdi. Je nous sens en équilibre au bord d'un précipice vertigineux, à nous balancer d'avant en arrière pour essayer tant bien que mal de garder les pieds sur la terre ferme. Le vent souffle, grisant, et il semble prendre plaisir à nous pousser tantôt à droite, tantôt à gauche… Dans les bras l'un de l'autre. Il s'amuse avec la perspective, et appuie rapidement sur le zoom avant/arrière pour retourner nos intestins d'une bourrasque et faire danser des étincelles en tornade dans notre tête. Je me sens toute chose, et au final, au milieu de ce feu d'artifices, je ne sais plus très bien où regarder. Alors je détourne mon regard du sien et je brise la bulle qui nous entourait. Je l'entends se déchirer dans un bruit de tissu que l'on lacère et d'ongles qui raclent sur un tableau. Je la vois tomber en lambeaux à nos pieds, et je dois me retenir pour ne pas m'agenouiller en pleurant et tenter de la recoudre. Parce que même si elle est couverte de fils qui filochent et qu'elle tiraille un peu dans la couture des cicatrices, elle

> reste magique. Parce que je nous y sentais proches. Comme avant. Les autres pouvaient nous prendre pour des fous, je m'en moquais. Parce que perdue dans son regard, je me sentais pousser des ailes. Je pouvais voler. Et que lui, il volait à mes côtés. Alors que maintenant, il me tourne le dos et je le vois qui se débat pour couper le fil qui nous a reliés pour un instant. Pour oublier ce détail, tout petit, tout ridicule, qui nous a projetés dans la dimension de notre enfance. Mes souvenirs, je les ai vus se relever et retourner à la vie. Comme dans mes rêves les plus fous. Et je me dis qu'il n'est peut-être pas trop tard. Qu'Arianne a peut-être raison. Qu'il peut revenir. Que tout est possible si j'y crois vraiment. Pour de vrai. Et en contemplant les restes de notre bulle, qui brillent comme des arcs-en-ciel à mes pieds, j'ai envie d'y croire. Je ne peux pas m'en empêcher, de me le dire. Que ce petit garçon que j'aime encore, que je n'ai jamais cessé d'aimer, il n'est pas mort en ce jour pluvieux où il m'a posé un lapin. Il y a plus de dix ans.

Et le bleu turquoise, il surgit au détour d'un chemin comme un mirage moderniste, une couleur toute droite sortie du tube et que l'artiste a eu la flemme d'adoucir et de nuancer. Une masse bleu fluo contenue entre des montagnes comme dans un bocal d'une précipitation géante d'ions cuivrés. Sur la berge, partout, des lupins sauvages violets et roses qui surgissent par miracle entre chaque gros galet gris et poli. Au loin, on distingue une toute petite église de pierres grises, perdue au bord de l'eau au milieu de nulle part. Si petite parce qu'elle ne veut pas prendre trop de place dans le paysage. Parce que si Dieu existe, il est finalement bien insignifiant à côté des merveilles qu'il a créées. Et qu'elles lui ont depuis longtemps volé la vedette. Tout est en parfaite harmonie, les proportions sont celles d'un conte de fées, les couleurs celles de la vraie vie, celles du présent qui danse avec le soleil couchant.

Alors je reste là, à contempler les flots de mon imagination. Les autres, je les entends qui s'activent, qui sortent la nappe de pique-nique et cassent les œufs durs. Moi, je reste immobile, face au lac, les yeux grands ouverts. Enfin. Je laisse ce vent frais me caresser les joues. Et si des larmes coulent, c'est qu'il fait tomber la crasse qui m'obscurcissait la vue. C'est qu'il me purifie, et purifie l'atmosphère avec. C'est un vent de renouveau. Un vent qui emporte mes regrets au loin, qui me débarrasse des poids qui encombraient chacun de mes pas, qui enlève l'intransigeance qui couvait tout doucement en moi et maintenait une dernière petite barrière accusatrice entre ma mère et moi. Les yeux qui pleurent et les pensées perdues dans ce lac bleu turquoise, je me rappelle d'une conversation que j'avais eue avec Ivy en Grèce, il y a quelques mois et que j'avais remisée dans un coin. À la voir remplie de tant d'insouciance, si heureuse dans l'instant qui se déroulait devant ses pas, je lui avais demandé un soir : « Comment tu fais ? Comment tu fais pour sourire comme ça, sans arrière-pensées, après avoir passé plus de vingt ans de ta vie prisonnière dans une tour de verre ? » Elle s'était arrêtée et m'avait regardé, surprise. Puis elle avait haussé les épaules, elle avait posé son index sur son nez, et froncé les sourcils, ce qu'elle fait toujours lorsqu'elle réfléchit profondément. Elle avait fini par articuler une phrase toute droite comme sortie d'un livre d'auto-psychanalyse pour dépressifs débutants : « La vie est trop courte pour qu'on la gâche en l'encombrant de mauvais souvenirs » avant de repartir à compter les vagues, ou les galets, ou les grains de sable. Et moi, j'étais resté figé là, à me dire que oui, c'était bien vrai. Mais que ce n'était pas si simple de laisser ses souvenirs derrière soi sans être tenté d'y jeter un petit coup d'œil réprobateur de temps à autre. Et maintenant, face à ce lac, nos paroles résonnent de nouveau dans ma tête, puis elles se réverbèrent à la surface de l'eau et reviennent vers moi en ondes de choc sonores déformant chacune de mes cellules. Parce que si je les avais comprises à l'époque, jamais je ne les avais ressenties vibrer au fond de moi, puis entraîner mon passé avec elles dans leur écho mourant déjà au loin.

Lorsque je rejoins enfin les autres et que je m'assois à côté d'eux pour manger, je les trouve plus vivants qu'avant. Plus propres, brillants comme des sous neufs, récurés des couches sordides de la vie quotidienne. Et à les regarder tous, si pleins de vie et d'exubérance, je sens un petit mot qui naît au plus profond de mon cerveau. Un petit mot qui parvient enfin à briser sa coquille et couine pour que je lui accorde l'attention qu'il mérite. Un petit mot qui part en feu d'artifice, monte au ciel et se multiplie comme jamais encore il ne l'avait fait. Bingo.

Je vois enfin la vie sans bandeau, je la vois au soleil et non pas à travers la toile de lin de mes souvenirs. De tous côtés, je la sens. Je l'entends. Dans l'odeur du pain frais qui me monte aux narines. Dans le chant de la cigale qui s'égosille vainement à mes pieds. Dans le noir profond de la toison du petit mouton qui hésite à venir nous saluer et nous contemple avec indécision. Tous mes sens s'éveillent enfin, ils se sont débarrassés du placebo qui les protégeait inutilement et les coupait de la puissance de mon entourage. J'ai la sensation de sortir du coma. Et le fantôme qui était le mien et arpentait le monde à ma place, il était bien pâle en comparaison du goût de la vérité.

Je découvre des liens que j'ignorais, comme des enlacements de peintures de couleurs différentes qui se mélangent doucement dans un grand seau d'eau. Et avant, tout était flou. Les couleurs étaient diluées au fond et je ne pouvais pas les percevoir nettement. Mais maintenant, je peux les ramener à la surface et j'admire leurs spirales qui s'épousent tendrement. Entre l'air que je respire et les sensations olfactives que je reçois. Entre l'orientation des rayons du soleil et les reflets dans les cheveux d'Arianne. Entre les doigts de ma sœur sur son livre et la trajectoire du regard de Vassili. Entre le pouls de ce dernier et le rythme respiratoire d'Ivy. Et soudainement, je réalise que la tension dans l'air n'est plus la même qu'avant, qu'elle a subi un changement subtil. Les nuances sont différentes. Elles sont toujours tout aussi vives, mais elles sont aussi passées dans des couleurs chaudes. Elles ne se côtoient plus pour former des arabesques, elles se sont avalées les unes dans les autres. Et que si ces deux-là s'évitent encore, ce n'est pas pour ne pas faire d'étincelles de discorde. Non. C'est pour ne pas faire d'éclairs. Lorsque l'on cherche tous à se laver les dents en même temps en se tassant dans la seule partie accessible de la berge d'un ruisseau presque à sec et que leurs petits doigts se frôlent au-dessus du maigre filet d'eau, il se dessine un immense arc électrique entre eux deux. Lorsqu'ils se touchent, un circuit électrique s'établit. Et s'ils essayent que personne ne le remarque, pas même l'autre, il faudrait être aveugle pour ne pas se rendre compte qu'ils se cherchent constamment du regard tout en s'évitant. Qu'ils fouillent le monde des yeux avec pour seul but, l'impatience maladroite d'effleurer l'autre dans leur champ de vision. J'ai été aveugle. Et il faudrait être sourd pour ne pas entendre que s'ils ne s'adressent la parole que pour parler de la pluie et du beau temps à l'occasion, c'est que leur météo au beau fixe symbolise la fièvre de leurs intonations. Ils ne cherchent que le soleil que les paroles de l'autre font briller dans leur cœur et entre leurs mains. J'ai été sourd. Comme un pot.

Maintenant que je vois enfin, maintenant que j'ai compris comment regarder en dehors de moi-même, je ne sais pas quoi faire. Je ne sais pas quoi dire. Parce que si Vassili est devenu un ami, ce n'est pas pour autant que j'apprécie son rapprochement soudain de ma sœur. Loin de là. Bien au contraire. J'ai peur qu'elle ne se blesse, qu'il ne la blesse. Il va la blesser. Parce que je sais ce qu'il a été, ce qu'il reste encore tout au fond de lui, ce que je lis parfois dans ses sursauts et ses sautes d'humeurs.

Je voudrais la protéger, la mettre dans un cocon et en bannir tout ce qui n'est pas digne d'elle. Tout en bannir. Parce que c'est ma sœur. Et que personne ne touche à ma sœur sans avoir affaire à moi. Rien que de penser à la douleur certaine qui l'attend en s'attachant à quelqu'un comme lui, j'ai des envies de meurtre. Mais en même temps, il y a une petite voix au fond de moi qui me chuchote que j'exagère, qu'elle a le droit de vivre. Qu'un cocon ne la protégerait pas, il l'emprisonnerait. Comme avant. Comme dans sa tour de verre. Et que c'est bien la dernière chose que je voudrais lui faire. Que c'est sa vie, pas la mienne, et qu'elle peut la mener comme elle l'entend et faire ses propres erreurs. Mais je ne veux pas qu'elle perde son innocence, ce regard enfantin qui fait qu'elle sourit de tout, du destin et de ses moindres petits détails. Et avec Vassili, c'est une certitude. Parce que si elle, elle n'en a rien vu, de la vie, lui, il en a trop vu. Et qu'il ne pourra pas s'empêcher de déteindre, de déverser un peu de son monde cruel dans ses grands yeux purs qui ne demandent qu'à se remplir, à découvrir les choses sans se rendre compte que certaines sont coupantes. Et qu'une fois que la rétine a été impressionnée, elle ne verra plus jamais comme avant.

Mais avant que je ne puisse intervenir pour lui expliquer, à ma sœur, pourquoi ses sentiments ne se termineront que dans un cul-de-sac, Arianne me prend à part. Elle me sermonne que ce n'est pas à moi de décrire la fin du chemin à Ivy et qu'elle doit la voir de ses propres yeux, parce qu'au-dessus du grillage de cette fin de route brillera peut-être le plus beau des couchers de soleil, ou qu'entre les mailles poussera peut-être la plus précieuse des orchidées. Elle m'explique le plan. Celui qu'ils ont formé tous les deux lors de notre traversée en bateau et qui donne un sens à leurs messes basses et leurs regards entendus. Vassili conduit Ivy en Espérance. Certes. Je le savais déjà, que c'était notre destination.

Mais pas comme je le pensais.

Espérance, il l'a créée quand il avait six ans.

Espérance, c'est le pays qu'il a inventé pour permettre à l'imagination de ma sœur de sortir de son quarante-huitième étage et de parcourir les collines de la plus belle contrée du monde.

Espérance n'existe pas vraiment.

Ce n'est que le rêve d'un petit garçon qui voulait à tout prix aider son amie en lui promettant un futur radieux dans cet endroit secret qu'il était le seul à connaître.

Espérance…

En fait, ça fait un mois que l'on poursuit un songe. Espérance, ce n'est qu'une histoire. Elle n'existe pas mais pourtant, il nous conduit sur le chemin. Il nous construit un immense jeu de pistes, une fable grandeur nature, un parcours de réconciliation et de guérison interactif. Et s'il espère la trouver, s'il espère pouvoir y conduire Ivy avec l'aide d'Arianne, ce n'est que pour remplir la promesse qu'il lui a faite il y a plus d'une décennie. Et puis parce que l'atteindre, ils en ont tous les deux besoin. Depuis tout ce temps, ils ont avancé dans la vie, ils ont tourné à droite plutôt qu'à gauche, mais toutes les décisions qu'ils ont prises, ce n'était que dans l'espoir de faire revivre leur enfance tronquée, tuée dans l'œuf. Dans l'espoir de retrouver l'autre, et de voir se rallumer dans ses yeux la flamme qui y dansait, il y a plus de dix ans. Parce qu'ils y ont vraiment cru, parce qu'ils y croient encore. Et que Vassili, il a la force d'un dieu qui brille dans ses prunelles quand il en parle. Dans ses mots se dresse l'univers, et il le courbe à volonté. Il a quelque chose en lui, quelque chose qui le rapproche des nuages et peut faire tomber la pluie. Et que vu son passé, vu qu'il a su percevoir des formes là où le reste du monde ne voyait que du vide, il serait sage de lui laisser une chance. Des miracles, il y en a déjà eu, il en a créés. Mais que ça demande d'y croire de toute son énergie, de tout son cœur. Et que si j'aime vraiment ma sœur, si je veux vraiment l'aider, autant que Vassili l'aime d'une âme émerveillée de petit garçon, et l'aide de toutes ses forces, et sans doute bien au-delà d'ailleurs, parce qu'il se vide et s'épuise à mettre toute sa vie dans son regard enfiévré à dévisager l'horizon en quête d'Espérance, il faut que je leur laisse ces quinze jours qui restent à rêver et s'imaginer qu'il y a des possibles. Parce que même si rien ne se passe, c'est toujours quinze jours de bonheur emmagasinés pour leur réchauffer le cœur quand le vent tournera, les détournera l'un de l'autre et qu'il soufflera, glacial, sur leurs terres d'accueil et leur cœur. Enfin bref, Arianne aurait dû être avocate, et je suis convaincu par ses arguments. Depuis un mois ils nous mènent en bateau, mais c'est un beau bateau. Il donne de l'espoir et il fait voir les lumières au bout du tunnel. Je leur laisse leurs quinze jours. Et puis lorsque l'on aura atteint Espérance, nous repartirons tous de notre côté. À chacun son chemin.

Lorsque Vassili vient nous retrouver pour nous dire que nous repartons, je le regarde d'un autre œil. Ce n'est pas de l'animosité pure, mais je suis tout de même méfiant. De tous les hommes sur terre, il a fallu que ma sœur tombe sur le plus amoché de tous, tout du moins émotionnellement. Je le maudis un peu, parce qu'il a dû faire quelque chose pour provoquer ça. Parce que c'est un miracle qu'Ivy s'attache éperdument à un gars auquel il manque des doigts, un gars qui porte son passé peu glorieux en bandoulière sur les brûlures de son visage. Et je sais que je suis injuste : le passé n'a pas à définir le présent d'une personne. Mais quand même, il s'agit de ma sœur, là. J'ai envie de lui crier que ce n'est pas possible, de le supplier de lever le sort qu'il lui a évidemment jeté lorsque je me rends brusquement compte que je ne l'ai jamais vraiment regardé, en fait. Je serais incapable de le décrire physiquement, passé son histoire et ses cicatrices. Je n'ai jamais cherché à voir plus loin. Quant à son charisme, je m'y suis habitué, on s'y est tous habitué. Il fait partie de ces êtres magnétiques, tellement magnétiques qu'on en oublie qu'ils ont un corps. Ils ne deviennent qu'énergie.

Alors je le dévisage pour la première fois, avec mon regard tout neuf, et la réalisation me tombe soudain dessus comme un boulet de canon. Malgré ses quelques phalanges en moins, malgré ses brûlures qui commencent d'ailleurs à disparaître, il est beau. De cette beauté sans nom qu'ont les bêtes sauvages au fin fond de la Sibérie. Si beau que quand il regarde Ivy sans qu'elle le sache, le monde se concentre sur son visage et qu'il brûle les yeux dans sa grandeur. Il les fait pleurer, de foi retrouvée, de foi découverte, et de trop plein. Parce que sa beauté, elle est aussi intense et libre qu'un feu de forêt que rien ne peut contenir. Aussi effrayante de vie et de mort, aussi parfaite. Aussi affamée. Elle est carnivore. Elle rayonne les étincelles de sa magnificence de tous côtés, et je comprends que peut-être n'est-ce pas vraiment de sa faute si Ivy se retrouve prise dans son sillage. On voit bien qu'il essaie de faire taire sa flamme, de l'enterrer, qu'il est conscient de son pouvoir alors qu'il la dissimule derrière son passé, il la cache mais il continue malgré tout de briller comme une lampe sur laquelle les papillons les plus chatoyants ne peuvent que venir se brûler les ailes. De sa beauté émane une lumière que les êtres perdus sont voués à suivre aveuglément. Et lorsqu'elle rencontre son charisme, ils se mélangent à gros bouillons et il en résulte un cocktail Molotov qui fait de lui un grand seigneur des temps anciens, même parmi les dieux.

Et puis passé le choc, lorsque ma rétine se réajuste à la pâle lumière du jour par rapport à celle qui couve en lui, je commence à le plaindre. Parce que je réalise le déchirement de la séparation à venir, parce qu'il cheminera toujours seul. Il est l'un de ces loups solitaires. Il ne peut être lui, vraiment lui, que dans ce schéma d'isolation. C'est un phénix. S'il peut renaître de ses cendres et voler plus haut que jamais, il sait parfaitement que personne ne peut l'accompagner. Personne ne peut survivre dans son brasier, ne pas suffoquer dans sa poussière avant de s'envoler avec lui à la fin. Sa beauté, elle dévore. Elle dévore jusqu'à la lumière du jour, jusqu'aux atomes d'oxygène qui flottent dans l'air. Et c'est pour ça qu'il l'éloigne, qu'il la tamise et la soustrait à notre vision. Pour nous laisser respirer. Pour nous laisser vivre. Alors au final, je lui fais confiance. Je sais qu'il fera tout ce qu'il peut pour sauver Ivy, qu'il est prêt à en mourir, je le lis maintenant dans ses yeux aussi clairement qu'Arianne.

Au lac miroir, l'air qui s'y reflète est si pur que l'on s'entend respirer comme si l'on se tenait à l'intérieur de son propre crâne. Au sommet de son plateau, il se tient là, servi sur de l'or et de l'argent. Les rochers qui s'y déversent s'y dédoublent. Leur reflet est tellement réaliste qu'à trop le regarder, on ne sait plus où est l'endroit de l'envers. On a presque envie de se mettre à marcher au ciel, la tête en bas, mais les montagnes resteraient à tendre leurs sommets dans la bonne direction. Et qu'il y ait un mètre de fond, deux mètres, vingt mètres, c'est du pareil au même. L'eau est si claire que l'on a l'impression de n'être qu'à quelques centimètres des algues colorées qui s'agitent lentement, bercées par des courants chauds.

Et je veux tendre le bras, y mettre la main, puis le corps et les rejoindre pour danser avec elles. Parce que tout semble si doux, si calme. Je pourrais m'y glisser et me laisser porter comme un songe léger. Je me retiens d'y mettre un doigt, d'y plonger tout entier, tout habillé. Ce lac, il agit comme un précipice vertigineux. On sait que sauter n'est pas la meilleure des idées, mais à trop perdre son regard dans son gouffre magnifique, on se dit que l'on pourrait voler, porté par les courants d'air qui l'habitent. On a les pieds qui nous démangent de faire un pas, un tout petit pas en avant. La mélodie du gentil clapotis de l'eau m'y invite certainement. Elle m'apaise, et elle déverse du baume sur mes plaies. Je me dis qu'à y plonger, dans ce remède, j'accélérerai peut-être ma guérison. Je gommerai mes cicatrices et j'en sortirai aussi pur que l'eau qui m'entoure. Ce lac, c'est le miroir de l'âme. Tous les reflets y sont beaux, même celui du plus laid des insectes. Un peu comme Narcisse, j'aimerais m'y noyer, dans ce reflet. Parce que lorsque l'on y pose son regard, ce que l'on découvre, c'est notre potentiel. Ce ne sont pas les erreurs et le passé. Simplement l'instant présent et son univers de possibles. Je me retrouve libre, à marcher dans les herbes hautes, à sentir la caresse des tiges sur mes doigts, à sentir Ivy qui marche à mes côtés. Côte-à-côte, nous allons. Et dans le silence, le vent chante à nos oreilles. Tous les problèmes du monde s'évaporent, il n'y a plus de questionnements. Il ne reste plus que l'union parfaite de l'univers au-dessus de nos têtes. Tout s'illumine et apparaît enfin dans sa simplicité originelle.

Mais je ne peux pas plonger et me laisser couler. Seuls les plus grands peuvent ainsi embrasser leur destinée. Je suis cette feuille morte qui flotte sur l'eau et qui y dépose son empreinte. Une feuille morte flottant à la surface, tout doucement, qui se laisse lentement porter comme le bateau funèbre en feu d'une saison passée trop vite. Mais déjà, les arbres bourgeonnent à nouveau. Et à ne pas vouloir perdre la feuille morte des yeux, à m'y accrocher comme à un esquif de fortune qui dérive sur la route de mon destin, j'ai failli rater ce miracle des petites pousses qui s'ouvrent timidement à la vie. Elles demandent au printemps de leur laisser une deuxième chance et à l'été de ne jamais finir cette année. Et je vois avec émerveillement mon destin qui s'épanouit au cœur de chacune

> d'entre elles. Plus fort que jamais, nourri de cette sève revigorante. Je relève la tête pour les contempler, parce que les portes d'Espérance s'ouvrent en grand devant mes yeux et les trompettes de ma victoire sonnent aux oreilles du monde. Nous sommes proches, si proches.

Et le lac gris argenté, qui est mon préféré.

Le lac gris argenté, c'est là où les montagnes se croisent avant de s'y échouer en decrescendo. Pour y arriver, il faut serpenter entre des monts de fer, trébucher sur un petit chemin chaotique qui se tient en équilibre au bord du précipice. Il faut lutter contre de longues touffes d'herbes drues, séchées par le vent et les années, qui s'accrochent à nos jambes et entravent notre progression. Il faut subir des litres de pluie qui nous transpercent de part en part. Il faut descendre aux enfers. Et en arrivant tout en bas, lorsque l'on s'attend à voir surgir des flammes au détour d'un tournant, on se retrouve projeté au paradis. On arrive au lac. Il est devant nous, grandiose, serein. Immobile. Tout simplement.

Il est si beau.

> Avec ses nuances de gris, parce que c'est la vie. Mais pas trop quand même. Parce que trop, ça devient noir et qu'il arrive un moment où qu'importe la quantité de blanc que l'on y mélange, elle s'y perd.
>
> Avec l'argenté de sa surface qui renvoie son image au monde après l'avoir rendue brillante. Mais pas trop quand même. Parce que trop, ça éblouit, et ça serait dommage de devoir fermer les yeux et de rater une minute du spectacle de la vie.
>
> Et moi je le regarde, et je l'aime déjà, ce pays où nous avons atterri. Je l'aime tellement. Parce que d'ici, on peut presque prédire l'avenir aux Américains. Eux qui pensent détenir les clefs de tous les mystères, les pauvres. Ils n'ont en fait rien compris.

Tous assis à table, à nous passer le pain et le pâté, en parlant fort, en nous coupant la parole, en riant, je nous trouve beaux, avec nos airs épanouis flottant dans cette atmosphère de carte postale du siècle dernier. Je me dis que du chemin, on en a parcouru. Plus qu'il ne peut se compter en kilomètres. Je sens un petit pincement dans mon cœur en pensant que bientôt, tout prendra fin. La suite sera tout aussi bien, mais je n'aurais jamais plus vingt-et-un ans. Et je n'aime pas vieillir. Depuis toute petite, j'aimerais geler le temps et tout ce qui m'entoure. Parce que tout est toujours si parfait que je ne veux jamais que ça passe, que ces mémoires se dissolvent dans le reste de mes années. Et que je finisse par les garder en jolis souvenirs, mais sans ressentir les élancements joyeux de quand je les vivais. Comme la surface de ce lac argenté, j'aimerais pouvoir tout refléter à la fois. Ne pas avoir à choisir, ne pas avoir à grandir.

Le lendemain matin, Vassili leur annonce qu'ils approchent de leur but. Espérance n'est plus qu'à une journée de marche. Il suffit qu'ils prennent tous la Route du Paradis, et ils devraient l'atteindre avant la nuit. Ivy se moque de lui et le taquine. « La Route du Paradis ?! Et bien au moins c'est clair, comme nom ! En fait, on n'avait pas du tout besoin de guide !» Mais il n'y peut rien, ce n'est pas qu'il exagère. Elle s'appelle vraiment comme ça sur les cartes. Et si les gens ne connaissent pas Espérance, c'est tout simplement parce que personne n'a jamais su aller jusqu'au bout. Qu'ils se sont tous égarés en route, qu'ils en ont oublié leur but ultime, à vouloir explorer les terres magnifiques qui brodent le sentier, alors qu'elles ne sont pourtant que le prélude du vrai paradis. Mais eux, ça sera différent. Ils y arriveront, à la fin du chemin. Et lorsqu'ils y seront, ils verront les portes d'Espérance s'ouvrir devant eux.

Ils bouclent tous leur sac à dos à la hâte, les mains presque tremblantes d'excitation et une sorte de frénésie nouvelle flotte dans l'air. Ce soir, ils dormiront en Espérance. Ils s'allongeront sur les pentes de ses collines, ils fermeront les yeux et ils s'endormiront dans l'herbe douce, bercés par la mélodie de l'eau rose du ruisseau qui coule à côté d'eux.

Ils partent et chaque pas qu'ils font devient plus facile avec le temps. Comme si une force mystérieuse les guidait et les poussait à accélérer. Ils passent les obstacles sans vraiment les voir. S'il faut se déchausser, retrousser son pantalon, mettre les pieds dans l'eau glacée et traverser en équilibre sur la poutrelle d'un pont instable un torrent qui est sorti de son lit, ils le font sans poser de questions. S'il faut traverser des champs de brume et de nuages, en marchant en file indienne et en se tenant la main pour ne pas se perdre dans cette purée de pois, ils le font sans rechigner. Et si dans cette brume, il faut escalader des montagnes, grimper sans trébucher ni basculer pardessus bord, sans perdre pied, ils le font sans se plaindre. Ils suivent Vassili. Ils se tiennent bonne compagnie dans ces paysages du bout du monde. Leurs pas s'enchainent, réguliers et stables, parce qu'ils savent que s'ils trébuchent, les autres seront là pour les relever et panser leurs genoux ensanglantés. Ils sont silencieux, mais ce silence-là ne pose pas de chape de plomb sur leurs lèvres. S'ils se taisent, c'est parce que tout est dit. C'est parce qu'ils n'ont plus besoin de parler pour se comprendre. Alors ils posent un pied après l'autre, ils se hissent lentement au sommet de la montagne en se tendant la main pour franchir les rigoles profondes qui marquent le chemin.

À force d'efforts suants et d'encouragements muets, ils finissent par passer au-dessus des nuages. Ils contemplent la masse vaporeuse qui flotte derrière eux et ils s'immobilisent là pour un instant magique, à la frontière entre ciel et terre, là où le sol surplombe l'atmosphère et où la brume s'efface enfin pour laisser place au ciel bleu.

Le soleil brille sur l'autre versant, celui qu'ils n'ont qu'à descendre en se laissant porter par l'élan de la pente.

Et ils comprennent mieux d'où vient le nom de la route. La Route du Paradis. Parce que les paysages qui s'étendent maintenant devant eux semblent tout droit sortis d'un conte de fées. Il y a des fleurs partout qui couvrent les flans des collines d'une grande robe jaune. Les arbres sont rouge vif et plient sous le poids des grappes de bourgeons qui en descendent en cascade. Une odeur enivrante s'élève et l'on s'attend presque à voir les effluves se dessiner en torsades dans le ciel comme l'arôme d'un bon plat fumant par une journée bien froide. Au loin, d'autres montagnes se dessinent en tresses comme des estampes japonaises. Elles se dressent de rien et leurs surfaces ravinées se rejoignent comme autant de minuscules cours d'eau prolixes.

Ils entament la descente et ils arrivent devant une petite rivière toute caillouteuse dont ils suivent le serpentement pendant quelques kilomètres. Les saules-pleureurs qui la bordent se dressent, majestueux, et jouent le rôle d'immenses parasols qui capturent le murmure de l'eau pendant une seconde. L'ombre de chaque feuille se découpe sur le sol, fine et ciselée, et se transforme en des milliards de minuscules éclats de cristal qui luisent dans la lumière. Autant de larmes douces-amères qui brodent le chemin et leur indiquent le fil à suivre. De petites buttes morcèlent et parcellent la route, comme des rizières aménagées où poussent des arbres de plus en plus grands. Ils se retrouvent bientôt à sauter les racines qui zèbrent le sentier en une marelle géante et infinie. Le feuillage se fait plus dense, l'air plus frais, la route plus étroite et moussue. Une odeur de bois mouillé flotte dans les airs. Un lichen bleuté couvre les pierres et dessine de grands lambeaux de ciel sur la terre ferme.

Et s'ils regardent autour d'eux et ne peuvent pas s'empêcher d'admirer le paysage, de vouloir s'arrêter pour cueillir une fleur ou ramasser un caillou, Vassili est là, et il veille à ce que jamais, ils ne s'égarent trop loin du chemin. Ils continuent. Inlassablement. Inéluctablement. Ils vont de l'avant. Transportés dans le regard enfiévré de Vassili. Vassili qui titube souvent et qui scrute l'horizon, en transe. De grosses gouttes de sueur perlent à son front, et dégoulinent. Elles poursuivent la course du soleil qui se termine.

Doucement, la lumière se tamise et le gros rond orangé qui restait posé à l'horizon finit par disparaître derrière les montagnes. Sous la caresse de ses derniers rayons, de la poussière d'or s'évapore des sommets. Fascinés par le spectacle, ils ne remarquent pas tout de suite qu'ils viennent d'atteindre la fin de la rivière. Ils se trouvent face à un petit lac qui se dégage du milieu d'une clairière aux tons pastel. Quelques rayons de soleil s'y attardent encore, pris aux pièges dans la valse des feuilles des arbres avec le vent. Ils s'éparpillent dans la trouée de la clairière et se posent en arc de cercle à la lisière du lac qu'ils semblent ouvrir comme les portes mirobolantes d'un Eden sacré. La lumière vibre et se vrille dans la poussière en apesanteur qui tournoie dans l'air, et tout est un peu flouté comme un vieux film italien qui tente de capturer l'atmosphère d'un chaud début de soirée d'été en Toscane. Et l'eau est saumonée, nacrée, elle renvoie cette couleur rose qui fait baigner l'espace dans un songe léger. Saisis par la beauté magique de l'endroit, ils ne s'aperçoivent pas que Vassili s'est arrêté et fixe follement les berges du lac. Il faut qu'ils lui rentrent presque dedans pour quitter la douceur du paysage, redescendre sur terre et suivre la trajectoire de son regard.

Au loin, au bout du regard de Vassili, ils les voient qui s'abreuvent dans le lac rose, immobilisées dans le soleil couchant. Ils voient les deux licornes qui se tiennent en suspension dans les derniers rayons de lumière. Leurs bouches s'ouvrent d'une surprise muette. Ils retiennent leur souffle de peur de rompre le charme. Arianne serre très fort la main d'Ivy dans la sienne. Vassili, dont tout le corps était tendu comme un arc en pleine concentration, relâche la pression, ferme lentement les yeux, finit par respirer avec soulagement, et brise le miracle. Les deux licornes tournent vivement leur tête vers eux, apeurées. Elles les dévisagent pendant un bref instant et partent au galop se réfugier sous le couvert des arbres. Elles disparaissent en silence, sans marteler la terre, dans une course aérienne qui leur fait presque pousser des ailes tellement elles semblent voler, sans d'autre son que le bruissement sifflant du vent qu'elles ont déplacé.

Ils en restent là à se regarder avec incrédulité, avec sur le visage cette expression méfiante d'enfants déjà un peu âgés et doutants qui auraient juste surpris le père Noël la main dans le sac. Parce que même si c'était leur but depuis le départ, il n'y a bien qu'Ivy qui y croyait aussi dur que fer. Les autres ne faisaient que la suivre sur les traces de son rêve. Ils se questionnent mutuellement. Ils se touchent pour se rassurer. Ils n'ont pas eu la berlue. Ils ont bien tous vu la même chose. Des licornes, des licornes qui se tenaient à moins de cinq cent mètres d'eux.

Vassili se tient toujours à l'avant du groupe, et il s'assoit en tailleur. Il pose ses mains sur la terre et ses lèvres remuent dans une prière sans nom au sol qu'il touche. Et toute la nuit qui flotte dans l'air se concentre sur son front et lui dessine une étoile de lumière.

À l'arrière, Ivy saute et danse de joie. Elle entraîne les autres dans sa farandole de bonheur. Ils semblent décontenancés au départ, mais ils se laissent rapidement porter dans son élan de bonne humeur contagieuse.

Arianne est la première à la joindre dans sa danse endiablée. Au milieu d'un saut particulièrement élevé, elle croise Vassili du regard. Elle lui sourit à pleines dents, encore plus pétillante que d'ordinaire, mais il est trop épuisé pour le lui rendre autrement qu'en pensées. Elle rit, elle rit, elle ne peut plus s'arrêter, et elle lui envoie dans un murmure « Tu l'as fait ! Je le savais !». Il hoche imperceptiblement la tête et la commissure de ses lèvres se retrousse d'un côté. Il rit avec elle. Dans ses prunelles, son rire résonne en écho. Parce que leur plan fou a fonctionné. Ils y sont parvenus. Il y est arrivé. Avec la force qu'elle lui a donnée en y croyant. En croyant en lui. Elle a fait fuir le noir qui avait envahi son âme et elle l'a rendu à la lumière. Et dans le jeu de ses rayons, il a retrouvé son pouvoir d'antan. Sa capacité d'imaginer le monde en couleurs. De donner vie aux dessins qui se bousculent dans sa tête. Au loin, il entend sa sœur Yeva qui l'applaudit, puis qui se dissipe lentement. Elle lui laisse enfin les devants de la scène. Comme dans ses rêves d'enfant, elle disparaît. Et au final, elle va lui manquer. Mais il sent sa présence qui vibre en lui, il se sent capable de soulever l'univers maintenant qu'il la porte dans sa poitrine et que son étoile scintille à son front.

Même Gabriel, qui avait suivi l'idée d'Arianne sans bien y croire, se retrouve à planer d'en avoir vu, des licornes. Tout comme sa mère, qui y croyait encore moins si possible, qui se sent remplie de joie, qui retombe en enfance et dans la vision mystérieuse qui vit désormais en elle, qui trouve la terre plus large et magnifique que jamais.

Dans cette lueur entre chien et loup, tous, ils se bousculent pour serrer Vassili dans leurs bras. Ils le couvrent d'un regard protecteur. C'est leur créateur de miracles à eux. Ils l'apostrophent et lui envoient des accolades à faire trembler un géant.

Le crépuscule les surprend à gambader joyeusement autour de celui qu'ils considèrent comme un dieu et la nuit tombe définitivement sur ce tableau utopique d'une petite communauté euphorique. Parce qu'ils ont vu des licornes. Pour de vrai. Elles se sont tenues devant eux. Ils ont senti leur souffle. Ils ont vu des licornes.

Alors, eux qui étaient frais comme des roses pompons sentent soudainement la fatigue d'une longue journée qui leur tombe sur les épaules et qui les fait sombrer au-delà de leurs célébrations. Pareillement à leurs pensées du matin, il y a déjà une éternité, une vie toute entière qui bat en eux, ils s'allongent dans la clairière, ferment les yeux et rejoignent les bras de Morphée au doux murmure de l'eau rose. Et même dans le plus grand des silences de ce milieu de nuit, de la musique résonne dans leur tête. Ils rêvent. D'une marche triomphante qui galope dans leur esprit, et de l'ode envoûtante d'une flûte de pan qui égraine lentement ses notes dans un crescendo infini. Ils sentent sur leur peau le souffle du musicien qui vide ses poumons dans son instrument, comme les naseaux des licornes qui les effleurent lorsque, curieuses, elles se rapprochent pour contempler leurs premiers êtres humains. Et s'ils se réveillent un peu et flottent dans cette dimension comateuse, entre rêve et réalité, des matins où l'on ne veut pas se lever, ils n'ouvrent pas les paupières de peur de briser la féérie de cette nuit sans nom.

Le lendemain, voici venu le temps des adieux. Et c'est beaucoup plus dur qu'il ne l'aurait cru. Pourtant il se doit de le faire. Il se le doit. Parce qu'il se l'est juré. Plus que jamais, il veut protéger Ivy et la sauver, encore, et encore. Parce qu'il est mutilé, qu'il ne se voit toujours que couvert de la laideur repoussante de son passé qui lui a déformé les traits alors qu'elle est entière, et belle, si belle dans sa candeur rafraîchissante. Alors il se doit de l'éloigner. Avant qu'il ne laisse s'imprimer trop profondément dans son subconscient les dix millions d'idées lumineuses qui lui traversent l'esprit quand il pense à elle. Et lui. Elle et lui. Et que c'est bien pire que la pollution. Qu'elles agissent comme un gaz un peu euphorisant et très angoissant. Un gaz qui se propage à toute vitesse et envahit l'espace. Et que chaque brèche qu'il essaye de colmater ne se ferme que temporairement, soudée au chewing-gum. Mais la fuite continue, et sous la pression, il se forme une bulle monstrueuse à chaque arrivée de tuyauterie. Des bulles qui grossissent, et enflent, et explosent. Des bulles dont la disparition projette des graines dans les endroits les plus reculés. Elles se répandent et prolifèrent. Il les sent s'enraciner et grimper, devenir presque trop vigoureuses pour continuer d'être confinées dans sa boite crânienne, ces idées-là. Car plus le temps passe, plus elles grandissent. Elles se transforment en une hydre à mille têtes qu'il ne peut vaincre. Ses tentatives de décorticage des faits clairement et posément arrivent toutes à la même conclusion. Il doit la laisser partir. Mais à chaque fois qu'il raisonne, il y pense encore plus, jour et nuit, et nuit et jour. Il n'en dort plus. Le sommeil le fuit et le laisse plongé dans une sorte de coma à obsession unique dans lequel il se noie. Il ne fait que s'agiter sans but et se retourner dans son duvet et dans ses jours au rythme des pensées qui tournent dans sa tête. Toutes ces idées, elles le poursuivent constamment. Et cela ne fait que renforcer ses sentiments. Il ne voit qu'une solution pour rompre ce cercle vicieux et laisser Ivy à son monde d'innocence, protégée de lunettes teintées en rose. Il doit se séparer d'elle. L'éloigner de sa présence néfaste à tout prix. Parce que, quoi qu'il fasse, il ne peut pas changer son lourd passé. Et qu'elle, elle n'en a pas. Et il veut qu'elle le remplisse de jolies choses, et non pas de l'obscurité inhospitalière des sentiers sinueux et dangereux du sien.

Alors il tend la main à Gabriel et il lui fait ses adieux. Il sent que sa tristesse est partagée mais qu'y a-t-il à dire ? Dans une autre vie, peut-être. Même lorsqu'il serre la main de leur mère, il flotte une aura empreinte de regrets et de non-dits, des « pardons » et des « mercis » qui veulent fuser des deux côtés mais qui ne peuvent pas franchir leurs lèvres gercées et se retrouvent perdus dans des regards déjà lourds de nostalgie.

Au final, il ne reste qu'Arianne et Ivy. Il ne veut vraiment pas leur dire au revoir. À aucune des deux. Il se tourne d'abord vers Arianne et il se trouve ridicule lorsqu'il lui prononce un petit « merci ». Comme si un simple remerciement pouvait exprimer tout ce qu'il lui semble lui devoir. Elle est celle qui a su lui donner une deuxième chance et lui montrer que le monde tournait encore comme autrefois. Celle qui a pu faire fuir ses démons et l'orienter vers l'avant. Celle qui l'a fait redevenir humain. Elle est son amie. Et par ce monde, il a appris que c'est le bien le plus précieux. Elle le coupe dans ses réflexions.

– Tu sais, tu n'es pas obligé…

– Si !

– Elle…

Mais la peine qu'elle lit dans son regard fait qu'elle respecte sa décision et elle se tait sans finir sa phrase. Il n'y a rien à dire. La morale ne peut s'altérer quand elle vient du cœur. Alors elle le serre dans ses bras, pour la deuxième fois, comme quand elle a fait disparaître son fardeau. Et dans son étreinte, il prend conscience de ce qu'il est vraiment. Une grande aura de noblesse se dessine doucement autour de lui, comme celle des chevaliers d'antan. Une aura de pouvoir. Comme avant. Mais elle n'est plus là, rouge sang, pour anéantir l'humanité. Non. Elle flotte dans un halo bleuté et chaud, et l'immense faculté qui se lit en lui, c'est celle d'aider. Sans arrière-pensées et sans restriction. Sans rêve de gloire et de grandeur. Simplement un doux bain de guérison et d'acceptation, sans jugement aucun. Et s'il en sort plus haut, à caresser les nuages, ce n'est pas parce qu'il a écrasé les autres sur son passage. C'est parce qu'ils le remercient en courbant leurs dos, pour qu'il puisse s'en servir d'échelle et accéder aux cieux. Ce ne sont pas ses armes qui font que la foule le chante et le suit, ce qu'ils cherchent, c'est à puiser un peu de paix dans l'infinité de sa force de caractère. Et alors, il se sent simultanément en harmonie parfaite avec le monde et au-dessus de ce-dernier, tout à la fois Dieu et le plus insignifiant des brins d'herbe, un être complet malgré ses parties manquantes, il se sent plus fort qu'il n'a jamais été, il réalise à quel point elle va lui manquer. Il n'aura plus son sourire rassurant pour alléger ses doutes et éclaircir son horizon. Il ne pourra plus compter sur son impulsivité et son mordant pour l'aider à avancer. Il va se retrouver nu et grelottant, seul sur son piédestal à s'offrir aux regards d'un monde qui n'en a déjà plus rien à faire. Comme avant. Mais c'est le prix qu'il a à payer pour y parvenir. Pour être un des grands, il faut aller seul. Le soutien et la confiance des autres ne peuvent le conduire qu'à un certain point. Passé ce cap, c'est à lui de mettre un pied devant l'autre sans déambulateur. C'est à lui de se redresser sous les coups et de sourire au destin, s'il veut avoir une chance que celui-ci lui accorde enfin un signe d'acquiescement en retour. Alors il se redresse, il se sort de cette étreinte si confortable et lui dit au revoir.

Puis il ne reste qu'elle, qu'Ivy. Elle lui donne une accolade et elle lui murmure : « Si l'on y croit très fort, tout devient possible. Moi, j'en ai même vu des licornes… ». Puis ses paroles se perdent dans un tourbillon de vent, enlevées par une grosse bourrasque qui emporte également Ivy et le fol espoir de Vassili avec elle.

Parce qu'il est toujours là, parce qu'il ne s'arrête pas, parce qu'il ne se repose jamais, ni ne laisse de répit, ce vent.

Et qu'il fait tout trembler sur son passage, les arbres et les cœurs.

Ce vent qui ne cesse jamais de battre les plaines de la Nouvelle-Zélande.

Ce vent qui en ce moment lui arrache les mots de la bouche, qui le bouscule et le pousse à poser cette question qu'il s'efforce de taire depuis le début et dont il aurait néanmoins aimé pouvoir faire une affirmation indélébile.

Et c'est ce même vent qui porte le son de sa voix vers Ivy, pourtant déjà loin avec sa capuche rabattue sur ses oreilles, qui fait qu'elle l'entend, qu'elle se retourne. C'est encore le vent qui aide son bras à surmonter sa peur et ses doutes, et à se tendre vers elle, et la paume de sa main à s'entrouvrir.

Et ce vent qui les avait séparés jusqu'à présent les pousse maintenant gentiment l'un vers l'autre.

–Tu restes ?

Elle lui sourit.

# Table des matières

Achevé d’imprimer en octobre 2016 par LEN S.A.S. – 93400 St Ouen
Dépôt légal : octobre 2016
Imprimé en France